BRÈVES PASSIONS

Brenda Jagger a connu le succès pour sa trilogie traduite dans le monde entier : Les Chemins de Maison Haute *(1981),* Le Silex et la Rose *(1982) et* Retour à Maison Haute *(1984). Les éditions Belfond ont également publié* Antonia *(1985),* La Chambre bleue *(1988),* Un manoir sur la lande *(1990) et* L'Amour revient toujours *(1991).*

A la mort de sa femme, la riche héritière Eva Kessler, Matthew Stangway se décide à épouser sa maîtresse, Evangeline Slade, une noble désargentée comme lui. Et les filles qu'il a eues avec l'une et l'autre doivent désormais habiter sous le même toit : Kate, la légitime, brune et riche, aussi fantasque que sa mère, et Oriel, blonde et romantique, mais pauvre. Même si rien ne les prédispose à vivre ensemble, Kate et Oriel apprennent peu à peu à surmonter leur antipathie, jusqu'au moment où elles tomberont amoureuses du même homme, Francis Ashington, leur séduisant voisin. Poète et grand voyageur, celui-ci hésitera un instant puis finira par épouser Kate. Le cœur brisé, Oriel cédera donc à la cour empressée de Garron Keith, un riche et puissant entrepreneur de la région.
Tandis qu'Oriel s'efforce de remplir ses devoirs envers son mari, Kate découvre que sa brève passion s'éteint. Toutes deux, déçues par la vie conjugale, retrouvent la complicité qu'elles avaient commencé à nouer. Kate courra les aventures sentimentales les plus diverses, tandis qu'Oriel tentera de renouer le fil de son amour brisé...
Dans une Angleterre victorienne dont les rigueurs contiennent et stimulent les passions les plus secrètes, Brenda Jagger excelle à tracer de tendres et brûlants portraits de femmes qui, pour retrouver leur liberté, n'hésitent pas à défier les conventions sociales de leur époque.

DU MÊME AUTEUR
aux éditions Belfond :

Les Chemins de Maison-Haute, 1981.
Le Silex et la Rose, 1982.
Retour à Maison-Haute, 1984.
Antonia, 1985.
La Chambre bleue, 1988.
Un manoir sur la lande, 1990.
L'Amour revient toujours, 1991.

BRENDA JAGGER

Brèves passions

ROMAN TRADUIT DE L'ANGLAIS
PAR MICHEL GANSTEL

BELFOND

Cet ouvrage a été publié sous le titre original
DISTANT CHOICES
par William Collins Sons & Co. Ltd, Londres.

À Philip, mon mari, et à mes filles,
Claudia, Vanessa et Alex.

1

Les deux filles de Matthew Stangway assistèrent aux noces de leur père avec un calme qu'elles étaient, l'une et l'autre, bien loin de ressentir. Elles se connaissaient à peine et rien d'autre que leur âge ne rapprochait Katharine Stangway, enfant légitime du premier lit, d'Oriel Blake, fruit du péché de Matthew avec celle qu'il s'apprêtait à prendre pour femme, l'élégante Mme Evangeline Blake. Alors que celle-ci se disait veuve d'un certain capitaine Blake, que personne n'avait jamais vu, nul n'ignorait qu'elle était depuis vingt ans la maîtresse de Matthew Stangway.

La vallée de la Gore l'avait jadis connue sous le nom d'Evangeline Slade, jeune fille accomplie mais sans le sou, venue, comme tant d'autres, traquer le mari fortuné dans ces contrées industrielles du Nord où l'âge d'or du machinisme favorisait la prolifération du nouveau riche. L'échec de sa quête matrimoniale lui avait fait fuir la région dans l'opprobre ; elle y revenait vingt ans plus tard faire valoir ses droits sur Matthew Stangway, alors même que la dépouille de la légitime épouse de celui-ci était à peine refroidie.

Il était donc cruel, ce jour-là, d'avoir fait monter les deux jeunes filles dans la même calèche, le contraste ne pouvant être plus frappant entre Katharine Stangway, gauche, fantasque, aussi sombre de teint que de caractère, et Oriel Blake, délicieuse jeune personne au maintien irréprochable et d'humeur toujours égale. La régularité de ses traits, la clarté de ses yeux bleus, la blondeur de sa chevelure suscitaient les commentaires les plus flatteurs, quand on ne remarquait chez Kate que la netteté inhabituelle de sa mise et de sa coiffure.

« Vous serez les meilleures amies du monde », leur avait affirmé Mme Blake, lorsqu'elle les avait présentées l'une à l'autre quelques semaines auparavant. « Assurément », avait répondu Oriel avec sa grâce coutumière, tandis que Kate s'était bornée à darder sur les intruses un regard vengeur avant de passer sa fureur en allant arpenter la lande à la nuit tombée, de sorte que la domesticité de son père dut se passer de dîner ce soir-là pour se lancer à sa recherche. Cette fugue avait vite entraîné sa mise au ban de la société, aucune mère de famille consciente de ses devoirs ne voulant exposer ses propres filles au contact d'une dévergondée retrouvée bien après minuit assise sur un rocher.

On avait d'ailleurs toujours décelé chez Kate un fond de sauvagerie qui inquiétait. La brusquerie de ses gestes évoquait la créature des bois, sa maigreur anguleuse lui donnait, malgré les toilettes les plus coûteuses, l'allure d'un épouvantail Il y avait en elle quelque chose d'animal, voire de païen – notions si choquantes que les bonnes âmes préféraient mettre son étrangeté au compte de l'indiscipline et d'une mauvaise éducation.

Celle d'Oriel Blake, au contraire, avait à l'évidence été irréprochable. Aucun faux pli ne déparait la parfaite ordonnance de sa robe, chacun de ses cheveux occupait la place exacte qui lui était dévolue dans le savant édifice de boucles et d'ondulations encadrant son joli visage. On ne pouvait imaginer qu'elle se conduisît autrement que de la manière la plus correcte au moment le plus opportun – sujet d'étonnement d'autant plus vif que la réputation de sa mère était pour le moins douteuse et sa naissance, par conséquent, d'une légitimité suspecte, sinon pire. La bonne société de la vallée de la Gore ne pouvait en revanche nourrir aucun doute sur la validité du premier mariage de Matthew Stangway ni sur la légitimité de sa sauvageonne de fille Katharine, à qui on ne pardonnait pourtant pas ses excentricités.

Étaient-elles préparées, se demandait-on, aux épreuves que le destin ne saurait manquer de leur infliger, à l'une comme à l'autre ? Le charmant visage d'Oriel Blake ne manifestait, en tout cas, aucune appréhension quand elle pénétra dans l'église d'un pas mesuré. On n'en distinguait pas davantage dans le sourire impudent de Katharine Stangway, qui semblait considérer le mariage de son père comme une farce et toisait ses invités comme une horde de croquants.

Pendant qu'elles feignaient de s'absorber dans leurs dévotions, leur père attendait avec flegme l'entrée de celle dont il faisait sa légitime épouse avec vingt ans de retard. Chacun avait reconnu sans peine la même Evangeline, sur qui le temps semblait ne pas avoir eu de prise : même silhouette élancée, même teint de porcelaine, même chevelure aussi blonde que celle de sa fille. Le bleu de ses yeux avait toujours la pureté glacée de la banquise et sa voix restait mélodieuse comme une brise de printemps – ou, quand elle le voulait, pouvait devenir plus tranchante qu'un poignard. Aucune femme, à vrai dire, n'avait jamais éprouvé d'amitié pour Evangeline Slade; quant aux nombreux hommes dont elle avait jadis tourné la tête, il s'en était trouvé fort peu pour en dire du bien une fois le charme rompu. Ils étaient néanmoins tous venus, au bras de leurs respectables épouses, rendre hommage à la «respectable» Mme Blake qui, en sa cinquantième année, devenait Mme Stangway et châtelaine de High Grange Park, noble demeure allant de pair avec une noble fortune – arrondie par la dot de la défunte dont elle prenait la place.

«Une femme charmante», murmurait-on à l'envi. Mais ce charme, pensait-on à part soi, dissimulait une femme cupide et calculatrice, qui avait tablé depuis le début sur le veuvage de Matthew Stangway et son sens du devoir pour l'amener tôt ou tard au pied de l'autel; une intrigante qui avait froidement attendu la mort de sa rivale pour voir sa patience enfin récompensée. Mais puisque Matthew Stangway se décidait à faire d'elle une femme honnête – et fortunée – chacun se pressait à la noce en s'abstenant de tout commentaire; on savait en effet depuis longtemps que Matthew Stangway ne tenait aucun compte de l'opinion d'autrui et n'accordait de prix qu'à ce qui lui convenait.

Brun, distingué, le regard froid, Matthew Stangway avait toujours été bel homme. Depuis qu'il était assez riche pour se passer ses caprices, il ne s'en refusait aucun : des vins fins sur sa table, des pur-sang dans ses écuries, un tailleur à Londres, des femmes où et quand la fantaisie l'en prenait – avec un souverain mépris pour ce qu'en pensait sa précédente épouse. La nouvelle, sa vieille maîtresse, aurait-elle plus de succès dans ce domaine ? L'amour, se demandait-on, allait-il assagir Matthew Stangway ?

En la voyant s'avancer vers lui dans la nef, celui-ci ne parvenait même pas à raviver dans sa mémoire le souvenir de la passion qu'elle lui avait inspirée quand il ne possédait rien au monde que son manoir décrépit, sa jeunesse, son ambition et son refus obstiné de déroger. L'avait-il pourtant désirée avec assez d'ardeur, Evangeline Slade ! Aussi pauvre, aussi bien née, aussi orgueilleuse que lui et poussée par le même besoin désespéré d'échapper à la misère par un riche mariage. Leur attrait mutuel avait été immédiat, mais l'ironie du sort qui les mettait en présence voulait qu'ils ne puissent rien l'un pour l'autre alors même que leurs âmes, si semblables et si bien accordées, s'étaient déjà reconnues.

Elle, dont le grand-père avait été l'intime du duc de Wellington, s'était casée comme dame de compagnie d'une veuve de banquier dans la petite ville industrielle de Hepplefield, à trois lieues du village encore rural de High Grange où végétait Matthew. Tout les avait rapprochés, à commencer par leur mépris des bourgeois. Dans le luxe pesant de ces salons aux meubles trop neufs où ils se sentaient l'un et l'autre étrangers, entre ces matrones engoncées dans leur prétentieuse vertu comme dans un corset, il n'avait entendu que la voix d'Evangeline, il n'avait eu d'yeux que pour elle. Une femme de sa race, une femme digne de lui.

Alors, un temps du moins, plus rien qu'Evangeline n'avait compté pour lui. La toiture du manoir faisait eau de toutes parts, ses fermes avaient le plus pressant besoin de réparations et ses deux sœurs de maris que seule une dot aurait pu leur permettre de dénicher. Mais comment renoncer à Evangeline pour se vendre à une fille de nouveaux riches ? Il en fut incapable – jusqu'à ce qu'il eût admis avec lucidité que sa passion refroidie ferait place à la haine s'il se retrouvait enchaîné à Evangeline sous son toit délabré, dans ses vêtements élimés, au milieu des décombres de ses espérances anéanties.

Il avait donc épousé la fille unique du puissant négociant en laine Josef Kessler, se libérant ainsi de toute inquiétude présente et à venir sur la fraîcheur de ses manchettes ou l'étanchéité de sa toiture, mariage de convenance qui tourna à l'amère plaisanterie lorsque, à quelque temps de là, la découverte de charbon sur ses terres fit de lui un homme riche. Mais cette fortune inespérée arrivait trop tard : trop tard pour lui, et pour Evangeline bien sûr; trop tard aussi pour sa sœur Letty, forcée de se rabattre sur un mariage médiocre; beaucoup trop tard, enfin, pour sa sœur Maud, à qui sa dignité – ou plutôt, son âge – interdisait désormais de céder aux élans du cœur et du corps.

La mince et brûlante Eva, son épouse, l'avait d'abord aimé avec une passion si dévorante qu'il en fut abasourdi avant d'en être excédé. Pauvre Eva, ardente et possessive, consumée par les flammes de la sensualité jusqu'à ce que Matthew, importuné par des désirs qu'il ne pouvait ni ne voulait assouvir, se sentît obligé de lui expliquer avec une cruauté délibérée que de tels débordements, aussi choquants que vulgaires, n'étaient pas prévus à leur contrat de mariage.

Blessée, Eva s'était repliée sur elle-même pour se consacrer à ce qu'elle appelait son «art», des tableaux aux couleurs criardes, aux formes outrées, excessifs jusqu'au mauvais goût, à l'image de leur auteur, qui hantaient encore Matthew tant ils dépeignaient fidèlement l'atmosphère de ces lugubres années passées à repousser les appétits d'Eva et à réprimer ses propres élans en observant Evangeline s'offrir jour après jour au premier qui la délivrerait de la prison de sa pauvreté – comme Eva avait délivré Matthew de la sienne.

Merveilleuse Evangeline, reine de tous les bals, arbitre du bon goût et du bon ton, qui, au début de chaque saison, voyait un nouvel adorateur tomber à ses pieds pour la rejeter, à la fin, au profit d'un laideron pourvu de l'irrésistible séduction de l'argent. Pitoyable Evangeline… Notable fortuné désormais respectable, Matthew Stangway n'avait pourtant cessé de la désirer. Après avoir subi dix ans les indécents appétits d'Eva, son hostilité ensuite, son indifférence enfin, il s'était estimé en droit de posséder Evangeline. Et elle qui, au seuil critique de sa trentième année, avait vu le dernier de ses soupirants la délaisser pour l'héritière d'une filature, elle lui avait enfin cédé.

Un an durant, il avait assouvi sa passion pour elle dans l'explosion d'une sensualité débridée qu'elle ne partageait pas, il en avait très vite pris conscience, mais qu'elle excellait à provoquer, à attiser, à exacerber jusqu'à le conduire au bout de ses fantasmes. Jusqu'à réussir, sans qu'il eût pris garde, à atteindre son seul objectif : concevoir l'enfant de Matthew, son fils de préférence, donc son héritier; et s'il s'agissait d'une fille, il ne pourrait faire moins que de la doter et pourvoir à son entretien – comme à celui de sa mère.

– Matthew chéri, lui avait-elle déclaré, je crains que vous ne soyez désormais responsable de nous, mon petit fardeau et moi. Quelle chance que vous en ayez les moyens !

Il n'avait répondu que par un sourire froid et l'avait envoyée accoucher en France dans le luxe et la discrétion avant de l'installer, selon le caprice du moment, dans des cottages campagnards ou des appartements citadins où il lui rendait visite quand l'envie le prenait. Il s'habitua si bien à elle qu'il lui devint infidèle aussi régulièrement qu'il trompait Eva et avec une aussi bonne conscience. L'enfant même l'avait déçu : au lieu d'un fils, d'un compagnon, d'un successeur, c'était une fille qui ne pouvait rien lui apporter. Puis, lorsque deux ans plus tard Eva se décida à accoucher alors qu'il ne s'y attendait plus, elle ne fut capable elle aussi que de lui donner une fille. Deux filles ! Une malédiction...

Il ne leur accorda que des soins distraits – aucun, en réalité, à Oriel Blake, à qui il se borna à fournir les sommes exigées par les coûteux pensionnats où l'envoyait sa mère. Si d'aventure il devait passer un quart d'heure en sa compagnie, Oriel se conduisait envers lui en étrangère polie et l'appelait Monsieur. Savait-elle qu'il était son père ? Il n'en avait aucune idée. En fait, il ne connaissait pas mieux sa fille légitime et ne s'en souciait guère davantage.

Car la fille d'Eva était trop semblable à sa mère, dont elle avait le teint bistre, le regard noir et fixe qui le mettait si mal à l'aise. Eva elle-même l'avait vite oubliée pour s'en décharger une fois pour toutes sur Maud, la sœur de Matthew, qui lui avait inculqué le minimum indispensable : un peu de musique, de dessin, de broderie, des rudiments de français, quelques notions d'histoire, l'art de servir le thé, de composer des bouquets et de se rendre aimable, talents de société auxquels Kate restait réfractaire alors qu'ils brillaient par leur abondance et leur perfection chez Oriel. Son autre fille.

C'était à cause d'elle qu'il épousait la mère. Par sens du devoir, peut-être, mais surtout parce qu'il ne voyait autour de lui rien qui pût l'intéresser davantage. Et puisque cela semblait amuser Evangeline, qu'elle profite donc du prestige de son nom, des agréments de sa fortune et du souvenir de sa passion pour elle. Elle avait bien mérité ces satisfactions qui, aux yeux de Matthew, n'étaient que hochets sans valeur. Se doutait-elle qu'il avait perdu toute faculté d'espérer, de désirer quoi que ce fût, d'éprouver du plaisir ? Soupçonnait-elle à quel point cette universelle indifférence lui convenait ?

– J'ai toujours été persuadée, mon cher cœur, que nous étions destinés l'un à l'autre, lui avait-elle susurré l'autre soir, juste assez fort pour faire enrager sa sœur Maud qui, depuis le début, était sa pire ennemie.

– Je le crois aussi, ma chère âme, avait-il répondu en posant un regard cynique sur sa sœur, qui le croyait victime d'une rechute de ce qu'elle appelait avec réprobation sa « toquade » – sans se douter que la folle passion de son frère s'était évanouie peu après qu'il eut pris possession de l'objet de sa flamme, à peu près au moment où Evangeline avait judicieusement réussi à concevoir l'enfant du péché.

Certes, le risque était gros mais valait d'être pris – chez les Slade, on était joueur depuis des générations. Qu'avait-elle à perdre, à la vieille de ses trente ans, sinon une terne existence de veille fille réduite à un état de semi-domesticité avec, pour seul espoir, celui d'une aumône de cinquante livres sur le testament de sa dernière patronne ? Tout bien pesé, l'adultère valait mieux, surtout avec un homme riche. Alors, sa décision froidement mûrie, elle avait écrit d'une main ferme à cet amoureux, à qui elle se refusait depuis dix ans, pour lui signifier sa capitulation : « Venez, mon amour, je suis à vous. Prenez-moi. »

Il s'était emparé d'elle, vierge de corps sinon d'esprit, avec une ardeur, une frénésie telles qu'elle en fut d'abord effrayée, jusqu'à ce qu'elle eût compris l'étendue du pouvoir que cette sensualité lui conférait. Un pouvoir bientôt renforcé par la naissance d'Oriel, l'enfant de l'amour – peu importait que cet amour fût déjà moribond –, dont la seule existence accordait à sa mère le droit à un train de vie, à un statut social dignes de la séduisante Veuve Blake. Au fil de ses vagabondages de villes d'eaux en villégiatures et en parties de campagne, elle s'était fait de nombreux amis ; au cours de l'année sombre de la grossesse d'Eva Kessler, elle avait même envisagé d'épouser l'un ou l'autre d'entre eux. Grâce à Dieu, l'enfant d'Eva n'avait pas été le fils tant redouté, mais un petit pruneau racorni qui ne les menaçait en rien, elle et sa perle de fille. Il ne restait donc à Evangeline qu'à s'armer de patience.

Son attente avait maintenant pris fin et, tandis que la cérémonie nuptiale déroulait son rituel, elle savourait la jouissance si longtemps espérée d'être dorénavant la noble Mme Stangway, qui montrerait aux prétentieux bourgeois de la vallée de la Gore comme il convenait de traiter la châtelaine de High Grange. La leçon commencerait dès le lendemain lorsqu'on apprendrait que Maud, qui s'était dévouée trente ans durant à tenir le ménage de son frère et à élever la fille de sa première femme, était une fois pour toutes dépossédée des trousseaux de clefs, des livres de comptes et des listes d'invités, symboles de son autorité sur la maison. Ce qui n'empêcha pas, une demi-heure plus tard, la douce Evangeline de poser en souriant un baiser sur la joue de Maud – une femme de son âge portant au moins dix ans de plus, quel délice ! –, puis un autre pour faire bonne mesure.

Sous le porche de l'église, point de mire de tous les regards comme il lui plaisait tant de l'être, elle se tourna ensuite vers Letty, la plus jeune sœur de son mari, et lui prit les mains avec effusion. Sa « chère Letty », disait-elle pendant les quelques semaines où « la jolie Stangway », comme on l'appelait alors, avait été sa fidèle alliée – jusqu'à ce que Maud, comprenant le rôle qu'Evangeline lui faisait jouer, y eût mis le holà en lui dictant une lettre : « Mieux vaudrait pour nous tous ne pas poursuivre notre amitié... », ce qui signifiait : « Si vous continuez à tenter mon frère plutôt que de le laisser épouser un sac, avec qui vais-je me marier ? »

Et pourtant, alors même que le charbon commençait à rapporter, Letty n'avait trouvé pour époux que le Révérend Rupert Saint-Charles, petit pasteur de campagne, bien né certes, mais à peu près bon à rien d'autre qu'à lui faire des enfants – combien, dix, onze ? Toute une tribu de petits monstres, distingués comme des fins de race, constamment fourrés à High Grange Park où ils se gavaient de thé et de pâtisseries, se vautraient sur les meilleurs fauteuils du salon et ne se faisaient pas prier pour rester dîner au moins quatre fois par semaine, quand leur chère tante Maud les invitait. Il était grand temps d'y mettre bon ordre.

– Chère Letty ! N'est-ce pas merveilleux que nous devenions sœurs après avoir été amies ?

Pauvre Letty plutôt, et dans tous les sens du terme. Pauvre par son petit presbytère surpeuplé, mal chauffé, mal meublé. Pauvre par son petit mari sans ambition, incapable de nourrir et de vêtir correctement ses rejetons, encore moins de procurer une situation à ses fils et des maris à ses filles. Pauvre par la perte irrémédiable de sa beauté, fanée avant l'âge par ses incessantes maternités. À quarante-cinq ans, l'ex- « jolie Stangway » était une vieille femme usée, sa sœur Maud une vieille fille sans avenir, sans fortune, sans espoir. À cinquante ans, à l'apogée de sa maturité, Evangeline avait tout – beauté, avenir, argent – et rayonnait d'une joie éclatante à laquelle son mari n'avait aucune part.

Matthew observait avec un amusement cynique l'art consommé avec lequel, devant ce parterre de courtisans obséquieux, elle tenait le rôle pour lequel elle était si bien faite, celui d'épouse d'un homme riche, et faisait briller les talents d'Oriel, sa fille, tout en repoussant discrètement Kate à l'arrière-plan.

– Venez, mes enfants. Maud, Letty, venez donc… Et Matthew ? Où êtes-vous ?

Il fit un pas en avant.

– Ici, ma chérie.

Les cloches carillonnaient. Empressé comme si elle lui était plus précieuse que tous les trésors de la terre, il la fit monter en calèche, lui couvrit les jambes d'une fourrure, lui baisa la main en souriant. Il voyait autour de lui sa sœur Letty, entourée de sa progéniture comme une mère poule de sa couvée, essuyer ses yeux pleins de larmes – larmes de dépit ou de rage, il ne se souciait guère de le savoir ; sa sœur Maud, plus raide qu'un grenadier à la parade, froncer les sourcils avec une réprobation si évidente qu'elle en était comique ; sa fille Kate gâter sciemment ses fines bottines de chevreau neuves en les frottant contre une pierre d'un air maussade ; sa fille Oriel, souriante et irréprochable, converser plaisamment avec d'ennuyeux inconnus. Le cocher fit claquer son fouet, la calèche nuptiale s'ébranla la première, le spectacle s'estompa.

Se doutaient-elles, les unes et les autres, qu'il vivait cette journée, celle de son second mariage, sans plus de plaisir que la première ? Qu'il n'attendait rien de toutes ces femmes – filles, sœurs, épouses –, sinon l'espoir qu'elles le laisseraient tranquille ? Une seule d'entre elles était-elle capable de le comprendre ?

Oui, une : Evangeline.

La voiture stoppa devant le perron. Galant, Matthew descendit, lui tendit la main :

– Bienvenue dans votre royaume, ma chérie.

2

Le sourire crispé et le cœur plein de fiel, Maud Stangway rendit ses clefs d'une main qui ne tremblait pas. « Quelle noble créature, disaient d'elle les bonnes âmes, qui aura sacrifié trente ans de sa vie et de son bonheur à ses devoirs envers sa famille ! » En réalité, son règne absolu sur le domaine avait comblé Maud d'un bonheur parfait, car les tribulations conjugales de son frère lui permettaient de jouir des prérogatives d'une femme mariée sans devoir en subir les indignités.

En fait, sinon en droit, High Grange avait été à elle,

comme les enfants de sa sœur Letty qu'elle n'avait pas eu la déplaisante obligation de mettre au monde. Letty avait si bien pris l'habitude de compter sur Maud et de s'en remettre à elle qu'elle était incapable d'acheter un simple châle sans lui demander son avis ; de son côté, le Révérend Rupert Saint-Charles ne s'inquiétait guère de savoir qui déciderait du choix des écoles de ses fils ou se procurerait de quoi doter ses filles, du moment que ce soin ne lui incombait pas. Maud avait donc pris en main – pour leur bien, cela va sans dire – les destinées des époux Saint-Charles et de leur progéniture, si complètement et depuis si longtemps que rien à High Grange, au château comme au presbytère ou au village, ne se faisait sans que Maud ne l'eût elle-même autorisé ou ordonné au préalable – situation convenant à merveille à son frère Matthew, à qui ces corvées domestiques avaient toujours inspiré la plus grande répugnance.

Si la tribu des neveux et nièces appréciait comme il convenait la sollicitude de leur tante, il n'en allait pas de même pour Kate, « l'autre nièce », qui n'avait jamais daigné accorder à Maud l'affection que méritait, selon elle, son rôle tutélaire de vierge-mère. Kate ayant sa propre mère, même si celle-ci passait son temps enfermée au grenier à monologuer devant ses pinceaux, elle n'avait nul besoin d'une tante, déclarait-elle avec insolence, encore moins de lui obéir, attitude qui avait vite transformé les soins de Maud en punitions et ses sages conseils, tant prisés des enfants de Letty, en réprimandes. Maud en était arrivée moins à tenter d'éduquer Kate qu'à la discipliner et à inculquer des sentiments de honte et de terreur – la honte d'être la fille d'une folle et la terreur de lui ressembler si elle s'obstinait à ne pas s'amender. En vain : plus Maud manifestait de sévérité, plus Kate redoublait d'impudence.

Maud avait passé de pénibles moments à lutter avec sa conscience pour étouffer en elle l'horrible désir de voir mourir sa nièce, voire, comme elle se surprenait à y penser dans ses accès de colère, de la tuer de ses propres mains. Sans l'existence de Kate, rien n'aurait été plus naturel pour Matthew que de faire de Quentin, le fils aîné de Letty autant chéri de sa mère que de sa tante Maud, son légataire universel. Dix ans durant, Maud et Letty avaient formulé cette fervente prière – jusqu'à ce que la grossesse d'Eva fasse voler leur rêve en éclats et que, vingt ans plus tard, le retour inattendu d'Evangeline dans la vie de Matthew porte un nouveau coup à leurs espérances.

Ayant démontré son autorité en dépossédant Maud de ses pouvoirs, Evangeline affecta de l'ignorer – injure suprême dont Maud ne pouvait même pas se venger sur Oriel, toujours courtoise et souriante, sur qui ses piques les plus acerbes semblaient n'avoir aucune prise.

– Si tu veux mon avis, Letty, avait-elle dit à sa sœur, nous devrons veiller à tenir cette fille à l'écart de Quentin. Ces eaux dormantes ne me disent rien qui vaillent.

– Supposerais-tu, s'exclama Letty, horrifiée, qu'elle pourrait lui – comment dire ? – lui… tourner la tête ?

– Je le crains, si elle y trouve son avantage. Quant à elle, sois assurée qu'elle ne perdra pas la sienne. Telle mère, telle fille, hélas ! Elle se trahira tôt ou tard.

Contrairement à leurs attentes, Oriel Blake ne commit cependant aucun faux pas au cours des premières semaines de sa nouvelle vie à High Grange. Accoutumée depuis l'enfance à marcher sur des œufs, à éviter les pièges, à régler avec tact les situations les plus épineuses, à arrondir les angles à l'aide de propos apaisants et de sourires justement dosés, elle parvenait depuis vingt ans à se concilier tous ceux qui l'approchaient.

– Quel bonheur d'avoir une fille aussi accomplie ! se récriaient les visiteuses d'Evangeline.

– Une vraie perle, grommelait Maud entre ses dents, plus résolue que jamais à scruter ladite perle pour déceler le défaut qui ne pouvait manquer de s'y trouver caché.

À quoi Evangeline répondait par un hochement de tête approbateur et Oriel par un sourire charmeur.

Ce sourire était sa seule arme, sa seule défense contre les menaces du monde, son seul refuge dans les constants bouleversements dont sa mère avait marqué sa vie chaotique. Habituée à mentir pour protéger la réputation d'Evangeline, son sourire témoignait de tant de bonne foi et d'intentions si pures que nul n'osait les mettre en doute.

– Il ne suffit pas d'être intelligente et irréprochable, ma chérie, lui avait enseigné Evangeline, il faut le faire savoir – en fait, il faut qu'on te considère de très loin supérieure à quiconque. La fille d'un comte ou d'un riche banquier peut se permettre d'être sotte ou disgracieuse et même se passer un caprice de temps à autre. Celle qui n'a pas cette chance doit être parfaite pour être seulement bien jugée, et resplendir comme une étoile si elle veut simplement être vue. Ne l'oublie jamais.

Oriel n'avait pas oublié.

– Autre chose, ma chérie. On doit toujours dire la vérité, chacun sait cela, de même que chacun sait qu'on ne parle jamais de certaines choses. Une femme, par exemple, ne fait jamais mention de son âge ni n'exprime d'opinion sur des sujets délicats – en public, du moins, afin de n'offenser personne. On ne donne pas plus de détails sur sa vie privée qu'on n'en demande sur celle d'autrui, ce serait du dernier vulgaire ! S'abstenir de tout dire n'est pas mentir, vois-tu, mais donner une preuve de bonne éducation.

Cela non plus, Oriel ne l'avait jamais oublié.

Sa vie s'était ainsi écoulée jusqu'au jour où Matthew Stangway, réagissant sans empressement aux lettres habilement comminatoires d'Evangeline, était venu la voir peu après son veuvage. « Ma mère est très souffrante », l'avait averti Oriel en l'introduisant dans la chambre aux volets clos où gisait Evangeline. Puis, le laissant au chevet d'une femme qui, tout en l'accusant de lui avoir ruiné l'existence, était décidée à dévaster la sienne s'il renâclait à « réparer ses torts », Oriel n'avait pu s'empêcher de surprendre quelques mots en refermant la porte :

– Allez-vous enfin m'épouser, Matthew ?

C'était moins une question qu'une affirmation. Certaine à l'avance de la victoire de sa mère, Oriel s'était alors éloignée sur la pointe des pieds. Le lendemain matin, comme Oriel s'y attendait, Evangeline guérie par miracle de sa migraine dévorait avec appétit son thé et ses toasts.

– Tu ne me croiras pas, ma chérie, s'était-elle exclamée d'un ton enjoué, mais notre cher vieil ami Matthew Stangway m'a demandé si je consentirais à devenir sa femme.

– L’accepterez-vous, maman ?

Les yeux brillants de gaieté, les lèvres esquissant un sourire, Evangeline avait fait mine de réfléchir pour mieux savourer son triomphe.

– Bah ! Qui sait ? Nous nous connaissons depuis si longtemps… Et puis le pauvre homme doit périr d’ennui et de solitude avec sa vieille sœur acariâtre. Crois-tu que ce soit un service à lui rendre ?

– Sans aucun doute, maman.

– Nous devrons déménager…

– Nous l’avons déjà fait si souvent.

– Certes, mais pour aller dans des endroits agréables. Tandis qu’Hepplefield !… Tu n’imagines pas la tristesse, la grisaille – les gens eux-mêmes y ont l’esprit gris. Enfin !… Au début, il faudra nous y contenter d’une petite maison. Heureusement, cela ne durera pas. Si mes souvenirs sont bons, le village de High Grange est délicieux et le château fort plaisant.

Les souvenirs d’Evangeline n’étaient pas bons : Oriel ne vit rien de délicieux dans le village de High Grange, cerné d’un côté par les usines d’Hepplefield dont les fumées encrassaient l’horizon et, de l’autre, par la noirceur des terrils et des chevalements de la mine de charbon, qu’un mince rideau d’arbres ne parvenait pas à dissimuler. Devant la réalité, Evangeline avait laissé échapper un cri :

– Quelle horreur !… Mais après tout, avait-elle aussitôt ajouté, le progrès et les agréments qu’il procure se paient, il faudra s’y résigner. Dieu merci, le jardin est resté exactement tel que je me le rappelais et les murs sont assez hauts pour cacher cette laideur. Et le manoir a un charme fou, n’est-ce pas, Oriel ?

Incommode et inhospitalier, s’abstint de répondre Oriel lors de sa première visite, quelques semaines avant le mariage de sa mère. Dans le salon de son père inavoué, les yeux modestement baissés, les mains croisées sur les genoux, elle avait affronté avec calme l’hostilité de Maud Stangway, qui se serait fait hacher sur place plutôt que de prononcer un mot de bienvenue, et l’indifférence de Mme Saint-Charles – « Miss Letty », comme l’appelaient encore les serviteurs – qui ne savait que chanter les louanges de son fils aîné et détailler ses innombrables vertus, en se pâmant devant son intelligence et son brillant avenir.

– Ah ! Voilà Quentin, mon fils ! s'était-elle écriée, comme s'il s'agissait du seul visiteur digne d'attention et méritant d'être attendu ce jour-là.

À peine avait-il franchi la porte que sa mère n'eut d'yeux que pour lui tandis que le regard froid de sa tante Maud s'éclairait d'un farouche éclair de fierté.

– Quentin est l'aîné de mes neveux, déclara-t-elle d'un ton qui signifiait : « L'aîné de la lignée, le successeur naturel de Matthew puisque son père ne compte pas, bref, le futur chef de famille – et que personne ne s'avise de venir contrecarrer mes projets. »

Là-dessus, elle avait décoché un sourire lourd de sous-entendus à Evangeline, qui avait depuis longtemps perdu tout espoir de concevoir un fils, puis à Oriel, que Matthew n'avait pas jugée digne de proclamer sa fille.

– Cher Quentin ! avait dit Evangeline en lui tendant une main languissante. Je ne vous avais pas revu depuis que vous étiez tout enfant. Vous ressemblez tant à votre père…

– À Rupert ? s'était écriée Letty, angoissée. Oh, non ! Pas du tout, voyons !…

– Bien sûr que si, l'interrompit Maud, consciente de la gaffe de sa sœur. Mais avec la personnalité des Stangway.

– Pas le nom en tout cas, avait murmuré Evangeline.

– Enchantée, monsieur, s'était empressée de prononcer Oriel, toujours prompte à désamorcer les bombes.

– Enchanté, mademoiselle.

Le ton était neutre, la poignée de main brève, le regard précis, les yeux délavés ou, peut-être, d'une couleur trop subtile pour faire impression. Il paraissait de prime abord aussi distingué mais aussi insignifiant que le Révérend et ses quelque quatre ou cinq frères qu'Oriel avait aperçus. Contrairement à ceux-ci, en revanche, sa mise d'une sobriété quasi ecclésiastique était, jusqu'au moindre détail, d'une irréprochable netteté et d'une élégance sans défaut.

Sa mère s'était aussitôt lancée dans un long panégyrique retraçant par le menu les diplômes brillamment obtenus par son cher fils à Cambridge et l'éminente position qu'il occupait présentement à l'étude de Me Titus Price, l'homme de loi de Matthew, qui se proposait d'en faire son associé. Gêné par ce torrent d'éloges en présence de ses frères et sœurs, auxquels leur mère ne prêtait pas plus d'attention que s'ils étaient à Tombouctou, Quentin tentait en vain de mettre fin à l'éloquence maternelle.

– Laisse-moi donc parler, mon chéri, je suis mieux renseignée que toi sur ton propre compte. Ainsi, ma chère Evangeline, Me Price me disait l'autre jour qu'il ne me remercierait jamais assez de lui avoir recommandé Quentin, en qualifiant son esprit de « plus tranchant qu'un rasoir » – compliment que je n'avais encore jamais entendu, à vrai dire, mais que je trouve très flatteur pour un homme de loi.

– Quentin fera son chemin dans la vie, avait affirmé Maud en soulignant du regard qu'elle était prête à balayer de ses mains tous les obstacles qui se dresseraient devant son neveu.

– Pauvre Letty ! avait soupiré Evangeline en regagnant ce soir-là avec Oriel son modeste logement temporaire. À l'entendre radoter de la sorte, on croirait qu'elle n'a pas d'autre fils que son merveilleux Quentin alors qu'elle en a au moins quatre ou cinq autres, sans parler des filles... Ses frères doivent le haïr. Et toi, Oriel, le détestes-tu ?

– Pas du tout. Pourquoi le détesterais-je ?

N'ayant pu l'observer clairement sous le voile de dévotion hystérique dont sa mère le drapait, elle n'avait vu qu'un grand jeune homme mince se donnant, volontairement sans doute, une allure insipide, ne disant que ce que ses interlocuteurs souhaitaient entendre, sachant protéger ses arrières et prendre ses précautions, comme Oriel elle-même passée maître dans cet art, mais avec une froideur dont elle n'était pas capable – et avec l'insensibilité tranchante du rasoir dont son patron lui avait fait le compliment ambigu. Evangeline voyait-elle en lui un gendre en puissance ?

– Il n'a pas de fortune ni de situation, maman, lui fit-elle observer.

– Précisément, ma chérie. Voilà pourquoi sa mère et sa dévouée tante Maud ne rêvent que de lui procurer celles de son oncle Matthew en lui faisant épouser sa fille Kate. À la mort de Matthew, ce qu'à Dieu ne plaise, ce parangon de vertu deviendrait ainsi seul maître de tout ce que Matthew aura amassé sa vie durant, sans oublier la dot d'Eva. Je n'ai pas besoin de t'expliquer, ma chérie, pourquoi un tel mariage ne nous conviendrait pas le moins du monde. Que deviendrions-nous, toi et moi, si les destinées de High Grange étaient livrées à « l'esprit tranchant » de l'aimable Quentin ? Non, vois-tu, nous devrons nous appliquer à trouver pour Kate un autre mari, qui soit de préférence favorable à notre propre cause. Tu n'es pas choquée, au moins, de m'entendre évoquer mon veuvage avant même d'être mariée ?

– Bien sûr que non, maman.

Après avoir partagé sa vie durant l'existence de sa mère, de quoi Oriel aurait-elle pu se choquer ?

– C'est bien, ma chérie, répondit Evangeline qui n'en attendait pas moins. Puisque tu vas être amenée à beaucoup fréquenter Kate, Quentin aussi sans doute, je compte sur toi pour me prévenir au moindre tintement de carillons nuptiaux. Sans faute, n'est-ce pas ?

Ce n'était ni un ordre ni une prière, tout au plus un rappel de l'alliance nouée, pour leur propre survie, par deux femmes moins liées par l'affection que par le fait élémentaire que leurs vies étaient indissociables. « J'ai de la chance d'avoir une fille telle qu'Oriel », aimait répéter Evangeline, alors que pour Oriel la notion même de chance ne pouvait entrer en ligne de compte puisque Evangeline était sa mère et qu'elle n'en aurait jamais d'autre. Une mère loin d'être parfaite, certes. Mais qui pouvait se vanter d'être parfait, d'obéir à des mobiles totalement désintéressés ? Que serait devenue Evangeline, au long de ces périlleuses années d'errance et d'attente si, avec l'aide d'Oriel, elle n'avait pas si bien veillé sur ses propres intérêts ? En tout état de cause, un enfant ne se permettait pas de juger ses parents.

Oriel s'était donc installée à High Grange les yeux grands ouverts, l'oreille tendue et les sens en éveil, prête à déceler le moindre signe de danger auquel sa mère ou elle seraient exposées. Calme, maîtresse d'elle-même, attentive à ne pas troubler l'ordre établi et à ne provoquer aucun conflit, elle s'aventura pas à pas, comme elle l'avait fait toute sa vie, sur un chemin semé d'embûches. Et il ne lui avait pas fallu longtemps pour se rendre compte que le seul véritable étranger dans la maison de Matthew Stangway était Matthew Stangway lui-même.

Le manoir était dans un triste état quand il en avait hérité. L'humidité causait des dommages irréparables aux précieux papiers peints de la Compagnie des Indes, la soie des fauteuils s'éraillait, les servantes trébuchaient dans les trous des tapis ou se tordaient les chevilles sur les parquets disjoints, les portraits d'ancêtres s'écaillaient. La dot d'Eva Kessler y avait mis bon ordre, certes – mais selon les volontés de son père qui, considérant qu'il payait les restaurations, entendait les faire exécuter conformément à ses goûts à lui.

C'est ainsi que le bois fruitier fit place à l'acajou, la soie pastel au velours rouge, le fer forgé au bronze doré, les fines sculptures des boiseries aux lourdes moulures du chêne massif. Dans la coquille creuse du manoir, Josef Kessler avait créé à coups de milliers de livres le décor impersonnel d'un hôtel de luxe, facile à vendre si le besoin s'en faisait sentir, auquel Matthew Stangway se sentait aussi étranger qu'à la femme dont il avait fait son épouse. Puis, quand les revenus du charbon avaient commencé à affluer et qu'il aurait eu les moyens de se débarrasser de cette ostentation de nouveau riche pour remettre en place les tapisseries fanées et le fragile mobilier de son enfance, le dégoût l'avait emporté et il s'était désintéressé de sa maison natale – comme d'Eva.

La maison lui appartenait peut-être, mais il n'y était pas chez lui. Quant à sa famille, désormais agrandie, il ne lui accordait avec parcimonie que des miettes de son temps – dix minutes le matin, dix minutes à l'heure du thé deux ou trois fois par semaine, un quart d'heure avant le dîner quand il y assistait. En dehors de ces rares instants, ceux qui voulaient s'entretenir avec lui devaient prendre rendez-vous auprès de Quentin Saint-Charles son neveu, qui, outre les inestimables services qu'il rendait à Me Titus Price, remplissait auprès de son oncle les fonctions officieuses de secrétaire particulier et d'homme de confiance.

Mais Evangeline savourait trop son nouveau rôle de maîtresse de High Grange pour se laisser assombrir par les absences de celui qui, vingt ans durant, avait partagé son lit et payé ses factures, ou par l'omniprésence d'un neveu dont elle avait vite pris la mesure. Aussi dénué qu'elle de scrupules, et pour les mêmes raisons, né avec une intelligence acérée, des goûts dispendieux et des ambitions sans limites dans une famille incapable de les assouvir, il devait lutter par tous les moyens, comme elle l'avait fait elle-même, dans l'espoir de parvenir un jour à la position, à la puissance et à la fortune auxquelles il estimait avoir droit. Evangeline le comprenait fort bien : s'il avait été *son* fils, elle aurait su, mieux que Letty ou même que Maud, comment manœuvrer, intriguer, couper des gorges s'il le fallait, pour le pousser vers ses objectifs. Mais puisqu'il n'était pas son fils et qu'ils ne se devaient rien l'un à l'autre, elle était plus que jamais résolue à saper ses ambitions les plus légitimes et détruire ses intrigues les mieux ourdies si elles devaient, si peu que ce fût, compromettre les siennes.

Maud ne se résignait cependant pas à reconnaître sa défaite et ne manquait jamais une occasion d'affirmer devant l'« usurpatrice » ses droits de regard qu'elle estimait acquis. Ainsi, lorsque Evangeline signifia à la domesticité qu'elle entendait apporter des changements radicaux dans le train de maison et la composition des menus tout en déléguant certains de ses pouvoirs à Oriel, le sang de Maud ne fit qu'un tour.

– Il me semble que, si vous confiez des responsabilités à votre fille, vous devriez en faire autant pour Kate, ce serait la moindre des choses, déclara-t-elle avec aigreur. Vous semblez oublier que cette maison sera un jour la sienne.

– Voyons, ma chère Maud, répondit Evangeline avec son sourire le plus suave, pensiez-vous sincèrement que j'aurais pu l'oublier ?

Comment, en effet, oublier la présence du tourbillon qui s'abattait tous les matins sur la maison en laissant un sillage d'épingles à cheveux tordues, de feuilles mortes, de rubans déchirés, de semelles boueuses et de gouttes d'eau tombées de son ourlet défait ? Où avait-elle encore traîné ?

– J'étais grimpée sur un arbre, tante Maud.

– Toujours insolente, ma petite ?

– Bien entendu. En doutiez-vous ?

En fait, Kate profitait sans vergogne de la déchéance de Maud pour en secouer le joug tyrannique et son insoumission tournait, par moments, à la provocation pure et simple.

– Vas-tu m'écouter, à la fin ?

– Pas le temps, ma tante, je pars pour l'Arabie à dos de chameau.

L'Arabie ! En chameau !... Et elle avait l'effronterie de clamer cette réplique insensée devant douze personnes au salon, à l'heure du thé ! Letty frissonna en se remémorant les incongruités de sa mère, cette Eva Kessler sur les traces de laquelle Kate semblait, hélas !, vouloir marcher. Evangeline sourit avec ironie. Quant à Maud, cette nouvelle goutte d'eau fit déborder un vase déjà trop plein.

– Kate ! Monte dans ta chambre et n'en sors plus !

C'était la punition classique des jeunes personnes impudentes, punition qui ne souffrait pas la discussion et dont Kate avait une longue habitude.

– Je n'en ai aucune envie, ma tante, répliqua-t-elle.

– Oserais-tu me... me tenir tête ? gronda Maud, dont le teint normalement coloré vira au cramoisi.

Hypothèse impensable – sauf, peut-être, pour Oriel.

– Oui, tante Maud. Je n'irai pas dans ma chambre. Je me demande, ajouta-t-elle, comment vous pourriez m'y forcer.

Elle n'était d'ailleurs pas la seule à se poser la question. Letty réprima un sanglot, Evangeline pouffa d'un rire discret et Oriel fit comme si de rien n'était tandis que Maud, tremblante de rage, se dressait avec la majesté redoutable de Junon brandissant la foudre dérobée à Jupiter.

Kate se leva à son tour, rappelant ainsi à tous que si elle était mince et ne pesait pas lourd, elle n'était plus en âge à dix-huit ans d'être empoignée par l'oreille et traînée de force au cachot, comme cela s'était si souvent – trop souvent – produit par le passé. Maud était toutefois trop aguerrie pour ne pas relever un défi aussi scandaleux et tenter de retourner la situation en sa faveur.

– Je te plains, ma pauvre enfant, dit-elle d'une voix sifflante. Mais tu as des excuses, handicapée comme tu l'es par ton malheureux héritage...

Un gémissement de douleur échappa à Letty – était-il

bien habile de souligner ainsi la folie de sa mère devant Quentin qui assistait à la scène sans mot dire, un léger sourire aux lèvres ?

Kate haussa ses maigres épaules avec dédain :

– Vous voulez sans doute parler de cette maison, de la mine de charbon, de la fortune de ma mère ?

Là-dessus, elle releva dignement le bord de sa jupe déchirée qui traînait par terre et se dirigea vers la porte :

– De toute façon, je m'en vais. On étouffe, ici.

– Tu as fait de ton mieux pour l'élever, Maud, dit Letty dans le silence accablé qui suivit l'esclandre. Tu n'as rien à te reprocher.

– Je bénis le Ciel de n'avoir jamais eu autant de problèmes avec ma fille, ronronna Evangeline, ravie.

Quelques instants plus tard, Oriel s'éclipsa discrètement. Elle retrouva Kate au jardin, assise par terre dans une flaque du pâle soleil d'automne, adossée à un mur moussu et le menton posé sur ses genoux relevés. Avait-elle pleuré ? Oriel s'abstint de poser la question de but en blanc.

– Kate… Tu ne te sens pas bien ?

– Bah ! Une migraine… À moins que ce ne soit ma nature démoniaque qui m'empoisonne le sang.

En temps normal, rien n'aurait pu inciter la toujours impeccable Oriel à souiller sa fine robe bleu pastel dans l'herbe humide et boueuse. Ne pouvant toutefois envisager de rester debout devant Kate, menue et vulnérable, qu'elle dominait de toute sa taille, elle rassembla délicatement sa jupe et s'assit à l'endroit le plus sec.

– À ton avis, Oriel, demanda Kate au bout d'un long silence, ai-je remporté une victoire tout à l'heure ? Ou me suis-je couverte de ridicule ?

– Tu te serais plutôt causé du tort.

– Je me serais fait une ennemie de tante Maud, veux-tu dire ? Allons donc ! Elle l'est depuis longtemps. Depuis que je lui ai mordu la main charitable qu'elle tendait pour me nourrir. En aurais-tu fait autant ?

– Non. Je n'en aurais pas eu le courage, répondit Oriel en souriant.

– Dis plutôt que tu aurais été plus sensée. Je t'ai observée, tu sais. J'admire la manière dont tu te défends en étant toujours irréprochable.

– Et moi, j'ai observé comment tu fais exprès de te rendre odieuse. Ils ne t'aimeront pas, tu sais.

– Et alors ? Faut-il être aimé ?

– Cela facilite la vie.

Elles étaient aussi étonnées l'une que l'autre d'avoir si vite abattu la barrière de méfiance qui les séparait jusqu'alors et de se parler sans contrainte.

– C'est ce que tu veux, Oriel ? Une vie facile ?

– Et toi, Kate ? Que désires-tu ? se hâta de répondre Oriel, qui n'avait jamais osé se poser la question de peur de découvrir un gouffre infranchissable entre ses désirs et la réalité.

– Oh ! moi… Partir pour l'Arabie à dos de chameau.

– Kate, voyons !

– Non, je suis sérieuse ! En Arabie ou n'importe où, pourvu que ce soit très loin et que j'y sois seule – sans tante Maud, en tout cas. Sinon, eh bien… Je rêve à des exploits irréalisables, comme de ne pas me sentir mal à l'aise devant mon père quand il est présent au dîner. De ne pas être malade chaque fois que je me dispute avec tante Maud. De ne pas me marier avec Quentin.

– Et lui, il veut t'épouser ?

– Non ! dit-elle avec un large sourire. Ce qu'il veut, c'est devenir riche et influent, se débarrasser du fardeau de ses bons à rien de frères et sœurs – et aussi de sa mère. On le comprend !… Alors, si mon argent le lui permet, il est prêt à se sacrifier en m'épousant, voilà tout.

À sa propre surprise, Oriel se sentit un soudain élan vers Kate, un besoin impérieux de caresser sa nuque fragile, ses cheveux noirs en désordre. De souligner la finesse de sa taille par des jupes amples et bien coupées au lieu des hardes informes dont elle s'accoutrait.

– Oui, je dois faire moi-même mon raccommodage, dit Kate en suivant la direction du regard d'Oriel.

– Donne-moi ta robe ce soir, je te l'arrangerai.

– Pourquoi ? demanda Kate avec étonnement.

– Parce que cela me ferait plaisir. Te forcera-t-on vraiment à épouser Quentin ?

– Tante Maud et tante Letty s'y emploieront de leur mieux. Mon père s'en moque – il ne s'intéresse à rien. Quant au pauvre Quentin, il marchera bravement à l'autel comme au sacrifice, la tête haute et les dents serrées. Après quoi, ils viendront tous s'installer ici et vivront heureux. Sauf moi, bien sûr, parce que je ne compte pas vivre ici. Et toi, Oriel ? Les hommes doivent tous tomber amoureux de toi. Avec qui veux-tu te marier ?

– Tomber amoureux ne veut pas dire épouser, Kate. Quand il est question de mariage, les hommes sont très prudents. En ce qui me concerne, ce ne sera pas… facile.

Elle trouverait facilement, comme sa mère, de fervents admirateurs dont l'ardeur, au bout d'un mois ou d'une saison, serait refroidie par l'afflux des questions auxquelles sa mère, malgré son habileté, ne saurait répondre.

– Je suppose que tu es au courant…, commença Kate en hésitant. Tu sais que… toi et moi…

– Non, l'interrompit Oriel avec douceur et fermeté. Je ne sais rien ni toi non plus. Cela vaut mieux.

– Le crois-tu vraiment ?

– Oui. Je dois vivre dans ce monde tel qu'il existe, Kate. Et je ne suis pas douée pour voyager à dos de chameau.

– Tu devras donc trouver une voiture confortable et de bons chevaux, dit Kate en souriant.

Cette fois, Oriel se permit de céder à son élan et d'effleurer d'une main légère la tête ébouriffée de Kate. Chère petite sœur, si fragile, si courageuse, eut-elle envie de lui murmurer.

– Donne-moi ta jupe à recoudre, dit-elle. Tu risques de trébucher dans ton ourlet et de tomber de ton chameau.

Elles ne s'étaient pas dit : « *Ma mère était une folle – c'est du moins ce qu'ils m'ont tous répété – qui passait son temps enfermée au grenier, vêtue d'une blouse sale, à peindre des caricatures de mon père qui la haïssait, ce qui signifie que je deviendrai folle à mon tour et qu'on me haïra. Et cela me terrifie.* »

Ou encore : « *Je suis la fille illégitime d'une aventurière qui s'est servie, qui se sert encore de moi pour faire valoir ses droits illusoires sur ton père, ce qui veut dire que je n'aurai jamais ma place dans ce monde hypocrite où nous vivons. Ma mère aura beau m'offrir, comme elle s'était elle-même offerte, à tous les hommes qui passeront à portée de sa main, aucun ne voudra de moi, aucun ne m'épousera. Et cela me fait très peur.»*

Elles n'avaient pas dit : «*Nous sommes sœurs et les liens qui nous unissent sont plus forts que ceux du sang.*» Pourtant, elles en avaient l'une et l'autre entendu, compris et accepté chaque mot.

3

Au printemps suivant, la vallée de la Gore fut le théâtre de deux événements marquants : l'ascension de Mme Evangeline Stangway au firmament de la bonne société et l'apparition du miracle des temps modernes, le chemin de fer. L'éblouissante Mme Stangway ralliait désormais tous les suffrages, y compris de ceux qui avaient espéré se réjouir de sa chute; le chemin de fer, en revanche, soulevait de vives controverses entre ses partisans avoués, industriels et commerçants pour la plupart, et ses adversaires acharnés, résolus à en dénoncer les méfaits.

Au premier rang de ces opposants – parmi lesquels on comptait les concessionnaires de canaux et les patrons de relais de poste soucieux de leurs monopoles, les chasseurs inquiets pour leur gibier, les fermiers pour leurs récoltes menacées par les escarbilles, sans parler des hommes d'Église décidés à continuer de faire respecter le Jour du Seigneur – se distinguait le plus puissant propriétaire de la région, Lord Merton, de Merton Abbey, sur les terres duquel se trouvait le verrou rocheux incontournable de Merton Ridge, seul endroit où creuser un tunnel pour faire passer la ligne. Si le noble lord admettait les avantages d'un moyen de locomotion lui permettant de se rendre en quelques heures de son club londonien à Merton pour l'ouverture de la grouse, il s'était toujours opposé avec dédain au voisinage de ce monstre bruyant et nauséabond qui troublerait le silence de son parc et les solitudes de ses landes en souillant de fumée noire la verdure de ses prés et le crépi de ses cottages.

Mais Lord Merton avait eu beau battre le rappel de ses obligés et fermer les yeux quand un de ses fermiers tirait dans les hautes herbes sur un géomètre de la compagnie qu'il prenait pour un lapin, « erreur » qui se reproduisait avec une pénible régularité, les relevés topographiques avaient été achevés et le Parlement avait déclaré d'utilité publique le percement de Merton Ridge. La ligne de Leeds à Hepplefield pourrait donc accéder à la vallée de la Gore, à la vive satisfaction des industriels impatients de voir arriver dérivations ou embranchements à la porte de leurs usines. Et lorsque les travaux commencèrent enfin, chacun admit volontiers que le succès de l'entreprise était dû, en très grande partie, aux talents de négociateur de M. Quentin Saint-Charles qui, par la même occasion, avait à lui seul cette année-là empoché davantage d'honoraires que son patron, Me Titus Price, en vingt ans.

Un habile homme, ce Quentin Saint-Charles, disait-on à l'envi, doublé d'un fin diplomate, qui, malgré son jeune âge, avait su apaiser les scrupules des pasteurs les plus pointilleux en obtenant de la compagnie qu'aucun train n'arrive dans les stations de la vallée le dimanche aux heures des offices et qui avait réussi à séduire Lord Merton – qu'on croyait pourtant à l'abri des tentations – en lui faisant promettre un embranchement spécial jusqu'au village de Merton, de sorte qu'il disposerait pour lui seul d'une coquette petite gare lui épargnant l'ennui d'envoyer chercher ses invités à Lydwick ou Hepplefield. Certes, les mauvaises langues prétendaient que le revirement du noble lord venait plutôt d'une offre extraordinairement généreuse pour l'achat des terres incultes de Merton Ridge, mais il ne fallait pas compter sur le discret M. Saint-Charles pour enfreindre le secret professionnel sur ce point.

On savait aussi qu'il s'était rendu à Londres, avec les dirigeants de la compagnie, soutenir la cause de la vallée de la Gore devant le Parlement. À cette occasion, il avait eu l'insigne honneur de dîner chez Lord Merton en son hôtel de

Grosvenor Square, mémorable soirée que sa mère relatait avec des larmes de joie à qui voulait ou ne voulait pas l'entendre, tandis que sa tante Maud annonçait fièrement que Me Titus Price s'était enfin décidé à lui offrir l'association qu'il lui faisait miroiter depuis si longtemps.

Si elle n'y avait vu son propre intérêt, Evangeline n'aurait certes pas songé à exalter la bonne opinion que ce talentueux jeune homme avait de lui-même en donnant un grand « dîner ferroviaire » où il serait nécessairement à l'honneur. Mais Quentin ayant été reçu chez Lord Merton, même noyé dans un groupe d'importants personnages plutôt qu'invité à titre personnel, elle devait saisir ce prétexte de rendre la politesse en lieu et place de Letty qui en était incapable. Lord Merton ne pourrait pas refuser si elle conviait avec lui certains dirigeants de la compagnie dont il était devenu l'un des principaux actionnaires – grâce au prix de vente exorbitant de ses arpents de rocher.

Car si Evangeline régnait désormais sans partage sur Hepplefield et les manoirs environnants, elle attendait encore un signe de vie de Merton Abbey. Les Merton, il est vrai, partageaient leur temps entre leur château d'Écosse, leur rendez-vous de chasse du Leicestershire, leur villa de Monte-Carlo et leur hôtel particulier de Grosvenor Square, et ne faisaient à l'Abbaye que de rares apparitions à Noël et à l'ouverture de la chasse. Il n'était pas moins essentiel de se rappeler au bon souvenir de Lady Merton.

Celle-ci déclina l'invitation, ainsi que Maud l'avait prédit avec aigreur. Mais Lord Merton était si ravi d'avoir sa propre gare qu'il accepta non seulement de s'asseoir à la table d'Evangeline mais d'inciter ses deux filles et leurs amis à venir assister à la petite « soirée musicale » prévue après le dîner. C'était un triomphe pour Evangeline, fermement décidée à rendre cette première visite de Lord Merton à High Grange tellement inoubliable qu'il ait hâte d'y revenir – mais, cette fois, accompagné de sa femme.

Après s'être assurée que le dîner serait somptueux sans ostentation, les vins irréprochables, le souper de minuit léger et délicat, la musique raffinée sans inspirer l'ennui, Evangeline accorda ses soins aux toilettes – la sienne, d'abord, pour laquelle elle hésita longuement avant de fixer son choix sur un chef-d'œuvre de lamé argent et de tulle vaporeux qui soulignait la finesse de sa taille et révélait de troublants aperçus sur les vallonnements de sa poitrine. Quant aux robes d'Oriel et de Kate :

– Du blanc, naturellement, décida-t-elle. À vos âges, mes chéries, c'est la seule couleur qui convienne.

On constata bientôt que le satin, les volants et les broderies qui faisaient merveille sur Oriel prenaient sur Kate l'allure disgracieuse d'un drap froissé.

– Faut-il vraiment nous habiller de la même façon, maman? demanda Oriel à la fin d'un essayage auquel Kate s'était dérobée. Nous sommes si différentes, c'est… injuste.

– Injuste pour qui? Pas pour toi, ma chérie. Le blanc te va à ravir.

– Précisément. Les gens le remarqueront.

– Soit. Et que verront-ils? Que vos deux robes sont identiques au ruban près, qu'elles coûtent le même prix et que je n'ai donc pas favorisé ma fille.

– Si, maman, vous le savez très bien!

– Quoi de plus normal, après tout? C'est du simple bon sens, tu le sais comme moi. N'en parlons plus, je te prie, nous avons trop de choses plus importantes à penser.

La composition de la liste des invités n'avait pas non plus été une mince affaire.

– Cette chère Evangeline donne un grand dîner en l'honneur de Quentin! clamait Letty à tous les échos.

– Mon frère reçoit quelques personnes du chemin de fer, grommelait Maud à ceux de ses amis qui s'étonnaient de ne pas être conviés.

Elle ne devait elle-même l'honneur d'y assister que parce qu'elle servait à rétablir l'équilibre, rompu par l'absence de Lady Merton, entre les hommes et les femmes. Non qu'Evangeline eût jamais envisagé de lui donner Lord Merton pour cavalier, pas plus que M. Morgan de Hay, le célèbre ingénieur, ni même M. Garron Keith, le puissant entrepreneur débarqué depuis peu dans la vallée avec ses terrassiers, ses chevaux de trait, ses tombereaux et ses explosifs, un nouveau riche vulgaire qu'il était néanmoins impossible de ne pas inclure dans cet aréopage ferroviaire.

Avec des convives aussi disparates, le plan de table avait été un vrai casse-tête, le cas de M. Keith se révélant le plus délicat.

– Je ne vois pas à côté de qui l'asseoir, avait soupiré Evangeline. Ou alors, il faudrait nous rabattre sur une des péronnelles de Letty. L'aînée – comment s'appelle-t-elle, déjà ? Ah ! oui, Constance… Non, c'est celle qui est mariée. Eh bien, la seconde, Susannah. Une parfaite petite sotte qui tremblera de peur devant cet individu. Si seulement je pouvais me dispenser de sa présence…

– Êtes-vous obligée de le recevoir ?

– Hélas ! oui, ma chérie. D'ailleurs, d'après le peu que j'en sais, je le crois tout à fait capable de venir sans être invité. Je crains que ce ne soit un rustre.

– Pauvre Susannah ! observa Oriel en souriant.

– Tant pis pour elle. Je te placerai entre M. de Hay et ce M. Keith, tu sauveras la situation si elle le fait mourir d'ennui. Je te fais confiance, ma chérie.

Lorsque le grand soir arriva enfin, Kate rejoignit Oriel dans sa chambre avant de descendre au salon.

– Oh ! Oriel, comme tu es belle ! s'écria-t-elle.

Dans sa robe virginale d'où émergeaient ses épaules lisses comme du marbre, elle était en effet sublime.

– Merci, Kate.

– Ne me remercie pas, je n'y suis pour rien ! Je veux dire… Tu as de jolis cheveux blonds, de grands yeux bleus, un teint sans défaut, mais beaucoup d'autres les ont aussi. Toi, Oriel, tu as autre chose. Sais-tu ce que c'est ?

– Bah ! Je sais créer une illusion…

– Non, tu as quelque chose *en toi* dont je regrette d'être dépourvue, voilà tout. Je ne sais pas me rendre telle que je le voudrais. Je n'ai jamais su choisir mes robes. Je sais seulement que je ne devrais pas porter celle-ci.

Oriel examina la robe blanche qui affadissait la sauvage beauté brune de Kate et noyait l'élégance naturelle de sa mince silhouette sous la mièvrerie de broderies inutiles.

– Attends, dit-elle comme frappée d'une subite inspiration, j'ai une idée…

Elle fit mine de chercher dans un tiroir et, avec un cri de

surprise qu'elle espéra convaincant, exhiba une large et longue écharpe de satin écarlate.

– Tiens, cela irait peut-être ! Qu'en penses-tu, Kate ? Je l'avais mise sur une de mes robes il y a très longtemps, mais elle ne m'allait pas du tout.

L'écharpe était neuve, bien entendu. Oriel l'avait achetée une semaine auparavant à Hepplefield, en réussissant à déjouer quelques instants la surveillance de sa mère.

– Il doit me rester aussi quelques rubans assortis, ajouta-t-elle. Je vais t'arranger cela.

Elle drapa l'étoffe de manière à souligner la taille fine et souple de Kate et en fit retomber les pans le long de la jupe en créant ainsi un effet d'audacieuse originalité. Puis, sans laisser à Kate le temps de réagir, elle défit ses bouclettes, remonta ses cheveux en un chignon qui lui allongeait le visage et mettait en valeur ses yeux en amande.

– Voilà ! C'est déjà mieux, n'est-ce pas ?

Sans être belle selon les canons habituels, elle était devenue elle-même, Kate. Ce soir-là, au moins, elle ne ressemblerait à personne ni n'endosserait une personnalité factice imposée par quelqu'un d'autre.

– Eh bien, Kate, qu'en penses-tu ?

Hypnotisée par son reflet, Kate restait immobile devant le miroir.

– Je crois que… que j'ai l'air assez jolie, dit-elle enfin comme si elle s'éveillait d'un rêve.

– Mais tu *es* jolie, Kate !

Non, chère petite sœur, le mot « joli » ne te convient pas. Mais je suis si heureuse d'avoir réussi à créer cette image de toi…

Kate lui prit les mains, les serra à lui faire mal.

– Pourquoi, Oriel ?

Émue, Oriel se réfugia dans l'ironie.

– Seigneur, Kate ! Pour quelques bouts de ruban…

– Pourquoi, Oriel ? Réponds-moi.

– Que veux-tu dire ?

– Je veux dire que tu n'as jamais porté cette couleur et que tu n'as pas retrouvé par hasard ces « bouts de ruban », comme tu les appelles. Tu les as achetés exprès, n'est-ce pas ? Avec ton argent de poche et en te privant de quelque chose, parce que je sais combien on te donne…

– Un grand sacrifice ! l'interrompit Oriel en riant de plus belle pour refouler les larmes qui lui piquaient les yeux. Tu ne vois pas que je suis à moitié morte de faim ?

– Et toi, Oriel, tu ne vois pas que personne jusqu'à présent ne s'était donné la peine de s'occuper de moi ni de m'aimer ? Tu ne vois pas que…

Oriel se hâta de l'interrompre avant qu'elle ne lui dise « je t'aime ».

– Allons, allons ! C'est encore tante Maud qui te trouble l'esprit.

– Non, Oriel. Ce que tu viens de faire, je ne l'oublierai jamais, tu entends ? Jamais !

Chère petite sœur, pauvre petite sœur qui a tant besoin d'amour et qui a si peur d'en être indigne parce que ton père – qui est aussi le mien – et ce vieux dragon de Maud ne t'ont jamais aimée. Parce que tu crois que le monde entier te rejettera comme ils t'ont rejetée. Je te comprends. Mais tu ne devrais pas ouvrir si grand ton cœur à la première personne qui le touche. Ne porte pas ton cœur en écharpe, chère petite sœur, quelqu'un te le briserait…

Quand elle descendit au salon, Kate fit sensation. Ce n'était plus « la fille d'Eva Kessler » mais Kate Stangway, une jeune femme radieuse qui, pour la première fois de sa vie, se sentait sûre d'elle et bien dans sa peau.

– Est-ce bien toi, Kate ? dit Evangeline, interloquée par la métamorphose.

Maud la fusilla du regard sans savoir que dire.

– Aurais-tu changé de coiffure ? s'enquit Letty avec étonnement. Ah ! Voilà Quentin ! Nous n'attendions plus que toi, mon cher enfant.

Kate s'empressa de mettre le plus de distance possible entre lui et elle. Oriel la suivit des yeux avec inquiétude, mais ses obligations envers les invités qui arrivaient l'empêchèrent de continuer à veiller sur elle.

Evangeline avait déjà accaparé Lord Merton, petit homme aussi insignifiant d'allure que le Révérend Saint-Charles –

sauf qu'il était riche, influent et jouissait de la flatteuse réputation d'avoir été jugé de mœurs trop libres pour le goût du jeune mari de la reine Victoria, le vertueux prince Albert.

– La petite savait vivre, comme ses oncles d'ailleurs – que Dieu ait leurs âmes, ces chères vieilles canailles – jusqu'à ce qu'elle nous impose ce Cobourg, hennissait-il à l'oreille d'Evangeline. Maintenant, chère madame, on meurt d'ennui à la Cour, je préfère ne plus y mettre les pieds.

« La petite » désignait, bien sûr, la reine d'Angleterre, impératrice des Indes.

Lord Merton racontait encore ses démêlés avec le prince consort quand vint le moment de passer à table. Il s'empara du bras d'Evangeline en la couvant d'un regard où l'admiration le disputait à la concupiscence. Matthew donna le sien avec un ennui distingué à l'épouse de l'illustre ingénieur, Mme Morgan de Hay, qui ne cessait de jacasser sur le génie de son mari. Quentin se détacha à regret du groupe des directeurs, avec lesquels il discutait sérieusement de choses sérieuses, pour s'approcher de Kate dont l'éclat s'éteignit d'un coup, comme une bougie qu'on souffle.

Oriel prit place entre M. de Hay, ni plus ni moins admiratif du son de sa propre voix ou de la profondeur de son intelligence que la plupart des gentlemen qu'elle avait côtoyés jusqu'alors, et M. Keith qui, bien que sorti des rangs de ces hordes de terrassiers qui semaient la terreur aux alentours de Merton Ridge, se conduisait depuis un quart d'heure en parfait gentleman et feignait d'écouter Susannah Saint-Charles lui parler des bonnes œuvres de la paroisse paternelle et de la restauration de l'orgue, sujets qui ne lui inspiraient, à l'évidence, pas le moindre intérêt.

Un homme d'importance, ce M. Garron Keith, tant par sa large carrure que par l'opulence de sa mise qui, estima Oriel d'un œil exercé, coûtait deux fois plus que celles des autres messieurs, sans parler du diamant de son épingle de cravate, de l'or massif qui luisait sur ses boutons de manchettes et de sa chaîne de montre chargée de breloques. Sous le raffinement du plastron ruché, il ne semblait toutefois pas homme à craindre les intempéries, le soleil ne devait pas aisément éblouir ses rusés petits yeux noirs et, sous ses boucles drues où l'on ne distinguait pas un seul cheveu gris, sa solide tête ronde ne paraissait guère meublée d'autres soucis que celui de mener ses affaires, tant publiques que privées, selon ses seuls intérêts – trait de caractère commun à MM. de Hay, Matthew Stangway et Quentin Saint-Charles, comme à tous les autres hommes dans un monde conçu par eux pour être mis au service exclusif de leurs volontés.

Ses bonnes manières ne durèrent cependant pas ; une fois le consommé expédié, son verre rempli de bordeaux et son assiette débordant d'une montagne de nourriture qu'aucun *butler* digne de ce nom n'aurait jamais servi de sa propre initiative à aucun invité, il délaissa l'insipide babillage de Susannah et se tourna vers Oriel en disant, d'une voix assez forte pour faire sursauter ses voisins :

– Et vous, mademoiselle Blake, comment passez-vous votre temps ?

– Agréablement, je vous remercie.

Prise au dépourvu, Oriel avait répondu avec froideur, en espérant que cela suffirait à lui faire prendre conscience de son incongruité. À l'évidence, cela ne suffisait pas.

– Mais encore ? insista-t-il. Quelles sont vos occupations préférées ?

Il se penchait vers elle de telle manière que ses larges épaules lui cachaient la moitié de la table.

– Je joue du piano, je peins à l'aquarelle, j'aime beaucoup le jardinage, j'aide ma mère…

C'était là le portrait classique de la « jeune fille comme-il-faut », énoncé sur un ton censé lui faire comprendre qu'il serait malséant de poursuivre. Mais un homme tel que lui, qui avait acquis sa fortune par des méthodes qu'aucun des gentlemen présents n'était sans doute capable d'imaginer, n'avait visiblement pas la patience d'attendre qu'on veuille bien lui accorder ce qu'il exigeait et qu'il était résolu à obtenir par la force s'il le fallait, en l'occurrence l'attention pleine et entière de sa séduisante voisine. Oriel fit donc contre mauvaise fortune bon cœur et se prêta au jeu en répondant de son mieux aux questions qu'il semblait lui lancer comme autant de défis. Confrontée pour la première fois de sa vie à un authentique *self-made man*, elle perdait pied. Il empiétait trop sur son espace vital, il avait l'épiderme trop épais pour sentir ses piques, il était trop massif pour être tenu à distance.

Elle avait réussi à détourner la conversation en le faisant discourir sur la rude vie de ses terrassiers dans les solitudes de Merton Ridge quand l'intervention importune de Susannah raviva ses alarmes.

– J'ose espérer, monsieur, disait-elle d'une voix rendue haletante par l'exaltation du devoir accompli, que vous procurerez à ces pauvres gens des logements convenables. On entend tant d'histoires affreuses sur leurs conditions de vie – la promiscuité, la misère, le vice aussi, dit-on…

Ce fut au tour de M. Keith de sursauter, comme si un petit oiseau s'était posé sur la nappe et lui picorait la main. Daignant enfin se tourner vers elle, il la rangea d'un regard dédaigneux dans la catégorie de ces femmes vertueuses, pourvues d'un encombrant altruisme allant de pair avec une poitrine plate et des lèvres minces, auxquelles il avait à l'évidence déjà dû se mesurer.

– Vous avez tout à fait raison, mademoiselle, dit-il avec un soupir las. Mais pour le moment, je ne vois aucune possibilité de loger mes gens autrement que sous la tente, aussi longtemps du moins que je n'aurai pas construit de route carrossable entre le village et l'emplacement de ce que Lord Merton appelle déjà son tunnel.

– Et pourquoi donc, monsieur?

– Parce que, ma chère demoiselle, tant qu'il n'y aura pas de route, mes chariots ne pourront pas transporter à pied d'œuvre mes outils et mes matériaux qui sont choses lourdes et encombrantes, dit-il avec condescendance. Et tant que je ne les aurai pas sur place, avec quoi bâtirai-je des logements pour mes ouvriers?

– Il y aura des femmes et des enfants, n'est-ce pas? demanda-t-elle en relevant le menton avec héroïsme.

– Sans doute.

– Mais c'est terrible, monsieur Keith! Pensez à ces malheureuses, sans abri digne de ce nom…

– Je n'y puis rien, mademoiselle, dit-il d'un ton signifiant qu'elle se mêlait de ce qui ne la regardait pas. Mes hommes en ont l'habitude. Ceux qui ont une femme sont libres de l'amener ou non, ceux qui n'en ont pas s'arrangent comme ils l'entendent. Quant à ceux à qui cela ne plaît pas, ils sont libres de chercher du travail ailleurs.

La conversation prenait un tour dangereux. Oriel se hâta d'intervenir :

– Et vous, monsieur, séjournerez-vous dans la région pendant la durée des travaux ?

Il lui redonna aussitôt toute son attention.

– Oui. J'ai des contrats importants dans le Yorkshire, de quoi m'occuper au moins cinq ou six ans. Cette vallée me paraît commode pour m'installer jusqu'à la fin des travaux. Il serait d'ailleurs temps que mes enfants aient un foyer.

Ainsi, il était marié… Oriel réprima un soupir de soulagement.

– J'ai perdu ma femme, ajouta-t-il. Il y a plusieurs années déjà.

– Vraiment ? J'en suis désolée…

Elle le disait d'autant plus sincèrement que, selon toute vraisemblance, il envisageait de remplacer sa défunte épouse par une personne susceptible de l'aider à gravir les barreaux d'une échelle sociale sur lesquels sa seule fortune ne lui suffirait pas à se hisser. Une personne dont les chances sur le marché conjugal étaient assez compromises, d'une manière ou d'une autre, pour lui faire accepter un mari tel que lui. Autrement dit, une fille irréprochable mais sans dot ni beauté, telle que Susannah. Ou une fille belle mais au passé quelque peu douteux, comme elle-même.

– Ce doit être triste pour un homme seul d'élever ses enfants, parvint-elle à articuler.

– Ils lui réservent sûrement de grandes joies, affirma Susannah, accoutumée au sacrifice.

– Pas que je sache, déclara M. Keith d'un ton jovial.

Son regard posé sur les épaules nues d'Oriel signifiait sans équivoque qu'il savait apprécier d'autres joies dans la vie que celles de la paternité.

– Vous avez des fils, peut-être ? demanda Oriel plus sèchement qu'elle n'aurait voulu.

Elle imaginait des garnements à l'image de leur père, mal embouchés et à l'affût des pires sottises.

– Non, deux filles et un garçon. Comme toutes les femmes, vous aimez sans doute les enfants, mademoiselle ?

– Certaines les aiment plus que d'autres. Susannah, par exemple, les adore. Elle s'occupe à merveille de ses jeunes frères et sœurs. Pour ma part, j'ai eu si rarement l'occasion d'en approcher...

Il la dévisageait avec autant de gourmandise qu'il avait salué l'apparition du gigot.

– Dommage, déclara-t-il. Il faudra y remédier.

L'arrivée du dessert dispensa Oriel de répondre et elle se tourna vers M. de Hay avec un sourire plus charmeur qu'elle ne lui aurait normalement accordé. En face d'elle, muette, accablée d'un insoutenable ennui, Kate avait le visage fermé et le regard perdu dans le vague. Au contact de Quentin, la belle jeune fille pleine de vie et d'enthousiasme s'était évanouie pour céder de nouveau la place à la triste « fille d'Eva Kessler », qui se jugeait indigne d'être aimée.

Evangeline se leva peu après, donnant ainsi le signal qu'il était temps de laisser les messieurs savourer seuls leur porto et leur cigare en abordant enfin les sujets de conversation considérés comme indignes des oreilles féminines, l'argent et la politique pour certains, des plaisanteries osées pour d'autres tels que Lord Merton et M. Garron Keith ; seul Matthew Stangway conserverait un silence hautain.

Kate s'était déjà éclipsée afin d'échapper à la corvée d'accueillir les nouveaux arrivants – ceux qu'Evangeline n'avait pas jugés dignes de son dîner et ceux qui n'avaient pas estimé son dîner digne de leur présence. À une fournée de jeunes Saint-Charles de l'un et l'autre sexe se mêlaient les hobereaux des environs et les bourgeois les plus huppés d'Hepplefield. Enfin, couronnement de la soirée, arrivèrent les deux filles de Lord Merton – qui, malgré leurs grands airs, auraient pu être confondues avec n'importe laquelle des ternes demoiselles Saint-Charles – escortées d'un jeune homme dont l'apparition alluma un éclair d'intérêt dans les yeux d'Evangeline.

– Notre cousin Francis Ashington, annonça Dora Merton avec un ennui distingué. Un garçon célèbre. Il a sillonné les Indes costumé en indigène. Il a aussi exploré la Syrie et l'Arabie en se faisant passer pour un Arabe. La Société Royale de Géographie le porte au pinacle. Il y a donné des conférences et a écrit des articles dans toutes sortes de publications. Vous avez sûrement entendu parler de lui.

Non, Evangeline n'était pas au courant de ses hauts faits. Pourtant, elle était sûre de l'avoir déjà vu…

– Enchantée, cher monsieur. Je vous présente Oriel Blake, ma fille.

Un bref instant, Oriel crut elle aussi le reconnaître. Puis la ressemblance – car il ne pouvait s'agir d'autre chose – se dissipa pour la laisser face à l'homme le plus séduisant qu'elle eût jamais rencontré. Si ses traits n'étaient ni plus beaux ni plus réguliers que ceux des quelques hommes qui, en de rares occasions, l'avaient attirée, aucun ne lui avait causé d'émotion si profonde ; nul ne lui avait paru si familier, au point qu'elle avait l'impression de le connaître depuis toujours, d'avoir partagé son intimité à un autre niveau de conscience. D'avoir été heureuse avec lui, grâce à lui dans une vie antérieure peut-être, ou dans un rêve qui se matérialisait soudain par miracle. La gorge sèche, l'estomac noué, elle se sentait sur le seuil d'une étape essentielle de son existence.

– Monsieur.

– Mademoiselle.

Son teint basané aurait pu, en effet, le faire passer sans peine pour un Indien ou un Arabe. Sa peau ambrée, ses yeux en amande, presque noirs et profondément enfoncés, lui donnaient une allure exotique ; et cependant, sa personne et son comportement dénotaient le parfait gentleman, courtois, civilisé. Et beau comme un dieu.

– Ah ! Vous êtes là…

Impatient de retrouver auprès d'Evangeline l'illusion de sa jeunesse évanouie et de sa douteuse séduction, Lord Merton avait écrasé son cigare, décliné l'offre d'un deuxième verre de porto et fait part de son intention de rejoindre les dames, condamnant ainsi les autres à le suivre.

– Très aimable, Francis, d'avoir bien voulu amener Dora et Adela. Vous voilà donc avec mon jeune vaurien de neveu, chère madame ! Vous avez sûrement connu sa mère, ma cousine Celestine Ashington. Une femme ravissante – moins que vous, il est vrai – qui nous a quittés trop tôt, hélas ! Les Ashington meurent jeunes – sauf lui, Dieu merci. Un vrai héros, le saviez-vous ? Il a parcouru les Indes de long en large et je ne sais quels pays barbares, il a failli mourir de soif dans le désert – les journaux avaient déjà annoncé sa mort. Ma pauvre femme était en larmes – elle aimait beaucoup sa mère. Et puis il est reparu un beau jour, maigre comme un coucou, avec pour seule idée en tête de partir visiter je ne sais quelle ville sainte où on tue les hommes blancs qui ont l'audace de s'y risquer ! Mais je ne l'ai pas laissé faire et je lui ai dit de rester chez lui le temps de prendre femme. Il y a des Ashington à Dessborough depuis aussi longtemps que nous sommes à Merton, il est le dernier de la lignée, il a donc le devoir de produire un héritier avant de s'envoler encore Dieu sait où. Présentez-lui donc votre charmante fille, chère madame. Je lui donnerais bien une des miennes mais Dessborough ne serait pas digne d'elles. Que voulez-vous, elles ont la folie des grandeurs – comme leur mère, d'ailleurs.

Malgré son refus d'un deuxième porto, Lord Merton était déjà passablement ivre – ce dont ses filles, qui le trouvaient de toute façon ridicule, ne s'offusquèrent que pour la forme.

– Père, je vous en prie ! dit sans conviction Adela, l'aînée, fiancée à un autre cousin qui, seul héritier mâle, récupérerait en temps utile le titre de Lord Merton.

– Vous exagérez, père ! renchérit Dora qui, ne pouvant devenir Lady Merton, avait décidé qu'elle serait duchesse.

Les dames qui étaient montées rajuster leurs toilettes reparaissaient une à une – sauf Kate ; les messieurs poursuivaient leurs conversations au salon dans le tintement des tasses à café en attendant le champagne. Des tables de jeux avaient été dressées dans la bibliothèque, les violons commençaient à jouer en sourdine dans le grand hall.

– Vous venez, Francis ? dit Dora Merton à ce cousin qui, sans être assez riche pour faire un mari éventuel, lui paraissait le genre d'homme dont il serait très agréable de tomber amoureuse en attendant de devenir duchesse.

Mais Francis n'avait d'yeux que pour Oriel et ne l'entendit même pas.

Quentin Saint-Charles s'enquit, avec sa froide courtoisie

habituelle, de l'endroit où Kate était partie se cacher. L'esprit tout entier occupé de Francis Ashington, Oriel répondit distraitement qu'elle n'en savait rien.

Barrant la porte du fumoir de sa large carrure, M. Garron Keith dévisageait Oriel avec tant d'insistance qu'elle le sentit et lui lança du regard une prière muette de ne pas lui gâcher cet instant dont sa vie dépendait peut-être.

– Que dois-je faire, Oriel ? voulut savoir Susannah Saint-Charles, angoissée. M. Keith a l'air furieux, il m'en veut sans doute de ce que je lui ai dit pendant le dîner. Faut-il lui présenter des excuses ?

– Oui, répondit Oriel. Au plus vite.

Mais le temps que Susannah traverse le hall, M. Keith avait disparu.

Oriel feignait d'écouter la musique dont elle n'entendait pas une note, le champagne lui piquait la langue sans humecter sa gorge sèche. Elle n'avait plus conscience de la foule qui l'entourait mais de la seule présence de Francis Ashington à côté d'elle, de la joie irréelle dans laquelle elle baignait. Par la force de l'habitude, elle réussissait à garder contenance, à répondre de façon cohérente à ses questions, à l'interroger sur sa vie aux Indes, ses voyages, sa famille, ses impressions de l'Angleterre qu'il retrouvait après une si longue absence.

– Je m'y sens dépaysé, répondit-il. Les couleurs me semblent – comment dire ? – fausses.

Elle avoua ne pas comprendre.

– Je suis arrivé tout enfant aux Indes, j'ai grandi environné de couleurs violentes et chaudes – des roses, des rouges, des oranges si flamboyants que les demi-teintes de l'Angleterre me sont étrangères. À vrai dire, mes oreilles ne sont pas plus accoutumées à ces violons. Peut-être me dérouteraient-ils moins si je les entendais d'un peu plus loin. Du haut de la galerie, par exemple ? Venez.

Oriel le suivit, dissimulant sous son calme sourire un bouillonnement d'émotions plus torrides que les couleurs dont il parlait.

– Je venais ici dans mon enfance, dit-il quand elle s'étonna qu'il connût le chemin de la galerie. Mon père était un cousin éloigné de M. Stangway.

Voilà donc, se dit-elle, l'explication de la ressemblance qui l'avait frappée. Ce teint sombre, ces traits aquilins étaient ceux des portraits de famille et de Matthew Stangway lui-même – son père – mais transfigurés par une chaleur humaine, une joie de vivre que ce dernier ne possédait plus – s'il les avait jamais possédées.

– Oriel…

– Oui, Francis ?

– Quel nom merveilleux et qui vous va si bien ! Vous incarnez la jeune fille idéale dont nous rêvions, là-bas. Vous ressemblez à un matin d'avril.

Dans la pénombre de la galerie déserte, où les bruits du grand hall arrivaient assourdis, ils se tenaient face à face, séparés par les deux pas qu'imposaient les convenances. Et pourtant, Oriel se sentait enveloppée de sa présence qui la caressait comme un souffle. Le silence autour d'eux les rapprochait, les unissait dans une communion des âmes.

– Francis Ashington ! Est-ce bien vous ?

Oriel aurait voulu se boucher les oreilles, faire taire cette voix stridente, ces claquements de talons sur le parquet. Qui osait ainsi fracasser son rêve avec une telle brutalité ? Dora Merton, sans doute…

Non, c'était Kate, *sa* Kate, qui émergeait soudain de l'ombre dans un tourbillon de blanc et d'écarlate, les yeux brillants, le corps entier vibrant de joie.

– Francis ! répéta-t-elle.

– Oui ?

Il se tourna vers elle, cligna les yeux, ébloui.

– Vous ne vous souvenez pas de moi, j'étais encore toute petite quand nous nous sommes rencontrés pour la première fois, mais moi je sais tout de vous ! J'ai lu tous vos articles. Je ne savais même pas que vous étiez venu ce soir. Je n'en crois pas mes yeux !

Dressée sur la pointe des pieds, comme prête à prendre son envol, elle tendait les mains, elle offrait son cœur éperdu d'amour et d'admiration au poète, à l'explorateur, à l'homme qui avait accompli tout ce dont elle avait toujours rêvé, qui incarnait ses aspirations les plus folles. L'homme qui ne s'était pas contenté de songer à partir pour l'Arabie sur un chameau mais qui y était arrivé et en était revenu.

Pour elle.

4

Il était en effet revenu dans le dessein de prendre femme, projet fort sensé si l'on considérait l'attrait qu'exerçaient sur lui les jungles, les déserts et autres lieux offrant des chances non négligeables d'abréger son espérance de vie. Le dernier des Ashington de Dessborough ne ferait donc que son devoir en concevant un héritier avant de retourner s'exposer à la mort par la soif, les fièvres ou la pointe d'une flèche empoisonnée. Et tandis qu'il cueillerait au loin de nouveaux lauriers, son épouse devrait être une femme à la fois calme et forte, capable sans se plaindre d'élever seule ses enfants tout en assumant ses obligations envers le domaine et les fermiers. Une femme sur qui compter pour veiller à tout en son absence et lui assurer à son retour le soutien et la paix de l'esprit dont il aurait besoin pour transcrire ses aventures en une prose captivante, si possible lucrative.

En un mot, Oriel.

Ayant compris en un éclair que le Ciel exauçait ses prières par l'envoi de Francis Ashington, Evangeline se mit aussitôt en campagne. Elle ne pouvait rêver meilleur mari pour sa fille, meilleur gendre pour elle-même. Ce n'était ni un cadet sans fortune ni un rustre opportuniste tel que Garron Keith, mais un gentleman de bonne, sinon de haute naissance, pourvu de biens au soleil et dont le mode de vie excentrique ne pouvait que l'inciter à fermer les yeux sur la naissance d'Oriel – sans oublier le fait que Celestine Merton lui avait donné le jour moins de neuf mois après son mariage hâtif avec un cadet Ashington, scandale étouffé par l'envoi précipité des coupables vers les lointains rivages des Indes, mais scandale quand même. Quant à ses qualités et à sa séduction, elles comptaient moins aux yeux d'Evangeline que sa parenté avec les Merton : « Ma femme aimait beaucoup sa mère », avait dit Lord Merton à Evangeline, qui entendait dans ces paroles le bruit délicieux des portes s'ouvrant devant elle non seulement à Merton Abbey mais aussi et surtout à Grosvenor Square et à Monte-Carlo, où Lady Merton côtoyait une élite d'artistes et de ministres.

– Je veux Francis Ashington pour Oriel, déclara-t-elle de but en blanc à Matthew. Êtes-vous prêt à la doter comme il faudra ?

– Si je refusais, mon ange, répondit-il avec un sourire ironique, m'accorderiez-vous un seul instant de répit jusqu'à la fin de mes jours ?

Elle lui rendit son sourire avec la grâce inimitable qui l'avait jadis ensorcelé – et dont il se souvenait sans plaisir ni regret.

– Vous serez superbe au pied de l'autel à côté du jeune Ashington, mon amour, il vous ressemble tant – disons plutôt qu'il ressemble à ce que vous étiez avant que le monde entier ne vous plonge dans l'ennui. Ne trouvez-vous pas flatteur que notre fille soit bouleversée par cette lointaine image de vous-même ?

– L'est-elle vraiment ? Je ne l'ai pas remarqué.

Remarquait-il seulement l'existence de sa fille ?

– Quand vos pourparlers seront assez avancés, reprit-il, je ferai établir par Quentin un projet de contrat de mariage. Vous en négocierez les termes avec lui.

– Ce cher Quentin m'accordera-t-il ce que je lui demanderai ?

– Il luttera sans doute pied à pied pour sauvegarder mon patrimoine, qu'il considère déjà comme le sien, mais je connais votre force de persuasion.

– Endosserez-vous ce que j'aurai obtenu de lui ?

– Cela va sans dire. De même, mon cœur, que vous accepterez ce qu'il me soutirera quand il épousera Kate.

– Vous avez ma parole.

Sans illusions sur l'intention d'Evangeline de tenir sa promesse, il comprenait toutefois qu'elle se résignait à l'idée de voir un jour Quentin seul maître de High Grange, perspective moins insoutenable si elle pouvait chercher refuge à Dessborough ou, mieux encore, à Londres et à Monte-Carlo chez Lady Merton, dont elle ne manquerait pas de faire son « amie de cœur » en temps utile.

Si Evangeline jugeait correctement l'avidité de Quentin et ses talents d'homme d'affaires, elle sous-estimait le poids écrasant de ses charges familiales : quatre sœurs à doter, cinq frères à établir, une mère et une tante que leur admiration béate de ses capacités rendait insatiables, un père qui ne l'aimait pas mais se déchargeait sur lui de ses responsabilités. Devant un tel fardeau, le domaine de High Grange, la mine de charbon et la fortune Kessler, dont Kate devait hériter à son vingt-cinquième anniversaire, étaient pour lui vitaux au point qu'il se décida quelques jours plus tard à présenter sa demande à sa manière, c'est-à-dire en se bornant à déclarer :

– Quand nous serons mariés, Kate, j'aimerais que vous preniez l'habitude de noter vos engagements, cela éviterait de commettre des impairs et de vexer les gens.

Elle feuilletait fiévreusement une pile d'invitations, pour la plupart non lues ou restées sans réponse – « Telle mère, telle fille », ricanait Maud avec dédain – pour y trouver la preuve qu'elle n'avait pas reçu celle de Constance au grand thé donné quelques jours auparavant en l'honneur de son nouveau bébé et qu'elle n'était donc pas coupable d'incorrection en ayant « oublié » de s'y rendre. Quentin l'avait suivie au petit salon dans le double dessein de la sermonner et de confirmer sa demande en mariage – simple rappel, en réalité, d'un fait unanimement considéré comme accompli.

Sauf par Kate elle-même. La flamme allumée en elle par Francis Ashington l'illuminait d'une telle clarté, la consumait d'une telle ardeur que la voix de Quentin sembla lui parvenir d'un autre monde, un monde hostile et glacial devant lequel tout son être reculait d'effroi.

– Quand nous serons mariés, dites-vous ?

– Oui, Kate, bientôt. Je le crois du moins. Pas vous ?

– Pourquoi, Quentin ? Pourquoi *moi* ?

– Pour bien des raisons. Entre autres, parce que je me crois capable de prendre soin de vous.

– Non merci, Quentin.

– Plaît-il ?

– J'ai dit non, Quentin.

Le silence retomba, un silence pesant qu'elle était incapable de rompre tandis qu'elle refrénait à grand-peine le désir de crier son amour pour Francis.

– Vous aurais-je surprise, Kate ? demanda Quentin avec un étonnement visible.

– Oui. Oh ! je sais, tante Maud et votre mère en ont si souvent parlé…

– Prêtez donc moins attention aux désirs de ma mère et de tante Maud et un peu plus aux miens. Je le souhaite sincèrement, voyez-vous.

– Pas moi, Quentin.

– Voyons, Kate…

– J'ai dit *pas moi*, Quentin !

Accoutumé par ses discussions avec sa mère à réagir en adulte face à des enfantillages, il laissa échapper un soupir à peine teinté d'impatience.

– Vous êtes très jeune, Kate, et je suppose que…

– Que supposez-vous ? Que j'ignore ce qu'implique le mariage ? J'en sais assez, en tout cas, pour n'avoir aucune envie de faire cela avec vous.

Pour une fois désarçonné, Quentin rougit.

– Kate, je vous en prie ! Inutile d'entrer dans des détails vulgaires…

– Et vous n'avez pas plus envie de le faire avec moi, j'en suis persuadée.

– Je vous ai demandé si vous acceptiez de m'épouser, Kate, dit-il sèchement au bout d'un long silence.

– Non, Quentin !

C'était un cri de panique. Il fit un pas vers elle, la main tendue en signe de paix – et stoppa aussitôt quand elle recula le dos au mur comme un animal traqué, les traits décomposés par la peur.

– Ne me poussez pas à bout, Quentin ! J'aurais peut-être accepté avant, quand je m'y croyais obligée. Mais plus maintenant. Plus jamais ! J'aimerais mieux mourir que vous épouser. Et si vous, votre idiote de mère ou votre abominable tante Maud essayez de m'y contraindre, eh bien, je me tuerai !

Ils restèrent l'un et l'autre un instant immobiles, comme paralysés par la stupeur. Enfin, au prix d'un violent effort, Kate sortit en courant et fit irruption dans la chambre d'Oriel, que son entrée fit sursauter.

– Kate ! Que se passe-t-il ?

Depuis sa rencontre avec Francis, Oriel ne rêvait qu'à lui et se reprochait parfois d'avoir baissé sa garde. Un événement grave avait-il échappé à sa vigilance ? Aurait-elle dû prévoir une crise ? Tremblante, secouée de sanglots, Kate s'était jetée sur le lit qu'elle martelait de ses poings crispés, le visage enfoui dans l'oreiller.

– Oriel, aide-moi ! Je vais être malade.

– Calme-toi, ce n'est sûrement pas si sérieux…

– C'est pire ! Je lui ai dit non.

– À Quentin ?

– À qui d'autre voudrais-tu que ce soit ? Et d'une manière affreuse ! J'ai traité sa mère d'idiote et tante Maud de sorcière, je lui ai dit que je me tuerais plutôt que de le laisser me toucher… Il va sûrement tout leur raconter, leur dire que j'avais l'air d'une folle – comme ma mère. Et tu sais ce qui se passera, n'est-ce pas, quand mon père rentrera ce soir ?

Oriel le devinait trop bien.

– Le détestes-tu à ce point, Kate ?

Même pas, il lui était indifférent. Elle ne le haïssait que parce qu'il n'était pas Francis, que parce qu'il la menaçait de la séparer à jamais de Francis.

– Si seulement j'avais su garder mon calme…

– Vois plutôt le bon côté des choses, dit Oriel en souriant malgré elle. De la façon dont tu t'y es prise, il ne recommencera pas.

Il irait plutôt demander à son père d'intervenir, de la forcer à revenir sur son refus en usant d'arguments convaincants, tels que le retrait de ses maigres privilèges, jusqu'à ce que le désespoir ou simplement l'ennui finisse par l'emporter. Dans ce cas, comment Oriel, soumise aux mêmes contraintes, pourrait-elle lui venir en aide ? Kate n'aurait-elle pas intérêt à accepter ce mariage de convenance afin de se libérer de ses chaînes ? L'autorité d'un mari n'était-elle pas, tout compte fait, moins humiliante, moins insupportable que celle d'une tante Maud ? « Marie-toi, dirait Evangeline. Le mariage offre des accommodements... » Kate avait si bien gardé son secret qu'il ne venait pas à l'idée d'Oriel qu'elle réagissait de la sorte parce qu'elle était amoureuse d'un autre.

Oriel lui tamponna le front avec un mouchoir imprégné de lavande. Kate se calma et parvint à sourire.

– Tu verras ce soir au dîner, ce sera à qui plantera le premier son couteau dans ma poitrine. À moins que d'ici là je n'aie trouvé une issue fatale qui leur épargne cette peine. Où se procure-t-on de la ciguë ?

– Je doute qu'il en pousse au jardin.

– Je pourrais aussi m'enfuir. N'en as-tu jamais eu envie ? Dis-moi la vérité, Oriel.

– Non, Kate. Parce que je n'ai nulle part où aller.

Et Kate, où irait-elle ? « Marie-toi, trouve des accommodements... Le compromis est la clef de la survie... » Oriel s'y était elle-même résignée tant qu'elle croyait ce compromis inévitable. Mais maintenant, l'âme et le cœur emplis de Francis, comment prêcher à Kate les vertus de la résignation quand elle rêvait à un mariage d'amour ? Comment faire état de son espoir de bonheur devant Kate, qui n'avait connu que le malheur et le subirait sans doute encore ?

– Je t'aiderai de mon mieux, Kate, reprit-elle. Mais d'abord, sais-tu au moins ce que tu veux ?

– Oh oui ! je le sais !

La conviction, la ferveur de sa réponse prirent Oriel au dépourvu.

– Peux-tu me le dire ?

Kate frissonna, partagée entre le besoin de se confier et celui, non moins puissant, de préserver son secret.

– Non, je ne peux pas, dit-elle enfin. On ne peut pas, on ne *doit* pas parler de certaines choses tant qu'on n'en est pas sûr, tant qu'elles ne se sont pas réalisées. Des choses trop... trop importantes, comprends-tu ?

Avec son propre secret jalousement caché au plus profond de son cœur, Oriel comprenait mieux que personne. Mais pour le moment, il fallait faire face aux problèmes immédiats – la dignité blessée de Quentin, la fureur de la famille devant ce « caprice » qui jetait à bas des projets si soigneusement échafaudés. La soirée promettait d'être rude.

Kate descendit à l'heure du dîner comme le condamné à mort affecte la bravoure en marchant à l'échafaud. Pourtant, quand Oriel et elle entrèrent au salon, elles n'y furent accueillies que par l'habituel coup d'œil distrait d'Evangeline et l'indifférence de Letty, invitée ce soir-là. Maud ne leva même pas les yeux de son ouvrage. Quant à Susannah, elle ne parlait que du camp de terrassiers de Merton Ridge et s'indignait de la manière scandaleuse dont M. Keith permettait à ses gens de s'adonner à la boisson et à la débauche, surtout depuis la construction de la route et des baraques, car les hommes avaient été rejoints par des femmes dont leurs épouses légitimes constituaient, semblait-il, une infime minorité. À l'évidence, personne ici n'était au courant de l'affront essuyé par Quentin.

Lorsque celui-ci arriva à son tour, il salua à la ronde avec sa froideur coutumière, subit avec le même ennui dédaigneux l'adoration de sa mère et engagea une passionnante conversation sur ce printemps d'une exceptionnelle fraîcheur qui retardait la floraison des pommiers. Sans doute attendait-il pour réclamer justice le retour de Matthew et le moment où, le repas terminé, ils se retireraient seuls à la bibliothèque pour parler d'affaires ou de politique, mystérieux sujets dont les hommes sont friands.

– Il joue avec moi au chat et à la souris, chuchota Kate à Oriel. Il s'amuse à prolonger mon agonie.

Le dîner se déroula dans le silence habituel, rompu par les vertueuses tirades de Susannah, que personne n'écoutait, sur les scandales de Merton Ridge. La dernière bouchée avalée, Matthew et Quentin s'enfermèrent comme prévu dans la bibliothèque où Maud, exécutrice des basses œuvres, ne fut cependant pas convoquée. Les nerfs à vif, Kate tendait l'oreille aux moindres bruits de pas derrière la porte et demandait toutes les dix secondes si c'était Quentin qui revenait. Mais lorsqu'il reparut, il se contenta d'annoncer qu'oncle Matthew était monté se coucher avant de relancer la conversation sur le temps et son évolution probable.

N'y tenant plus, Kate se leva d'un bond :

– J'ai une affreuse migraine, dit-elle, je monte me coucher. Bonsoir.

Quentin la salua avec indifférence et déclara peu après qu'il rentrait lui aussi se reposer. Oriel s'excusa à la hâte et le rejoignit dans le hall où il reprenait son manteau et son chapeau. Sous son calme apparent, elle était mal à l'aise. À tort ou à raison, elle l'avait toujours jugé froid et calculateur, et craignait que sa vanité blessée ne le rende insensible à la compassion. Elle ne savait non plus comment lui expliquer avec tact pourquoi il déplaisait et faisait peur à Kate sans avoir l'air, en même temps, de l'accuser d'être antipathique.

– Quentin…

– Oui, Oriel ?

– Je me mêle sans doute de ce qui ne me regarde pas, mais… je voudrais vous parler de Kate.

– Je vous écoute.

– Eh bien… je conçois votre position, Quentin, mais j'aimerais aussi vous faire comprendre à quel point Kate est bouleversée.

– J'en suis parfaitement conscient, Oriel. C'est la cause de son… chagrin qui m'échappe. Est-ce le regret de m'avoir blessé, ou la crainte d'être dénoncée ?

– Ni l'un ni l'autre. Je crois simplement que vous devriez faire preuve d'un peu plus d'indulgence à son égard. Elle n'a que dix-huit ans et…

– Vous n'en avez que vingt.

– Cela n'a rien à voir ! J'ai une expérience tout à fait différente de la vie et…

– Et les nerfs plus solides.

– Peut-être parce que j'ai subi moins d'épreuves.

– Je n'en crois rien, Oriel, dit-il avec un sourire froid. Nous avons tous nos épreuves – et nos défenses.

– En effet. Et si celles de Kate sont faibles, elle n'a pas à en avoir honte. Elle n'a pas une vie facile, elle n'est pas responsable de l'éducation qu'on lui a infligée. Comment attendre d'elle des égards pour les sentiments d'autrui quand personne n'en a jamais accordé aux siens ?

– Voilà une théorie peu commune, Oriel, dont je doute qu'elle soit appréciée de beaucoup de gens.

– C'est possible. En tout cas, vous devriez savoir que Kate a cruellement souffert toute sa vie du désintérêt de ses proches. De leur manque d'affection, surtout.

– Une affection que vous lui prodiguez sans compter.

– Oui. Je l'aime, ce n'est pas un secret. Je découvre en elle des qualités que nul n'a jamais songé à cultiver. Au contraire, on a tout fait pour les amoindrir. À mon avis, c'est plus que regrettable, c'est criminel.

Il fit un nouveau sourire. Plus froid et plus bref.

– Soyez rassurée, Oriel, ce besoin d'indulgence auquel vous faisiez allusion ne m'a pas échappé.

– Alors, répondit-elle en réprimant une bouffée de colère, pourquoi l'avoir sciemment laissée toute la soirée sur des charbons ardents ?

– Voulez-vous dire en taisant à son père l'« incident » de ce matin ? Je ne lui ai rien dit, c'est exact.

– J'aimerais au moins savoir *quand* vous avez l'intention de le faire.

– Est-il donc nécessaire de le mettre au courant ?

Elle crut d'abord avoir mal entendu.

– Plaît-il ?

– J'ai dit : est-il indispensable de l'en informer ? Pour ma part, je n'en vois pas la nécessité. Vous pouvez le dire à Kate.

Oriel se mordit les lèvres. L'avait-elle si mal jugé ?

– Je vous dois des excuses, Quentin.

– C'est tout à fait inutile, dit-il avec un haussement d'épaules mi-dédaigneux, mi-agacé. Mais si vous y tenez… Vous auriez cependant tort, ou ce serait du moins prématuré, de croire que je n'agis ainsi que par égard pour Kate. J'obéis peut-être à d'autres mobiles.

Oriel le craignait aussi ; mais la crise passée, elle l'oublia en retrouvant l'abri de sa chambre, ses rêves de bonheur et sa surprise d'éprouver un amour si profond.

Rien jusqu'alors ne l'y avait préparée. Moins par calcul que par simple réflexe de défense, elle avait décidé depuis longtemps d'accepter ce que la vie lui réserverait, sans perdre son temps en vaines espérances ni pleurer sur des désirs inassouvis

– du moins raisonnait-elle ainsi jusqu'à ce que l'apparition de Francis Ashington obscurcisse son bon sens. Elle tremblait aussi que les intrigues de sa mère n'attirent sur son fragile amour la colère d'esprits malins, jaloux du bonheur des simples mortels.

À mesure que le printemps maussade cédait la place à un été lumineux, elle devait cependant reconnaître les mérites de la stratégie maternelle. Trop habile chasseresse pour alarmer sa proie, Evangeline se bornait à provoquer des situations favorables. Ainsi, quand elle invitait Francis à dîner, elle ne le plaçait pas à côté d'Oriel mais de manière à ce qu'il puisse admirer à loisir le reflet de la lumière sur ses cheveux blonds et la pureté de son profil quand elle se tournait vers son voisin. Pendant leurs excursions, elle réunissait dans la même calèche un assortiment de repoussoirs – Kate la négligée, la terne Susannah, Dora Merton la hautaine – de sorte que le plus aveugle des hommes ne voyait qu'Oriel. Si Francis leur faisait visiter Dessborough, elle laissait Kate errer où bon lui semblait mais chaperonnait Oriel avec un soin jaloux, tout en lui ménageant judicieusement quelques instants de solitude avec Francis.

Le jour où Francis lui fit visiter la roseraie, il baptisa en son honneur sa rose la plus belle – un bouton frais éclos aux pétales d'ivoire pur, au cœur à peine teinté d'un rose tendre – la « rose Oriel », dont il envoya le lendemain matin à High Grange un plein panier adressé à Evangeline mais, en réalité, destiné à Oriel, elles n'en doutèrent ni l'une ni l'autre.

Oriel se laissait-elle aveugler par un rêve insensé ? Peut-être. Mais alors, pourquoi Francis donnait-il son nom à une fleur ? Pourquoi recherchait-il sa compagnie chaque jour davantage ? S'il s'était agi d'un autre, elle aurait su rester lucide. Ainsi, elle était consciente depuis le premier instant que M. Garron Keith la trouvait à son goût et avait décidé de tout tenter pour faire d'elle une mère supplétive pour ses enfants. Mais Francis Ashington avait un besoin aussi pressant d'une épouse. Alors, avait-elle tort de rêver ?

Bien entendu, elle ne pouvait pas savoir qu'il n'avait jamais aimé Dessborough et n'aurait pas songé à prendre femme sans cet héritage importun. Il n'aurait même pas eu l'occasion de rencontrer Oriel sans les pénibles corvées des enterrements familiaux, sans un sens des responsabilités et des traditions dont il s'irritait de n'avoir pu se défaire et qui l'avait ramené en Angleterre à son corps défendant. À vingt-huit ans, il ne connaissait Dessborough que pour y avoir séjourné quelques semaines de loin en loin. Ses premiers, ses plus vifs, ses plus chers souvenirs étaient si étroitement liés aux Indes qu'il s'était toujours considéré en Angleterre comme en exil. Enfant, adolescent, dans la froide solitude de son internat, il n'avait aspiré qu'à rentrer *chez lui*. Le moment enfin venu, il avait été presque déçu.

Ce furent d'abord quelques années d'indolence dans l'armée du Bengale, de parties de polo, de beuveries au mess, de flirts sans lendemain avec les jeunes filles en fleur débarquées d'Angleterre pour la chasse au mari. Une existence plaisante et vaine qui dura jusqu'à ce que l'Inde reprenne possession de son âme ; jusqu'à ce que sa maîtrise des dialectes, son amour pour les peuples, sa passion pour cette terre achèvent de le séparer des autres officiers qui le jugeaient trop « indigène » à leur goût.

Leur tournant le dos sans regret, il avait troqué son uniforme et ses galons contre la défroque du *saddhu* et s'était plongé dans cette Inde qu'il aimait pour n'en émerger que trois ans plus tard et publier le récit de ses aventures, acquérant ainsi une célébrité qui lui redonna la faveur de ceux-là mêmes qui le tenaient naguère à l'écart et se disputaient désormais sa présence à leur table. Vite las de subir le thé insipide des femmes de colonels et la condescendance de leurs époux, de repousser les avances de jeunes Anglaises romanesques et les défis stupides de ses anciens camarades, il avait repris sa besace pour arpenter, cette fois, les déserts d'Arabie – si longtemps qu'on l'avait cru mort. Barbu, émacié par les fièvres, brûlé par le soleil, il était reparu un beau jour, plus résolu que jamais à s'évader d'une civilisation où tout le rebutait pour se rendre à La Mecque, la ville sainte de l'Islam interdite aux infidèles, dont aucun Européen n'était revenu vivant. Il disait vouloir être le premier. En réalité, il avait d'autres raisons.

Le sortilège de l'Inde avait marqué Francis Ashington d'un sceau indélébile. Plus encore que le pays, il en avait aimé les femmes au point d'épouser l'une d'elles, dont la mort prématurée laissait en lui un vide que seul pouvait en partie combler le danger, un constant défi à la mort. Aucune autre femme n'en était capable, même s'il rendait grâces au hasard bienveillant qui, avec Oriel Blake, avait mis sur son chemin l'épouse idéale dont il n'osait rêver.

Lord Merton l'avait averti des doutes qui planaient sur la naissance d'Oriel ; mais pour ce vieux complice des dissipations du prince régent, les préjugés bourgeois et la pruderie qui régnaient désormais à la Cour ne comptaient guère. La question se posait encore moins pour Francis, obscur hobereau trop dénué d'ambitions politiques pour se soucier de déplaire à l'entourage de la reine, aventurier enclin à la plus grande tolérance et veuf inconsolé d'une fille de drapier du Cachemire que les Merton auraient, au mieux, traitée en domestique. Il s'inquiétait donc moins de la légitimité de Mlle Blake et de l'importance de sa dot que de savoir avec certitude si le nom et la position qu'il lui apporterait combleraient ses désirs à elle, pas ceux de sa mère ; si elle souhaitait réellement devenir la mère de ses enfants, la maîtresse de sa maison. En un mot, sa femme.

Non pas sa femme selon son cœur : celle-là avait disparu à jamais dans les flammes du bûcher rituel trois ans auparavant. Mais si Oriel le souhaitait, il ferait d'elle sa femme selon sa raison, il lui accorderait sans réticences son respect et son affection, il lui offrirait avec joie l'existence pour laquelle elle était si bien faite et qu'il partagerait avec elle de son mieux. Sa Rose Oriel, il le savait, s'épanouirait avec ou sans lui en puisant sa substance dans le sol même où il s'anémiait. À tous égards, elle serait aussi parfaite pour Dessborough que ne le deviendrait jamais Kate Stangway, la fille légitime de Matthew.

Cet été-là, il prenait pourtant à la compagnie de Kate un plaisir inattendu. Elle le questionnait avec une touchante avidité sur ses errances aux Indes, en Arabie, en Syrie, en Palestine. Avec la ferveur du disciple aux pieds de son gourou, elle répétait après lui les noms de lieux légendaires – Lahore, Bénarès, le Gange, le Cachemire – qui, pour lui, évoquaient plus de regrets ou d'épreuves que de joies. Emportée sur le tapis volant de son imagination, elle se grisait de la musique des syllabes mystérieuses – Samarcande, Babylone, Damas, Petra, Bagdad, Jérusalem… Avait-il réellement marché dans les rues de ces villes mythiques ? Et La Mecque, demandait-elle, la Pierre noire, la Kaaba ?…

Plus que jamais, Francis aspirait à aller à La Mecque même – peut-être surtout – si l'y attendait une mort ignominieuse sous le fouet des Gardiens de la Foi. Il avait résolu de partir aussitôt après avoir accompli son devoir envers Dessborough et les mânes de ses ancêtres. Protégée par son statut de femme mariée, Oriel aurait l'âme assez forte pour supporter la solitude. Mais Kate, se demandait-il, échapperait-elle un jour au carcan que la société impose aux femmes seules, aux jeunes filles ? Serait-elle saignée à blanc par ce monstre aveugle et froid, forcerait-on son âme fragile à se plier à ses lois – au risque de la briser ?

Il ne pouvait lui être d'aucun secours en dehors des brèves évasions que lui ménageaient ses récits de voyages. Des récits soigneusement expurgés : il savait que, sous ses bravades de révoltée, elle restait malgré tout une jeune Anglaise « bien élevée », c'est-à-dire innocente, maintenue dans l'ignorance des dures réalités de la vie. Il ne pouvait que la plaindre d'être née dans un milieu et à une époque pour lesquels, à l'évidence, elle était aussi totalement inadaptée qu'Oriel y évoluait avec une souveraine aisance. Pauvre Kate, pensait-il parfois tristement, dévorée d'une soif d'absolu qu'elle n'aura jamais les moyens d'assouvir…

Car malgré son expérience du monde et des femmes, Francis Ashington ne s'était à aucun moment rendu compte que Kate était éperdument amoureuse de lui.

5

Les chevaux de High Grange prirent souvent le chemin de Dessborough cet été-là, mais Evangeline, fidèle à sa stratégie, n'y emmenait jamais Oriel sans son escorte de repoussoirs, signifiant ainsi à Francis que s'il voulait la voir seule, il devrait se déclarer promptement et sans équivoque, sinon la calèche Stangway continuerait à franchir la grille de Dessborough avec son chargement féminin.

Tel fut le cas un beau matin de juin quand Susannah Saint-Charles manifesta une vive agitation à la vue de M. Garron Keith, venu répondre aux plaintes formulées contre ses ouvriers par les propriétaires riverains, Lord Merton et Francis Ashington. Et si ce dernier recevait l'entrepreneur debout dans la cour comme un vulgaire garde-chasse, c'est qu'il ne s'agissait plus de quelconques actes de braconnage mais de problèmes autrement plus graves qui soulevaient un émoi légitime dans ces campagnes jusqu'alors paisibles.

On rapportait avec effroi les mésaventures d'honnêtes filles de Merton et de Dessborough « molestées », voire pire, le long des haies ou dans les fourrés ; les agissements de mégères qui déambulaient le poing sur la hanche, la pipe au bec et l'injure à la bouche, bousculaient les villageoises aux puits communaux et terrorisaient les enfants ; les méfaits perpétrés par les hordes de voyous qui envahissaient les débits de boisson, blasphémaient, s'enivraient, se battaient et poussaient l'audace jusqu'à offrir l'argent du stupre à de vertueuses mères de famille et à de pures jeunes filles. Le comble de l'horreur avait été atteint lorsque l'une d'elles avait accepté le salaire du péché et, loin d'en mourir de honte, vivait depuis au camp avec son suborneur.

L'arrivée des dames interrompit la discussion. Francis leur souhaita la bienvenue en n'ayant d'yeux que pour Oriel ; M. Keith fit de même, sans accorder un regard à Susannah qui s'efforçait en vain d'attirer son attention.

– M. Keith est venu me dire en substance qu'on ne fait pas d'omelette sans casser des œufs et qu'il s'apprête à tenir le même discours à Lord Merton, les informa Francis après les banalités d'usage sur le temps qu'il faisait.

– Justement, monsieur Keith..., hasarda Susannah.

– Si Merton veut sa gare, l'interrompit-il comme si elle n'existait pas, il faut des équipes pour la construire. Et si mes hommes se donnent du bon temps après le travail, lutinent quelques laitières et prennent des lapins au collet, je ne vois pas comment les en empêcher. Merton Ridge est loin de tout, il faut bien qu'ils puissent se distraire et se nourrir.

– Monsieur Keith..., commença Susannah sans plus de succès que la première fois.

– Tant que vos boutiquiers refuseront de venir au camp leur vendre de quoi manger, Lord Merton continuera à perdre ses lapins et ses faisans. Sachant ce que lui a rapporté la vente de son terrain, ce n'est pas trop cher payé. Et s'il s'obstine à poser des pièges à loup dans ses bois et qu'un de mes garçons y perde une jambe, je le poursuivrai en justice, je vais le lui dire de ce pas.

– Un homme a quand même le droit de protéger ses biens ! s'exclama Evangeline, scandalisée.

– Il n'a pas le droit de mettre en danger la vie d'un homme pour une gibelotte, madame, et je vous laisse à penser comment ses camarades se feraient justice eux-mêmes si cela se produisait. Je ne donnerais pas cher, par exemple, des vitres de Merton Abbey.

– Vous ne feriez rien pour les en dissuader ?

– Si j'étais là, peut-être. Mais j'ai sept chantiers en cours entre ici et Carlisle, je ne peux pas être partout à la fois.

– Mais vous avez sûrement des contremaîtres ?...

– Oui. Des hommes compétents et en qui j'ai toute confiance parce qu'ils sont sortis du rang. Comme moi-même, je ne m'en cache pas, ajouta-t-il d'un air de défi.

– Oh ! Nul n'en doute, déclara Evangeline avec un sourire signifiant sans équivoque que sa coûteuse redingote et ses bottes cirées comme des miroirs ne parviendraient jamais à faire oublier ses origines plébéiennes.

Visiblement à bout de patience, il semblait prêt à ruiner par une bordée de jurons son ambition de se ranger parmi les gentlemen quand Susannah, haletante, sauva la situation en mettant à profit le bref instant de silence pour placer enfin sa supplique.

– Monsieur Keith ! Je dois vous demander, au sujet de Sadie Clough... J'ai promis à ses parents de...

Il se tourna vers elle avec un geste d'impatience :

– De quoi diable parlez-vous ?

– De la malheureuse jeune fille enlevée à l'affection de sa

famille et de son fiancé, récita-t-elle. Cet individu a-t-il au moins envers elle des intentions honorables ? Je veux dire, réparera-t-il ses torts en l'épousant ?

– J'en doute, dit-il avec un ricanement dédaigneux.

– Mais c'est... affreux !

– Affreux pour qui, mademoiselle Saint-Charles ? Pour la fille ? Entre un niais de garçon de ferme sans avenir et un vigoureux gaillard qui gagne bien sa vie et lui fera voir du pays, je dirais plutôt qu'elle gagne au change. N'êtes-vous pas de mon avis, mademoiselle Saint-Charles ?

Avec une cruauté qu'Evangeline observait en souriant d'un air ravi, il toisait le maigre corps virginal de Susannah comme s'il la mettait au défi de rester en tête à tête avec un de ses « vigoureux gaillards ». Francis cherchait en vain comment s'interposer avec tact ; absorbée par ses émotions, Kate ne remarquait rien ; Oriel déplorait la grossièreté de M. Keith sans donner tout à fait tort à l'offenseur provoqué par la maladresse de l'offensée. Mais puisque personne ne se décidait à intervenir, elle s'avança d'un pas en déployant son ombrelle et s'évanta gracieusement d'une main.

– Quelle chaleur pour un mois de juin, dit-elle comme si elle reprenait le fil du bavardage initial sur le temps. Je suppose qu'il fait étouffant à Merton Ridge, bien que je n'y sois encore jamais allée...

Comme elle y comptait, Keith mordit à l'appât.

– Je serais très heureux de vous y emmener, mademoiselle Blake. Vous n'avez qu'un mot à dire.

– Merci, monsieur, répondit-elle sans préciser, bien entendu, ni quand ni comment. Vous êtes trop aimable.

Sa manœuvre de diversion réussie, elle engagea la deuxième phase en signalant à sa mère, d'un air soucieux, qu'elle était en plein soleil.

– Grand Dieu, je vais noircir comme un pruneau ! s'exclama Evangeline. Mon cher Francis, je crois qu'il serait grand temps de nous abriter.

Il se précipita galamment :

– Je suis impardonnable ! Entrez, je vous en prie.

L'incident ainsi clos avec doigté, M. Keith enfourcha sa jument et partit au galop chercher noise à Lord Merton tandis que Francis Ashington ouvrait devant les visiteuses la lourde porte cloutée de son manoir de Dessborough.

Plus ancienne et moins vaste que High Grange, la maison ne comportait à l'origine qu'une tour de guet, refuge précaire contre les pillards écossais, à laquelle des générations d'Ashington avaient ajouté au fil des siècles une pièce ici et là selon les besoins du moment. Les fenêtres étroites comme des meurtrières, les plafonds bas, les murs épais conçus pour se protéger des intempéries créaient une atmosphère confinée que Francis jugeait oppressante mais dans laquelle Oriel s'était d'emblée trouvée à son aise. Dès sa première visite, elle avait senti Dessborough l'accueillir avec bienveillance, comme si les pierres patinées, les dalles inégales, les boiseries luisantes de cire l'attendaient pour leur ramener le maître qui les avait désertées.

Entrée au salon un peu avant les autres, Oriel humait l'odeur de cire mêlée au parfum des fleurs qui passait par la fenêtre ouverte quand Francis lui murmura :

– M'accorderez-vous un moment, Oriel ?

– Bien sûr, Francis.

Un moment et même davantage. Toute ma vie si vous le désirez, aurait-elle voulu ajouter.

– Vous êtes si belle, Oriel, si parfaite. Un homme se considérerait trop heureux de…

– Oui, Francis ?

Il la contempla en silence, sans savoir que le regard dont il la caressait éveillait en elle les frémissements d'une sensualité qu'elle découvrait avec émerveillement. Le cœur en feu, elle attendait qu'il termine sa phrase, elle voulait lui crier : « Je vous aime, Francis ! » Pourtant, rien dans son regard ni son calme sourire ne trahissait la tempête qui secouait tout son être.

Encore hésitant à lui dire : « Voulez-vous m'épouser ? », il était prêt à la prendre dans ses bras, à l'embrasser, à se laisser « surprendre » par sa mère dont il entendait les pas se rapprocher quand il se ravisa. Rose Oriel méritait une demande digne d'elle, selon les règles du savoir-vivre.

– Il faut que nous parlions, eut-il le temps de dire en lui laissant voir son dépit d'être interrompu par l'entrée des trois autres, qui se récrièrent à la vue d'un sari de soie drapé sur un fauteuil près de la fenêtre.

– Qu'est-ce donc ? voulut savoir Kate.

Francis avait déniché au fond d'un tiroir ce cadeau de sa mère à sa tante, la châtelaine d'alors, et l'avait examiné au jour pour vérifier s'il était encore en bon état ; ses souvenirs, sa nostalgie ravivés par la vue des couleurs éclatantes dans le pâle soleil anglais, il l'avait déployé sur le fauteuil avec autant de soin qu'il y aurait déposé une femme – sa femme, Arshad, la seule qui eût jamais compté... Mais puisque le corps d'Arshad n'avait jamais donné vie à cette étoffe, tissée bien avant qu'elle eût vécu, il pensait l'offrir à Oriel en témoignage sentimental de son passé.

Il allait le lui tendre quand il comprit d'un regard combien ces oranges brûlants, ces roses vibrants jureraient dans l'harmonie bleue et ivoire où s'épanouissait la beauté d'Oriel. Cette relique poussiéreuse d'une vie dont elle ignorait tout ne lui ferait aucun plaisir. Alors, d'un geste désinvolte, il le jeta à Kate qui l'attrapa au vol et s'en drapa d'instinct, comme si l'étoffe exotique s'adaptait d'elle-même à son corps mince et souple.

– Est-ce bien ainsi ? demanda-t-elle.

– Ma foi... oui, à peu près, dit-il en souriant.

– Maintenant, je veux un éléphant pour me promener ! Et un tigre avec une chaîne d'or en guise de laisse.

– Cela va sans dire. J'écrirai à un maharadjah de mes amis qui vous les fera parvenir par le prochain bateau.

Elle éclata d'un rire joyeux, exubérant comme les couleurs crues qui vibraient avec elle et la métamorphosaient en une de ces fleurs du désert auxquelles une simple goutte d'eau apporte la vie et qui attirent tous les regards.

Evangeline perçut le danger.

– Kate, ma chérie, je crois que tu as une tache sur la joue. Prends donc mon mouchoir, tu as encore oublié le tien avec tes gants dans la voiture.

Ainsi prit fin le moment magique – et la visite avec. Mais la victoria avait à peine repris le chemin de High Grange que Francis dépêcha à sa suite un palefrenier chargé de remettre à Mme Stangway une note sollicitant la permission de lui rendre visite ce même soir après le dîner, afin de l'entretenir d'un sujet « qui lui tenait à cœur ».

Les dés étaient jetés. Il serait fiancé demain, marié dans un mois, père le plus vite possible. Alors, rassuré sur l'avenir de Dessborough, il partirait enfin pour La Mecque.

– Il vient faire sa demande officielle, Oriel, lui dit Evangeline en lui montrant le billet.

– Je le crois aussi, maman.

– Le souhaites-tu vraiment ?

À quoi bon répondre, au risque de gâter ce fragile miracle ? Ce soir, oui, elle pourrait en parler après que sa vie eut été irrévocablement transformée, enrichie par Francis ; après qu'il l'eut soulevée de son instable perchoir pour la déposer dans le seul lieu, lui donner la seule vie auxquels elle eût jamais aspiré. Maintenant, il lui fallait rester seule avec ce bonheur qui, ce soir, serait enfin à sa portée. Seule pour mieux penser à l'accomplissement de sa destinée d'épouse, de mère, d'amie. De femme.

Ce soir-là cependant, le dîner à High Grange fut considérablement retardé par Matthew Stangway, retenu à Hepplefield par quelque rendez-vous d'affaires, de sorte que, quand Francis arriva, un bouquet de roses à la main et ses différents discours – destinés à Evangeline, à Matthew et à Oriel elle-même – soigneusement préparés dans sa tête, le majordome l'informa que la famille venait de se mettre à table et y resterait une heure. Mais M. Ashington était attendu et fut prié d'entrer au petit salon, où des carafons de porto et de cognac ainsi qu'un choix de journaux et de revues étaient disposés à son intention.

– Madame rejoindra Monsieur dès que possible.

Et seule, bien entendu, car le reste de la famille irait au grand salon prendre le café, ce qui laisserait à Evangeline le temps de lui accorder sa permission d'épouser sa fille avant de faire venir Oriel tandis qu'elle irait communiquer la grande nouvelle aux autres. Viendrait ensuite l'entretien avec Matthew, où il serait question de dates et de finances. Qu'à cette occasion Matthew lui dise ou non la vérité sur la naissance d'Oriel l'indifférait. Il la prendrait telle qu'elle était car, après s'être astreint à l'ennui d'examiner ses comptes avec son régisseur, il savait n'avoir pas les moyens de se permettre le noble geste de refuser sa dot – une aumône, sans doute, comparée à la part de Kate et une injustice pour Oriel, si elle était vraiment la fille de Matthew. Mais Kate aurait toujours besoin de davantage de tout – d'argent, d'attentions, d'amour, de temps...

Sa solitude dans la pénombre feutrée du petit salon commençait à lui peser quand il sentit une présence et crut percevoir un tourbillon de couleurs, comme un mirage sitôt dissipé qu'apparu, qui prenait de manière indistincte la forme d'une femme. Arshad, pensa-t-il aussitôt, dont l'esprit venait l'inviter à le rejoindre dans cet autre monde où, avant de mourir, elle lui avait dit qu'elle l'attendait et auquel jusqu'alors il s'était toujours refusé à croire...

L'illusion s'imposait avec tant de force qu'il dut s'ébrouer, se frotter les yeux et appeler à son aide tout ce que son esprit d'Européen possédait de rationnel.

– Kate ?

– Oui, Francis.

C'était elle, bien sûr. Et pourtant, la silhouette encore imprécise évoquait *l'autre* au point qu'il eut hâte de chasser ces ombres dangereuses.

– Kate, que faites-vous ici ? Êtes-vous malade ?

Pourquoi n'était-elle pas à table avec les autres ? Que lui avaient-ils fait pour qu'elle ait ce visage décomposé par une peur qu'il ne s'expliquait pas ? Lui avaient-ils signifié sa condamnation à ne jamais partir pour l'Arabie sur un chameau, à consumer sa vie entière dans ce cadre étriqué, entre ces poufs et ces plantes vertes, ses tantes et sa marâtre, ces hommes froids dont l'un était son père et l'autre serait son mari ? Avaient-ils déjà fixé la date de son mariage avec Quentin Saint-Charles, chargé Maud d'acheter la robe de mariée qu'elle endosserait comme un carcan ? Dieu merci, il ne serait pas témoin de cette immolation. Il serait déjà parti – en voyage de noces avec Oriel ou sur le chemin de La Mecque, seul avec ses chameliers.

– Je ne pouvais pas dîner, je vous attendais, Francis. Il fallait que je vous dise...

– Me dire quoi, Kate ?

Il avait beau se croire endurci contre les surprises de la vie, ce qu'il entendit alors lui causa le choc le plus violent qu'il eût jamais éprouvé.

– Écoutez-moi, Francis. Je sais pourquoi vous êtes venu ce soir. S'ils vous disent que je ne peux pas être votre femme et que je suis promise à un autre, ne les croyez pas ! Et s'ils refusent, je m'enfuirai avec vous comme votre mère est partie avec votre père ! Il fallait que vous le sachiez, Francis, avant qu'*ils* ne vous parlent.

Muet, glacé d'effroi par ces incroyables paroles, il comprenait que cette tragique méprise l'enfermait dans un piège auquel il ne voyait pas d'issue honorable.

– N'écoutez pas ce qu'ils vous diront de moi, Francis ! Quentin m'a demandée en mariage, c'est vrai, mais tante Maud ou lui auront beau prétendre le contraire, j'ai refusé. Oriel le sait. Quant à ma prétendue… faiblesse d'esprit, il faut que je vous dise…

– Non, Kate, écoutez-moi.

– Je vous aime, Francis, dit-elle comme elle se serait jetée à l'eau. Dieu sait combien je vous aime !

Il se rendait compte avec angoisse de son absolue sincérité, de la réalité de cet amour qu'il avait provoqué par hasard, dont il n'avait jamais pris conscience et qu'il se savait incapable de partager. D'une manière ou d'une autre, il devait à tout prix mettre fin au quiproquo s'il voulait épargner à Kate, au moins en partie, la souffrance qui l'attendait à coup sûr ; la faire taire avant qu'elle ne prononce des mots irréparables qu'elle regretterait plus tard. Mais la pitié, le remords, la crainte aussi, le paralysaient au point qu'en dépit de ses efforts, il était hors d'état de reprendre la parole.

– Je vous aime depuis le premier jour, Francis, si fort que parfois j'en ai peur. Quand nous étions seuls, quand vous me parliez de vos voyages, j'ai senti que vous m'aimiez aussi mais je doutais encore. Ce matin, quand vous m'avez offert le sari, j'ai su que c'était le signe. Et quand vous avez écrit à Evangeline pour lui annoncer votre visite, j'ai compris que je devais vous parler avant que les autres ne détruisent notre amour. Pour moi, ils n'existent plus, je les ai effacés de mon esprit. Il faut aussi que je vous parle de ma mère. Vous avez le droit de savoir…

Effacés de son esprit ! Comment avait-elle vécu jour après jour auprès d'Oriel et de lui sans avoir deviné les sentiments qu'il lui portait ? Était-elle aveuglée par son rêve au point de perdre toute notion de la réalité ? Et lui, n'était-il pas aussi coupable d'aveuglement en ne s'étant aperçu de rien ? Par quel miracle pourrait-il réparer le mal qu'il lui faisait sans le vouloir ?

De toute façon, il était déjà trop tard. Il n'était même plus question pour lui de demander la main d'Oriel. Il lui faudrait un cynisme trop étranger à sa nature pour inviter Kate à danser le jour de ses noces avec Oriel, pour vivre des années sous ses yeux avec Oriel, en parents, en voisins. Une seule solution s'offrait à lui : partir. Couvert de honte, certes, et en laissant derrière lui un champ de ruines, mais comment dénouer cette situation inextricable sans trancher dans le vif ?

– Ma mère était éperdument amoureuse de mon père qui ne le lui a jamais rendu. Il ne lui donnait rien en retour, pas même de la haine qui aurait mieux valu que l'indifférence. Elle a été incapable de le supporter et c'est cela, disent-ils tous, qui l'a rendue folle. Je ne les crois pas, mais s'ils avaient raison, si j'avais hérité de sa folie ?

– Sûrement pas, Kate. Et puis, qu'importe ?

Ses yeux brûlants de fièvre, son agitation éveillaient néanmoins en lui un doute qui aggravait ses remords.

– Oh, si ! Ma mère était étrange mais riche, ce qui veut dire que je n'aurais aucun scrupule avec un homme qui ne s'intéresserait qu'à ma fortune. À vous, je dois dire la vérité, Francis. Pour vous, je veux être parfaite.

Il aurait voulu donner n'importe quoi, il aurait même consenti à sacrifier sa liberté pour pouvoir lui dire qu'il l'aimait telle qu'elle était, parfaite ou non. Elle méritait un homme capable de le lui dire, mais cet homme n'était ni ne pourrait jamais être lui-même. Il était absolument vital de se retirer pendant qu'il était encore temps, de trouver n'importe quelle excuse pour la convaincre qu'il était forcé de la quitter à jamais et qu'elle devrait puiser en elle la force de s'inventer un autre rêve.

– Je mène une vie trop instable, trop dangereuse, Kate. Comment demander à une femme de la partager ?

À peine eut-il prononcé ces mots qu'il comprit avoir refermé le piège sur lui.

– Demandez-le-moi ! Je vous suivrai pieds nus au bout du monde ! Même si je ne vous aimais pas, Francis, c'est votre existence que j'aime, vos aventures, votre liberté ! Je les aimais avant même de vous connaître. Mais depuis, c'est vous seul que je désire de tout mon être. Vous êtes mon aventure, ma liberté, le miracle que je n'espérais plus. Tante Maud, mon père, les autres m'étouffaient. J'allais mourir et vous m'avez rendu la vie.

Les yeux clos, les bras tendus, elle vibrait d'un désir si intense et si impudique que sous sa robe, sous le sari défait, elle semblait s'offrir nue.

– Kate...

– Oui, Francis. Oui...

Les couleurs, le subtil parfum de bois de santal qui émanait de l'étoffe, le corps frêle et brûlant soudain serré contre le sien avec une sensualité si exigeante que ses propres sens répondaient par un incontrôlable élan de désir, lui firent perdre les dernières notions de décence qui le retenaient à la raison. Déjà, il sentait ses bras se nouer autour de son cou, sa bouche chercher la sienne, s'ouvrir pour un baiser passionné avec un gémissement de plaisir auquel il ne put se retenir de faire écho.

– Kate...

– Aime-moi, Francis. Prends-moi...

Dans un dernier sursaut, conscient de l'abîme où elle l'entraînait, il tenta de s'écarter, d'inventer une excuse, la plus cruelle possible : « Je ne suis pas libre, je dois vous quitter. » Mais la main de Kate saisissait la sienne, la glissait sous son corsage, la posait sur son sein nu. Alors, hors d'état de résister, il s'abandonna à son désir trop longtemps frustré pour un corps de femme ; il oublia que cette femme n'était qu'une enfant, qu'elle ne lui avait jamais inspiré de passion mais de la compassion et qu'elle souffrirait plus cruellement de l'accès de folie auquel il cédait que de toutes ses épreuves passées et à venir.

Et c'est ainsi, étroitement enlacés dans les plis du sari, que Letty Saint-Charles les découvrit en ouvrant la porte du petit salon où elle venait chercher son ouvrage oublié près de la cheminée – spectacle qu'elle salua d'un hurlement d'horreur et d'une fuite éperdue comme si elle venait d'assister à un crime.

Car, pour elle, il s'agissait bien du meurtre brutal de son espoir de voir son cher fils Quentin maître de High Grange par son mariage avec cette sauvageonne ingrate, mal élevée – et dévergondée, de surcroît ! Devant la famille stupéfaite qui sortait de la salle à manger, elle exprima sa rage et sa douleur dans un déluge de cris et de sanglots auxquels nul ne comprit goutte, à l'exception d'Evangeline et de Quentin qui se doutèrent immédiatement de la vérité et qui, pour des raisons fort différentes, entreprirent de la calmer et de minimiser le drame.

– Pour l'amour du ciel, mère, dit Quentin sèchement, inutile de vous mettre dans des états pareils ! La pièce est sombre, vous vous méprenez, j'en suis convaincu.

Il la maudissait de ne pas comprendre qu'il ne pouvait pas se permettre, lui, de surprendre Kate dans les bras d'un autre avant de l'avoir épousée – et fermement établi de ce fait ses droits sur High Grange. Mais Letty et le sens commun n'avaient jamais fait bon ménage.

– Non, mon cher enfant, je les ai vus comme je te vois ! Sa robe était dégrafée, ils s'embrassaient… Mon Dieu, j'en rougis de honte !

– Peut-être la soutenait-il parce qu'elle avait un malaise, suggéra Quentin.

– C'est possible, renchérit Evangeline, j'ai remarqué ces derniers temps qu'elle était sujette aux étourdissements. N'est-ce pas, Oriel ?

Livide, pétrifiée comme une statue de marbre, Oriel ne répondit pas. Quant à Matthew, invité à une partie de whist à Lydwick, il s'agaçait de ce fâcheux contretemps.

– Maud, allez donc voir…, commença-t-il.

Puis, au moment de prendre son chapeau et ses gants que lui tendait le majordome, il se ravisa et sourit, comme si une pensée amusante venait de lui passer par la tête.

– Non, à la réflexion je crois que je ferais mieux de m'en occuper moi-même.

– Matthew ! siffla Evangeline d'un ton qui signifiait : *Ne vous en mêlez pas, laissez-moi tenter de sauver ce qui peut encore l'être de cette situation ridicule.*

– Evangeline, mon ange, dit-il avec un signe de tête ironique, s'il y a vraiment un homme dans *mon* salon en train d'embrasser *ma* fille, il m'incombe de m'en mêler et de m'enquérir de ses intentions, vous n'en disconviendrez pas.

Un homme qui embrasse ma fille plutôt que la vôtre, sous-entendait son regard amusé. Et puisque vos manœuvres ont échoué, accordez-moi au moins le plaisir d'en rire un peu, je n'ai pas si souvent l'occasion de me distraire.

Là-dessus, comme un acteur qui entre en scène, il se glissa dans son rôle de chef de famille et marcha vers le petit salon, en observant avec un malin plaisir la fureur d'Evangeline et de Maud, et le dépit magistralement maîtrisé de Quentin. La douleur muette d'Oriel l'étonna : souffrait-elle par vanité de la perte d'un parti flatteur, était-elle sincèrement amoureuse de Francis ? Au fond, il ne se souciait guère de le savoir.

– Eh bien, mon cher Francis ! dit-il du pas de la porte, qu'il laissa grande ouverte afin que tout le monde en profite. Auriez-vous quelque chose à me demander ?

À l'évidence, la main de Kate…

– C'en est trop ! gronda Maud, outrée.

– Tout ceci aurait pu être évité, souffla Quentin à sa mère avec une rage froide.

– Je crois qu'on n'a plus besoin de moi, dit Evangeline, qui tourna les talons avec une grâce et une dignité étudiées et se dirigea vers l'escalier la tête haute.

Oriel resta clouée au même endroit et dans la même position jusqu'à ce que Matthew, suivi de Francis et de Kate, rayonnante, le corsage dégrafé et les cheveux en désordre, émergent ensemble du petit salon.

– Nous allons bientôt célébrer un mariage, annonça Matthew.

– Il ne manquait plus que cela, grogna Maud.

Letty, dont chacun connaissait l'habitude de sangloter aux noces, fondit en larmes.

– Veuillez accepter mes sincères félicitations, dit Quentin d'un ton ni plus ni moins froid qu'à l'accoutumée.

Il serra la main de Francis d'une main qui ne tremblait pas et posa sur la joue de Kate le baiser amical que les circonstances exigeaient.

Impatiente de lui faire partager son bonheur, Kate se précipita vers Oriel, sa sœur, sa meilleure amie.

– Oriel ! dit-elle en lui étreignant les deux mains, voilà ce que je ne pouvais pas te dire jusqu'à ce que cela se produise, t'en souviens-tu ?

Oui, elle se souvenait ! Les confidences, les craintes qu'elle n'éprouvait pas pour elle-même mais pour Kate : *« Ne porte pas ton cœur en écharpe, chère petite sœur, quelqu'un te le briserait... »* Avec une amère ironie, le sort voulait que le seul cœur brisé soit celui d'Oriel.

Comme un automate dont le ressort se déclenche, elle se surprit à bouger, elle entendit tomber de ses lèvres les formules apprises par cœur comme des prières, les mots qui permettent de garder son sang-froid et d'échapper en toutes circonstances au péché inexpiable de se donner en spectacle. Désormais, elle aurait plus que jamais besoin de sauvegarder son amour-propre.

– C'est merveilleux, Kate...

Quelqu'un remarquait-il ses lèvres tremblantes ?

– Je vous souhaite beaucoup de bonheur, Francis.

Elle lui tendit la main, proféra d'autres paroles vides de sens – et mourut sous ses yeux sans qu'il en ait conscience. Mais il était trop aveuglé par son humiliation, sa terreur de l'avenir et le dégoût qu'il s'inspirait pour rester clairvoyant.

– Merci de vos bons vœux, Oriel.

Au prix d'un effort surhumain, elle garda le sourire, s'éloigna d'un pas mesuré, se retrouva sans savoir comment au petit salon et parvint à rester calme jusqu'à ce que son regard se pose sur le bouquet de roses abandonné sur la table. *Ses* roses... Pourquoi avait-il apporté celles-ci à Kate ? Parce qu'elles étaient commodément placées au bord du massif ?

Parce qu'on offre des roses à une femme, n'importe quelles roses à n'importe quelle femme ?…

Elle allait s'effondrer en sanglotant quand elle entendit la porte s'ouvrir.

– Ah ! Vous êtes ici, Oriel.

Dieu merci, ce n'était que Quentin, qui subissait ce soir une perte en un sens aussi cruelle que la sienne mais qui, aussi maître de lui qu'elle luttait pour le rester, ne se laisserait pas aller à des excès de mauvais goût comme sa mère et sa tante Maud.

– Comment vous sentez-vous, Oriel ?

Sympathie, simple curiosité ?

– Tout à fait bien, merci, Quentin. Et vous ?

Nul n'ignorait ses visées sur Kate alors qu'elle avait jalousement préservé le secret de son amour pour Francis. L'aurait-il deviné ? Oui, à l'évidence.

– Moi aussi, répondit-il avec un sourire froid. Je ne ressens qu'une profonde surprise. Pas vous ?

– Si… enfin, peut-être.

– Je compte cependant m'en remettre assez vite pour rédiger le contrat de mariage et dresser la liste des demoiselles d'honneur. Dois-je y faire figurer votre nom, Oriel ?

– Bien entendu, Quentin.

Lui faisait-il comprendre que, s'il était prêt à tenir son rôle dans ce mariage, elle ne pouvait faire moins ? Sans doute, et elle s'en savait capable. Mais après ? Que deviendrait-elle quand sa bienfaisante léthargie se dissiperait, quand elle serait seule face aux regrets, à la souffrance, à la terreur dont elle ressentait les premières atteintes ? Saurait-elle retrouver la voie de la résignation qui lui avait jusqu'alors procuré un refuge ? Elle avait appris à limiter ses désirs, Francis lui avait offert le monde, elle l'avait cru à sa portée. Maintenant, il ne lui restait rien. Rien que l'obligation de subir sans se plaindre la perte de tous ses espoirs, de se conduire avec dignité, même – et surtout – si les autres ne savaient pas en faire autant.

Son regard retomba sur le bouquet de roses.

– Oh ! Regardez, Kate a oublié ses fleurs. Je vais les lui porter…

Il leva la main en souriant, moins pour la retenir que pour la saluer avec une sorte de respect admiratif dont elle ne se souviendrait que bien plus tard.

– Non, Oriel, murmura-t-il avec une douceur inaccoutumée. Il est inutile, je crois, d'aller jusque-là.

6

Evangeline finit par se remettre de la trahison de son mari, simple péripétie de leur partie d'échecs conjugale dans laquelle, pour une fois, il avait réussi à prendre l'avantage. Elle gardait cependant du « fiasco Ashington » un sentiment de colère aggravé d'un sincère chagrin maternel d'avoir vu son Oriel, modèle de toutes les perfections, perdre le plus beau parti qu'elle eût pu espérer au profit de « la fille d'Eva Kessler » qui, à son avis, n'aurait jamais dû naître, encore moins devenir Mme Francis Ashington de Dessborough, et qui se trouvait présentement en voyage de noces entre Paris, la villa des Merton à Monte-Carlo et celle d'un lointain cousin à Madère. C'était là une injustice criante qu'elle ne digérait pas.

– Elle te l'a purement et simplement volé en se jetant à sa tête – et avec quelle impudeur ! fulminait-elle. Tu ne me diras quand même pas le contraire ?

Non, Oriel ne le niait pas. Pourtant, au plus profond de son cœur blessé, elle n'en voulait pas plus à Kate qu'elle ne se reprochait à elle-même l'« excès de retenue » dont l'accusait sa mère. S'étant conduite envers Francis selon les convenances, elle s'était crue assurée de ses intentions à son égard ; et si un homme aussi droit et honnête que lui avait, pour des raisons qu'elle préférait ignorer, changé d'avis à la dernière minute, elle ne pouvait en rejeter l'injustice sur quiconque sans sombrer dans une amertume dont elle serait la première victime. Elle devait donc se résigner à l'inévitable, vivre à côté de Francis et de Kate qui, dans son innocence, la croyait transportée de joie, devenir sa confidente privilégiée, le témoin de son bonheur et la tante préférée de ses futurs enfants.

Pourtant, dissimulant son angoisse sous son immuable sourire et sa sérénité en apparence inchangée, Oriel savait qu'elle ne le supporterait pas.

En septembre, elle avait joué son rôle au mariage comme Quentin avait rempli ses fonctions d'homme de loi en transférant scrupuleusement à son rival la fortune qui aurait dû être la sienne. Chaque membre de la famille s'était montré au public dans son personnage attendu, Matthew ennuyé avec distinction, Maud revêche, Evangeline radieuse. Seule, Letty s'était abstenue en invoquant des malaises que l'on croyait diplomatiques jusqu'à ce qu'on apprenne, avec une stupeur qui le disputait à l'hilarité, que les symptômes étaient ceux d'une nouvelle grossesse qui, pour comble du ridicule, viendrait à terme en même temps que la deuxième de Constance, sa fille aînée.

– Oui, disait-elle bravement, Dieu veut que je sois à la fois mère et grand-mère. Que Sa volonté soit faite.

– Faut-il vous féliciter ou vous plaindre, mon cher Quentin ? lui avait susurré Evangeline. Encore une petite sœur à doter ou un frère à établir. Mais Dieu, dit-on, éprouve ceux qu'Il aime.

– Dans ce cas, ma tante, Il y pourvoira, avait-il répondu avec un sourire glacial.

En octobre, Oriel attrapa un sérieux refroidissement suivi d'une rechute en décembre – de sorte qu'elle manqua le grand bal des Merton, à la fureur d'Evangeline qui avait reporté ses espoirs matrimoniaux sur le frère de Lady Merton, célibataire endurci et notoirement volage mais pourvu d'une respectable fortune. Oriel passa donc Noël au lit ; puis, le mois de janvier n'apportant pas d'amélioration sensible à ses yeux rougis et à sa toux persistante, Evangeline admit d'autant plus volontiers qu'un changement d'air s'imposait qu'elle avait réussi à se faire inviter à Londres par les Merton avant leur exode annuel vers Monte-Carlo.

– Je crois, ma chérie, qu'un séjour chez Mlle Woodley te ferait le plus grand bien.

– Je le crois aussi, maman.

Les trois seules années stables et heureuses de son enfance s'étaient écoulées dans une école de Carlisle tenue par une demoiselle Woodley qui, restée très attachée à sa meilleure élève, l'avait maintes fois reçue dans le charmant cottage au bord du lac d'Ullswater où elle s'était retirée. Oriel chérissait le souvenir de ses visites, de ses nuits paisibles sur un matelas parfumé d'herbes aromatiques, du jardinet débordant de fleurs où Mlle Woodley recueillait oiseaux blessés et chats errants qu'elle soignait avec le même dévouement tranquille que ses hôtes de passage, sans questions indiscrètes, sans règles importunes. On mangeait au gré de sa fantaisie, on pleurait si on était triste, on ne parlait que si on en avait envie. Pour Oriel, le cottage du lac était plus qu'un refuge, un paradis. Jamais elle n'avait eu autant besoin de s'y retremper.

Le voyage était facile, par le train jusqu'à Lancaster puis par la diligence de Penrith où l'attendait Mlle Woodley pour la dernière partie du trajet dans son tonneau attelé d'un poney. Mais en arrivant à Penrith en cette froide journée du début février, Oriel remarqua dans les rues une agitation inhabituelle qu'on n'observait que les jours de marché, ce qui n'était pourtant pas le cas. Certes, se dit-elle, la construction du chemin de fer et l'afflux d'ouvriers dans les parages avaient dû secouer la somnolence séculaire de la petite ville rurale, mais cela ne suffisait pas à expliquer son malaise, son impression de s'être trompée d'endroit ou de date. En outre, Mlle Woodley n'était pas venue à sa rencontre comme prévu.

La même étrange atmosphère régnait au relais de poste : la diligence de Lancaster prit à peine le temps de débarquer ses passagers avant de repartir au grand trot; l'auberge grouillait d'hommes qu'elle voyait à travers les fenêtres parler et gesticuler d'une manière qui lui fit comprendre que la présence d'une femme seule à l'intérieur serait à tout le moins inopportune. Elle ne pouvait cependant pas rester là : le froid se faisait plus vif, la neige menaçait, le ciel s'assombrissait. Si Mlle Woodley, toujours étourdie, oubliait de venir la chercher ou n'arrivait que dans une heure, Oriel se voyait mal parcourir les deux lieues la séparant d'Ullswater dans ses fines bottines de chevreau.

Seule dans un coin de la cour, avec ses bagages à ses pieds et fort peu d'argent en poche, elle commençait à éprouver de sérieuses inquiétudes quand arriva la malle de Carlisle d'où, à son profond soulagement, elle vit descendre un visage connu, surmontant deux larges épaules et irradiant une autorité assez indiscutable pour lui procurer une voiture de louage en cas de besoin. Ce voyageur providentiel n'était autre que M. Garron Keith, plus imposant et prospère que jamais, vêtu d'un ample carrick et coiffé d'un haut-de-forme à bord roulé du plus bel effet. Malgré son peu de sympathie pour le flamboyant entrepreneur, Oriel connaissait assez les vicissitudes de la vie pour en apprécier les hasards à leur juste valeur; et ce hasard-ci survenait avec trop d'à-propos pour qu'elle se permît de le négliger.

– Monsieur Keith ! cria-t-elle en agitant la main.

Stupéfait, il se retourna et accourut en fendant la foule d'une épaule impérieuse.

– Mademoiselle Blake ! Que diable faites-vous ici ? Vous n'êtes pas seule, j'espère ?

– Non – enfin, pas vraiment. J'attends quelqu'un.

En quelques mots, elle lui exposa la situation sans laisser transparaître son inquiétude. Ne voulant cependant pas passer aux yeux d'un tel homme pour une naïve ou une inconsciente, elle ajouta :

– La ville paraît bien agitée, ce soir. Serait-il survenu quelque chose ? Un accident peut-être ?

– Oui, si l'on peut dire.

– Y aurait-il du danger ?

– Suffisamment, ma petite, pour que je vous fasse déguerpir de Penrith sur-le-champ.

Et tandis qu'elle élevait une timide protestation de pure forme, il convoqua d'un claquement de doigts palefreniers et serviteurs, commanda une voiture et y fit charger les bagages d'Oriel.

– Votre Mlle Woodley ne viendra pas vous chercher, dit-il pendant qu'on attelait. La route d'Ullswater traverse Yanwath et la garde ne laissera pas passer une femme seule. Ils s'entre-tuent là-bas depuis hier, m'a-t-on dit.

– *Ils* ?

Il haussa ses larges épaules sur lesquelles, en digne fille d'Evangeline, Oriel avait déjà décidé de s'appuyer – au moins jusqu'à ce que la situation soit redevenue normale.

– Les ouvriers du chemin de fer, qui voulez-vous que ce soit ? Irlandais contre Anglais ou l'inverse, peu importe. Dans tous les cas, ce sont les entrepreneurs qui paieront les pots cassés et seront accusés de tous les crimes.

Provoquée par quelque obscure rivalité d'embauche sur un chantier, la querelle avait vite dégénéré en bataille rangée ; il était lui-même arrivé en toute hâte de Carlisle en apprenant que les terrassiers anglais, faute d'avoir pu évincer les Irlandais de leur chasse gardée, faisaient venir des renforts qui se glissaient déjà dans Penrith au nez et à la barbe des gardes territoriaux débordés.

– Par conséquent, conclut-il, il n'y aura cette nuit en ville pas une auberge ou un estaminet qui sera à l'abri pour peu qu'un Irlandais y ait passé une heure ou y ait bu une chope. Et quand ces sacripants se mettront à balancer leurs pioches, ce ne sera pas un spectacle pour une dame, vous pouvez me croire. Allons, en voiture.

Un homme qui avait manifestement « balancé des pioches » de ses mains avant d'orner celles-ci de bagues en or massif n'était peut-être pas le compagnon idéal d'une promenade romantique au bord d'un lac, mais il lui procurerait à coup sûr une assistance plus efficace qu'un délicat poète.

– J'espère au moins ne pas vous imposer un trop grand détour ? hasarda-t-elle.

– Non, mademoiselle Blake, dit-il en souriant.

Oriel estima la réponse un peu vague.

– La maison de mon amie se trouve au bord du lac, entre Sharrow et Howtown, je ne crois pas vous l'avoir précisé. Allez-vous dans la même direction ?

– Non, je vais à Askham, à l'auberge de la Reine. Une charmante hôtellerie, j'y descends souvent.

– Vous me déposerez quand même à Ullswater.

Ce n'était pas une question, une simple constatation, comme s'il eût été impensable qu'un gentleman puisse un seul instant envisager le contraire.

– Je vous y emmènerai, déclara-t-il. Quand je pourrai.

La voiture avançait au grand trot sur la route déserte quand, à une demi-lieue du village de Yanwath, une troupe d'hommes apparut tout à coup. De loin, sans les pics et les barres à mine qu'ils portaient sur l'épaule comme des armes dont ils avaient visiblement l'intention de se servir, on aurait pu croire à une bande de camarades en goguette après le travail. Oriel en dénombra cinquante puis une centaine. Un bataillon qui se rapprochait dangereusement.

– Des Anglais, si je ne me trompe, grommela Garron Keith. Et il y a plus d'Irlandais aujourd'hui à Penrith qu'à Dublin. L'affaire s'annonce mal.

Devant eux, la route était noire d'hommes.

– Vont-ils nous arrêter ? demanda Oriel en luttant pour garder son calme.

– S'ils en ont envie. Il y en a sans doute dans le tas qui savent qui je suis, cela peut nous être utile. Avez-vous peur, mademoiselle Blake ? ajouta-t-il sans ironie.

Oriel se redressa avec dignité.

– Oui. Ce serait absurde de prétendre le contraire.

– En effet. Regardez, là-bas.

Elle avait déjà vu les colonnes de fumée qui s'élevaient du village en gracieuses volutes – la fumée blanche de foyers finissant de se consumer.

Keith lâcha une bordée de jurons.

– Ils ont mis le feu aux baraques des Irlandais de Yanwath ! Imaginez ce qu'ils ont fait de leurs femmes et de leur whiskey. Maintenant, ils ne se feront plus de quartier.

Il fouetta le cheval, vira brusquement à gauche et s'engagea au grand galop dans un sentier si étroit et si cahoteux qu'Oriel, cramponnée des deux mains à la banquette, ferma les yeux en se forçant à ne plus penser à rien qu'à retenir ses larmes. Au bout d'un temps dont elle avait perdu conscience, l'attelage s'arrêta dans une cour d'auberge, entourée à perte de vue de vallonnements déserts.

– Askham, annonça Keith. L'auberge de la Reine.

– Sommes-nous en sûreté ?

Sa moue sceptique le fit sourire.

– Auriez-vous une meilleure idée ? Vous êtes anglaise. Si

nous étions tombés plus loin sur une bande d'Irlandais qui venaient de voir mettre le feu à leurs maisons et violer leurs femmes… Je ne pouvais quand même pas vous exposer à ce risque. Vous resterez ici, je ferai prévenir votre Mlle Woodley. Un gamin pourra se faufiler par la lande.

– Merci, monsieur Keith.

– Venez. Je suis connu dans la maison, on s'occupera bien de vous. Et quand je serai de retour, nous dînerons ensemble et nous parlerons…

– Où partez-vous ? ne put-elle se retenir de crier avec inquiétude.

– Pas très loin et je ne serai sans doute pas long. Au cas où vous n'auriez pas remarqué, j'ai quelques affaires urgentes à traiter dans les parages.

Son sarcasme tomba à plat.

Avec ses boiseries cirées et ses cuivres luisants, l'auberge lui fit l'effet d'un havre de paix. L'hôtesse l'installa dans un petit salon pourvu d'un fauteuil aux coussins moelleux, ranima le feu, tira les rideaux, lui apporta un verre de cognac pour la remettre de ses émotions. Oriel sombra presque aussitôt dans un profond sommeil dont elle s'éveilla pour voir M. Keith qui la contemplait, assis en face d'elle avec une bouteille de whisky et un verre.

Croyant avoir une longue attente devant elle, elle avait défait sa coiffure et laissé ses cheveux blonds se répandre sur ses épaules. Choquée d'avoir été surprise dans l'abandon du sommeil, elle le lui signifia d'un regard sec – aussitôt corrigé par un léger sourire en guise de remerciement pour le service qu'il lui avait rendu. Il ne se méprit pas sur la signification de ces signes contradictoires.

– Me pardonnerez-vous mon indiscrétion ? Vous êtes ravissante ainsi.

Elle feignit n'avoir pas entendu.

– Que s'est-il passé ? demanda-t-elle. Êtes-vous retourné à Penrith ?

– Oui, et je n'étais pas le seul. D'autres entrepreneurs étaient venus voir s'ils pouvaient eux aussi ramener leurs hommes à la raison. À l'heure qu'il est, ceux qui ne sont pas en prison doivent être rentrés aux camps.

– Vous avez eu du courage.

– Non, du simple bon sens. Ces hommes deviennent des sauvages quand ils ont une pinte de bière de trop dans l'estomac, mais ce sont de bons travailleurs. Avec tous mes chantiers dans la région, je préfère garder les miens et même, à l'occasion, débaucher ceux de mes concurrents, les pénalités de retard me coûteraient plus cher.

Son cynisme la fit sourire malgré elle.

– Y a-t-il eu des morts ?

– Difficile à dire pour le moment, répondit-il avec indifférence. Les soldats semblent avoir repris l'affaire en main et séparé les combattants. On fera le compte ensuite.

Cette fois, elle frissonna.

– Les troubles sont donc terminés ?

– En principe, oui.

– Je pourrais donc reprendre dès maintenant la route d'Ullswater…

– À minuit vingt ? s'exclama-t-il en affectant d'être scandalisé. Vous n'y pensez pas, ma chère demoiselle.

Oriel sursauta, sincèrement stupéfaite d'avoir dormi si longtemps. Mais la chaleur de l'auberge après le froid de la route, le calme après l'angoisse, le cognac aussi…

– Grand Dieu ! Que puis-je faire ?

– Rien du tout. Mlle Woodley a été très soulagée d'apprendre que vous étiez en sûreté, car elle s'inquiétait de votre sort après que les soldats lui eurent fait faire demi-tour et elle sait que l'ordre n'est pas rétabli partout. Elle ne vous attend donc pas d'ici à… disons, demain midi ?

Elle hésita à le croire. Ne l'avait-il sauvée de l'émeute que pour l'exposer à un autre péril ? Seule avec lui au beau milieu de la nuit dans une auberge inconnue, pouvait-elle se fier à sa parole pour savoir si le danger était ou non écarté ? Il était trop différent des hommes de son propre milieu pour qu'elle sache prédire ses intentions. Sous son plastron ruché et sa chaîne de montre en or massif, n'était-il pas resté au fond de lui-même l'un de ces rustres sans racines ni scrupules, aperçus tout à l'heure sur la route, qui font si volontiers le coup de poing après boire ? Et quand une femme leur plaît, qui ne se soucient pas de savoir si elle est consentante ?

– Vos bagages sont là-haut, reprit-il, dans la meilleure chambre. Vous devez avoir faim. Moi, en tout cas, je meurs de faim et j'ai commandé à souper.

Refusant de se montrer ainsi décoiffée devant des servantes d'auberge, elle commença à remonter ses cheveux. Il l'interrompit d'un geste autoritaire :

– Restez comme vous êtes.

– Ce ne serait pas convenable, monsieur Keith.

– Peut-être mais cela me plaît, mademoiselle Blake.

Depuis le début, tout en refusant de l'admettre, elle redoutait que la situation n'en arrive là. En silence, avec un regard froid qu'aurait applaudi Evangeline, elle termina son chignon et fixa les épingles d'un geste définitif.

– Cette coiffure ne vous va pas, observa-t-il.

– Elle me va fort bien, au contraire. De toute façon, il me semble que c'est à moi d'en décider.

– Je vous répète qu'elle me déplaît.

– Vraiment ? Dans la vie, nous ne pouvons pas toujours avoir tout ce qui nous plaît. Ne l'avez-vous pas appris ?

– Non, ma chère mademoiselle Blake, répondit-il en se penchant vers elle, le verre levé avec impudence. C'est une leçon que je n'ai pas apprise et que je n'ai pas l'intention d'apprendre. Vous n'êtes pas non plus la première à vouloir me l'enseigner et je dois être mauvais élève car je n'ai jamais pu la faire entrer dans mon crâne épais, sans parler de quelques autres broutilles comme « rester à ma place », ou encore « écouter mes supérieurs » – j'ignore d'ailleurs qui ils sont et cela m'a toujours échappé.

Il vida son verre d'un trait, le reposa sur la table puis, se ravisant, le remplit de nouveau.

– Vous permettez que je vous parle un peu de moi ?

Puis, sans attendre sa réponse, il enchaîna :

– Je viens d'un village minier de la Tyne où je ne suis pas retourné depuis longtemps mais qui n'a pas dû beaucoup changer. On y envoie toujours les gamins dans la mine dès qu'ils ont dix, onze ans. Mon père, lui, m'y a fait descendre à trois ans pour empêcher les rats de lui manger sa gamelle pendant qu'il travaillait. Cela se fait couramment, vous savez, même à la mine de Low Grange d'où les Stangway tirent leur argent.

– Je ne sais rien de ce genre de choses.

– Bien entendu, ils n'ont aucune raison de vous en parler mais c'est pourtant comme cela. Dans les villages, les familles travaillent en équipe et nous sommes tous descendus au fond. Mon père abattait le charbon, ma mère tirait le wagonnet du filon au puits – mais si, mademoiselle ! parce qu'une femme à quatre pattes est moins haute qu'un poney et peut passer partout – et là, c'était à nous, les jeunots, de treuiller le chargement jusqu'à la surface. Un soir, mon père est mort d'une quinte de toux plus forte que les autres et j'ai continué à grandir. Un an plus tard, je dépassais l'homme qui vivait avec ma mère, si bien qu'il ne pouvait plus me battre les soirs de paie et que c'était moi qui le corrigeais. Il fallait donc que je parte. J'avais quatorze ans – c'était l'année de la ligne Stockton-Darlington, de sorte que j'en ai maintenant trente-quatre, comme vous vous le demandiez peut-être. Bref, au lieu de m'entraîner comme mes camarades à fumer la pipe et à me remplir de bière, j'ai préféré apprendre à lire dans ces écoles du dimanche où il y a toujours une bonne âme, comme Susannah Saint-Charles, pour donner sa chance à un gamin moins abruti que les autres. Moi, j'ai saisi la mienne sans m'inquiéter de savoir où elle me mènerait.

– Je vous crois volontiers, monsieur Keith.

– Vous m'en voyez ravi. J'ai donc travaillé dur mais je gardais les yeux ouverts parce que pour réussir, voyez-vous, il suffit de voir un besoin et d'être le premier à le satisfaire. Quand la folie du chemin de fer a commencé, on a eu besoin de main-d'œuvre, des hommes par centaines, par milliers, prêts à avancer avec la ligne à mesure qu'ils la construisent. Des hommes sans racines, sans famille, qui ne lâchent pas l'ouvrage à moitié fait pour aller moissonner leur champ. Ayant identifié la demande, je l'ai satisfaite mieux que d'autres parce qu'il n'y a pas un seul de ces travaux que je ne sois capable d'effectuer moi-même, ce qui veut dire que, quand je donne un ordre sur un chantier, les hommes savent qu'il peut être exécuté. Ce qui veut dire aussi que tous ces grands ingénieurs, comme ce M. de Hay, me confient leurs travaux de préférence à d'autres parce qu'ils savent pouvoir compter sur mes hommes qui sont bien payés et me font confiance.

– Vraiment, monsieur Keith ?

Il leva son verre d'un geste ironique :

– Je dis que les *hommes* me font confiance, je n'en dirais peut-être pas autant pour les femmes. J'ai été marié, comme vous le savez. Ma femme est morte il y a huit ans, au moment où les choses commençaient à aller bien. J'ai une fille de onze ans, une autre de dix. Le garçon a huit ans. Vous faites peut-être le rapprochement ?

Trois enfants en quatre ans, une femme délicate, usée par le travail et qui présumait de ses forces jusqu'à ce que le dernier lui prenne la vie... Oriel n'avait pas besoin de vivre dans un camp de terrassiers ou un village de mineurs pour le comprendre. Avait-il aimé sa femme ? Un homme tel que lui ne garde pas le deuil huit ans. Aucun homme...

– Je suis désolée, dit-elle machinalement.

– Pour ma femme ? Moi aussi. Aujourd'hui, elle serait riche, elle profiterait d'un luxe qui paraît naturel aux femmes comme vous. S'y serait-elle habituée ? Je n'en sais rien, poursuivit-il, mais il faudra bien que mes filles s'y fassent. Le garçon, je peux me charger de l'élever, mais ces gamines, qui leur apprendra les bonnes manières ? Avez-vous une idée, mademoiselle Blake ?

– Certainement, monsieur Keith. Mlle Woodley dirigeait un excellent établissement, elle se fera un plaisir de vous en recommander un, ou alors une gouvernante. Ma mère connaît aussi des agences réputées.

– Si votre mère était ici, dit-il avec un rire ironique, elle saurait aussi bien que vous que je ne suis pas à la recherche d'une gouvernante.

Il fallait d'urgence l'empêcher d'aller plus loin. Mais Oriel ne connaissait que les formules toutes faites qui s'appliquent aux gentlemen. Et M. Garron Keith n'était pas un gentleman.

– Je crois devoir vous dire clairement que...

– Que vous refusez d'être importunée par les impertinences d'un homme vulgaire ? l'interrompit-il. Et que feriez-vous si je décidais quand même de vous importuner ?

Elle se leva, très droite, en s'efforçant de ne pas trembler.

– Cette conversation a déjà été trop loin, monsieur, il me semble inutile de la poursuivre.

Il se leva à son tour, la domina de toute sa taille, la caressa d'un regard de franche convoitise.

– J'aimais regarder des filles comme vous quand elles passaient en calèche sur les routes où je travaillais…

– Je vous en prie, monsieur !

– Soit, ne tournons pas autour du pot. C'est de mariage que je vous parle, ma toute belle. Et n'essayez pas de me faire croire que vous ne vous doutiez de rien.

– Mon Dieu, répondit-elle en prenant sans le vouloir le ton même d'Evangeline, je me suis rendu compte en effet que vous me portiez une certaine admiration. Mais je ne crois pas l'avoir jamais encouragée…

– L'année dernière, j'ai traité des marchés pour plus de deux millions de livres qui m'ont laissé, ma foi, de jolis bénéfices. Et je compte faire mieux cette année.

– Je vous en félicite.

– Je me suis donc acheté une maison à Lydwick, puisqu'il faut bien se fixer quelque part. Une fort belle maison que certains qualifieraient de château.

Il n'eut pas besoin de préciser qu'en plus des tapis d'Orient et des lustres de cristal, il entendait décorer sa maison avec une femme capable d'orner sa table, de garnir son lit et d'éduquer ses enfants, services payés en argent plutôt qu'en amour. En un mot, il lui offrait le compromis auquel toute sa vie l'avait préparée.

– Je saurai me montrer généreux, poursuivit-il sans la quitter des yeux. Et s'il m'arrivait de vous blesser, comme les hommes le font souvent sans même le savoir, soyez sûre que personne d'autre ne le fera. Je vous le promets.

Autrement dit, aucun autre homme ne poserait la main sur *sa* femme. Aucune femme non plus ne pourrait prétendre à son affection ou à ses soins du moment qu'elle avait la charge de sa propre maison. Moyennant quoi, Mme Garron Keith ne manquerait de rien – domestiques, argent, toilettes. Il n'était pas question d'amour dans tout cela, bien sûr, sans doute parce qu'il n'y pensait même pas. Parce que pour lui l'amour se résumait à la satisfaction de ses appétits physiques, à la possession d'une femme qui lui fasse honneur – comme on possède un pur-sang ou un phaéton. Sa proposition avait au moins le mérite de la franchise.

Deux servantes vinrent apporter un souper fin, avant de se retirer en jetant sur Oriel les regards curieux que lancent d'honnêtes filles à une femme soupant seule à minuit passé avec un homme dont nul à l'auberge n'ignorait qu'elle n'était pas l'épouse. Cherchait-il délibérément à la compromettre – comme Kate avait compromis Francis ?

– Dites-moi la vérité, je vous en prie. La route d'Ullswater est-elle vraiment impraticable ce soir ?

– Ma foi, j'aurais sans doute pu passer si je l'avais voulu, répondit-il sans l'ombre d'un remords.

– Alors, pourquoi ne l'avez-vous pas fait ?

– Parce que, je vous l'expliquais tout à l'heure, je suis homme à saisir sa chance quand elle passe à sa portée. Si je vous avais conduite à Ullswater, vous m'auriez aimablement remercié et nous en serions restés là.

– Je vous remercierai demain matin.

– J'y compte bien ! Il n'empêche qu'entre-temps, vous aurez passé la nuit avec moi.

Malgré elle, Oriel sursauta.

– Plaît-il ?

– Ne vous affolez pas, voyons ! dit-il en riant. Je n'ai nulle intention de porter la main sur vous ce soir – je le déplore, je ne vous le cache pas – car ce serait inutile. Vous avez passé de longues heures seule avec moi dans un salon particulier, toute l'auberge le sait et en tire les conclusions logiques.

– Toute l'auberge se trompe !

– En effet. Et pourtant, j'aurais pu vous mettre dans mon lit sans noircir davantage votre réputation et votre famille me supplierait de « réparer » en vous épousant.

– Je ne vous le conseillerais pas, monsieur, ce serait commettre une grave erreur.

– Je sais, vous me haïriez si je vous y forçais. Je réagirais de même à votre place et je ne veux pas d'une femme qui pousserait des cris d'horreur chaque fois que je la toucherais.

Je me contente donc de ménager une situation sur laquelle les gens s'interrogent – une sorte d'assurance pour la suite, en quelque sorte.

Sous-entendait-il que sa réputation, voire celle de sa mère ne résisteraient pas à un simple doute ?

– Monsieur Keith, dit-elle le menton levé et les yeux lançant des éclairs, n'espérez pas me fléchir par de telles méthodes. Ceux qui me connaissent me croiront sur parole et je ne me soucie pas de l'opinion des autres.

Evangeline, elle, s'en soucierait – il le savait aussi sûrement qu'elle-même.

– Ma chère mademoiselle Blake, ai-je dit que je cherchais à vous fléchir ? Je me suis borné, à titre d'exemple, à vous dire ce que j'aurais pu faire et dont je m'abstiens volontairement – avec une grande abnégation, convenez-en, car mon admiration pour vous étant ce qu'elle est, j'aurais pu, je pourrais encore céder à la tentation…

– Vous ne le ferez pas !

– À moins, bien entendu, que vous ne le souhaitiez vous-même.

Dans le silence, Oriel entendit chaque bruit avec intensité, le craquement des bûches dans le foyer, le léger halètement de sa propre respiration quand il s'approcha d'elle. Sans mot dire, il défit une à une les épingles de son chignon et, avec une évidente volupté, fit couler entre ses doigts les longues mèches d'or qui retombaient sur ses épaules. C'était un acte symbolique de possession qu'elle lui laissa accomplir sans un geste.

– Parlons-nous encore de mariage ? demanda-t-elle quand il eut enfin retiré ses mains.

– Oui. Plus que jamais.

– Alors, je dois vous dire que je n'ai pas d'argent.

– Vous en avez sûrement davantage au fond de votre poche que Morag, ma femme, gagnait en six mois avant notre mariage. De toute façon, j'épouse une femme, je n'achète pas un chien de chasse. Et je n'ai pas non plus besoin de pedigree du moment que la race est bonne et qu'elle se voit. Venez manger votre souper, vous n'avez rien à craindre.

– Vous ai-je dit que j'avais peur ?

Se mesurant du regard comme deux lutteurs conscients de leur valeur réciproque, elle lui signifia son consentement sans s'avouer vaincue et il ne tira pas de vaine gloriole de la victoire qu'il venait de remporter.

– Vous êtes une belle, bonne et forte femme, Oriel Blake, dit-il enfin.

Venant d'un tel homme, l'hommage lui fut sensible. D'un geste plein de fierté, elle rejeta en arrière ses cheveux épars et lui présenta son visage nu.

– Oui, Garron Keith. Je le suis.

7

M. Garron Keith revint dans la vallée de la Gore quelques jours plus tard par suite d'un incident regrettable mais nullement exceptionnel, la faillite d'un entrepreneur qui s'était retrouvé du jour au lendemain hors d'état de payer ses fournisseurs et, plus grave, ses ouvriers. Ainsi privés de leur gagne-pain, ceux-ci avaient usé de la méthode expéditive consistant à aller se servir sans payer dans les boutiques et les fermes des alentours, provoquant ainsi la colère de la population mâle et, en conséquence, un nombre considérable de nez endommagés, de dents brisées et de membres luxés. C'était miracle qu'il n'y ait pas eu mort d'homme.

« Maudits entrepreneurs ! » fulmina M. Morgan de Hay, le brillant ingénieur, avant de faire appel à celui d'entre eux qui était réputé pour avoir les reins les plus solides et la poigne la plus ferme, c'est-à-dire M. Garron Keith, qui lui dicta ses conditions, reprit le chantier abandonné et embaucha les plus valeureux de la troupe. Le problème ainsi réglé à la satisfaction générale, M. Garron Keith alla rendre visite à M. Matthew Stangway et l'informa, sans lui demander son avis, de son intention d'épouser Oriel. D'abord irrité d'une telle désinvolture, Matthew Stangway s'en amusa bientôt et prit un malin plaisir à manifester sa jubilation devant Evangeline à son retour de Londres.

– Il a même eu l'impudence de me dire que sa dot ne l'intéressait pas, lui relata Matthew sans dissimuler son sourire, et qu'il la prendrait, je le cite textuellement, « en chemise ».

– Les rodomontades de cet individu, mon ami, me laissent indifférente.

– Vous avez tort, mon ange. *Votre* fille a accepté.

Evangeline bondit.

– Quoi ? Et vous n'avez rien fait pour vous y opposer ?

– Vous oubliez qu'elle séjourne chez cette bonne Mlle Woodley. Et puis je ne voulais pas vous priver du plaisir de régler vous-même une question aussi délicate.

Jamais Evangeline n'avait vu de sourire plus épanoui ni plus persistant sur les lèvres de Matthew.

– Soit, j'irai. Ayez au moins la bonté de faire le nécessaire pour arranger mon voyage.

Mais une fois en présence de la coupable, Evangeline se heurta à une résistance dont la tranquille fermeté la mit hors d'elle.

– Cet homme n'est qu'un parvenu, un ouvrier endimanché qu'on hésite à faire asseoir à sa table !

– Il est riche, maman.

Quelle valeur Evangeline pouvait-elle accorder à cette opulence de trop fraîche date alors qu'elle venait de goûter au luxe séculaire de l'hôtel Merton à Grosvenor ? Quelle hâte Oriel avait-elle de s'enterrer dans une maison bourgeoise de Lydwick quand, au prix d'un peu de patience et d'habileté, elle pourrait avoir son salon à Mayfair ? Ne pouvant se résoudre à faire son deuil d'ambitions qu'elle estimait encore à sa portée, Evangeline se sentit en droit d'user de tous les moyens, y compris la méchanceté.

– Les gens jaseront. On croira que tu veux te marier par dépit avant le retour de Kate et de Francis.

– *On* n'aura pas tout à fait tort, maman.

Evangeline eut beau brandir la menace de refuser son consentement, rien n'y fit. Quant à Matthew, dont Evangeline n'espérait de toute façon aucun secours, il donna le coup de grâce en écrivant à Oriel pour la féliciter de ses fiançailles et annoncer que Kate et Francis étaient attendus en mai.

– Nous nous marierons donc en avril, déclara Oriel. Evangeline ne pouvait plus que s'incliner.

Oriel avait pris sa décision le surlendemain des émeutes de Penrith, lorsque Garron Keith était venu la voir pour l'entendre confirmer son accord tacite. Ce jour-là, après une nuit blanche, elle était allée chercher l'apaisement dans la solitude du refuge favori de son enfance, un très vieil if dont les basses branches formaient une sorte de grotte naturelle. C'est là que, sur les indications de Mlle Woodley, Garron Keith l'avait rejointe.

– Je retourne demain dans le Yorkshire, lui dit-il. Dois-je parler à votre père ?

– Oui.

– Vous m'épouserez donc ?

– Oui.

– N'avez-vous rien d'autre à dire ?

Pendant deux jours, elle avait réfléchi avec une froide objectivité et s'était dépouillée des derniers lambeaux de son absurde espoir de reprendre un jour Francis Ashington ou d'en rencontrer un autre qui le vaille. Alors, plutôt que de vivre près de lui l'esprit empoisonné par des regrets stériles, mieux valait en épouser un autre. Et s'il y avait un homme au monde qui ne lui rappellerait pas Francis, c'était bien Garron Keith.

– Je serai tout ce que vous souhaitez que je sois. Pourquoi ne pas me l'expliquer vous-même ?

– Je vais donc vous le dire comme cela me vient. Si quelque chose me plaît ou me déplaît, vous le saurez. Je ne suis pas un hypocrite. Et je suis généreux. Ce que je gagne, j'en profite et vous en profiterez avec moi. Et quand il n'y aura plus de chemins de fer à construire dans ce pays, le monde est vaste, j'y trouverai de quoi m'occuper jusqu'à la fin de mes jours, faire de vous une riche veuve et assurer l'avenir de mes enfants.

– Quand me les présenterez-vous ?

– Quand je serai sûr de vous. Après que j'aurai parlé à votre père et que votre mère aura essayé de vous faire changer d'avis. Serez-vous capable de lui tenir tête ?

– Si ma décision est bonne, je puis tenir tête à n'importe qui.

– Même à moi ? dit-il avec un large sourire. C'est ce que nous verrons.

Elle s'était aussi préparée à ce qui se produisit ensuite, un baiser exigeant auquel elle ne résista pas, affirmation implicite qu'elle devrait désormais se soucier de satisfaire avant tout son plaisir à lui.

– Et ne me parlez pas de longues fiançailles, lui dit-il avant de se retirer. La maison est prête, moi aussi. Le plus tôt sera le mieux.

Evangeline considéra avec réprobation la spacieuse et confortable maison de Lydwick, entourée d'un jardin assez étendu pour mériter le nom de parc, mais qu'elle jugea trop neuve, trop évocatrice de cette classe de nouveaux riches où Kate, fille et petite-fille de négociants, aurait été mieux à sa place que son Oriel, descendante de la main gauche mais descendante quand même d'une longue lignée d'aristocrates. Quant au diamant offert par M. Keith, qui avait visiblement coûté une fortune, sa taille et la pureté de son eau ne pouvaient faire oublier son absence de passé historique.

Le désespoir de Susannah Saint-Charles, secrètement éprise de M. Garron Keith, mit toutefois un baume sur le cœur d'Evangeline et lui permit de sauver la face.

– Sa fortune est telle qu'on finit par fermer les yeux sur ses… particularités, ronronna-t-elle devant Letty, moins accablée par le chagrin de Susannah que par sa difficile grossesse. Et puis, ajouta-t-elle avec perfidie, je me réjouis de voir ma fille s'établir si près de moi. Dieu merci, Lydwick ne sera jamais aussi défiguré qu'Hepplefield. Pour ma part, je ne pourrais jamais m'accoutumer à ces fumées d'usines.

Par ce dernier trait, elle retournait le couteau dans une plaie saignante ouverte depuis peu dans le cœur de Letty. Prétextant la longueur du trajet quotidien entre le presbytère et son étude en ville, Quentin y avait loué un appartement et engagé une gouvernante – une belle personne, disait-on, dont le caractère posé et le maintien plein de dignité le changeaient agréablement de ceux de sa mère.

Paisible bourgade rurale, Lydwick accueillit avec méfiance M. Keith mais avec faveur sa jeune épouse, dont la distinction naturelle adoucirait la splendeur ostentatoire de son salon et permettrait, sans trop de déplaisir, d'aller y prendre le thé tout en critiquant *in petto* les colonnades néo-grecques, les marbres, les angelots joufflus voletant sur les plafonds, les statues et les ifs taillés qui ornaient les pelouses. Oriel n'avait rien choisi dans la maison, qu'elle acceptait comme faisant partie intégrante de Garron Keith au même titre que ses enfants, qu'elle découvrit quelques jours avant le mariage.

– Ils ont grand besoin d'être éduqués, dit-il en les lui présentant. Leur mère venait d'une famille de pêcheurs du nord de l'Écosse où ils ont passé le plus clair de leur vie. Avec eux, vous aurez du pain sur la planche.

Ce fut moins leur gaucherie qui déconcerta Oriel que leur blondeur. Jamie, le garçon, un robuste gaillard de huit ans, avait le teint hâlé de son père sous une tignasse couleur de miel. Elspeth, la seconde fille, muette et intimidée, contempla de ses yeux bleus écarquillés l'élégante toilette d'Oriel. L'aînée, maigre fillette montée en graine appelée Morag comme sa mère, dévisagea sa « nouvelle maman » avec une évidente hostilité.

– Vous saurez les dresser, je vous fais confiance.

– Oui, Garron.

Oui, elle ferait désormais son devoir. Envers Morag, dont les yeux gris la suivirent sans relâche à compter de ce jour. Envers Evangeline, que sa déception rendait acariâtre. Envers Kate qui, en dépit de tout, lui inspirait une affection toujours aussi profonde. Et même envers Susannah Saint-Charles, dont le déluge de larmes le jour du mariage venait, s'était hâté d'expliquer Quentin, de la fausse couche de sa sœur Constance, survenue la veille et qui avait failli lui coûter la vie. Oui, elle ferait son devoir puisqu'elle s'y était engagée dans la coûteuse cérémonie l'unissant pour le meilleur et pour le pire à un homme qui, le lunch à peine terminé, avait manifesté sa hâte de partir au Pays de Galles, en voyage non pas de noces mais d'affaires car, disait-il, une sévère concurrence le poussait à soumissionner en personne pour la construction d'une nouvelle ligne.

– Un voyage ennuyeux et trop fatigant pour une femme. Mais je vous le revaudrai. Nous irons en France, j'y ai des affaires en vue. Sans doute en septembre, cela vous laissera le temps d'arranger la maison comme il faut.

Il lui laissait, en effet, de quoi meubler ses jours : les domestiques à former, une gouvernante à engager pour les filles, un précepteur pour Jamie qui savait à peine lire et écrire. Mais, Oriel le savait trop bien, il lui fallait d'abord franchir le cap de la première nuit avec cet homme, son mari, qu'elle hésitait encore à appeler Garron.

Dans la chambre trop grande, trop froide et trop richement ornée où elle se préparait à cette autre cérémonie qui ferait d'elle une femme, il avait fait preuve d'un tact inattendu en lui permettant de se dévêtir seule avant de se glisser à son tour dans le lit.

– Votre mère ne vous a rien dit de ce que... nous allons faire ? demanda-t-il d'une voix adoucie.

– Non.

En réalité, Evangeline l'avait vaguement mise en garde contre « cette chose désagréable à laquelle tu devras te soumettre », mais qui semblait donner tant de plaisir aux hommes qu'elle conférait sur eux un pouvoir dont une femme avisée devait faire bon usage. Ses propres réactions à ses trop brefs instants avec Francis Ashington lui faisaient soupçonner qu'en certaines circonstances, le plaisir pouvait être partagé. Mais ici, dans ce lit et avec cet inconnu, les circonstances lui semblaient moins réunies pour la découverte du bonheur que pour un sacrifice qu'elle envisageait avec un sentiment croissant de panique.

Immobile, froide comme le marbre, elle se laissa caresser en s'efforçant de surmonter sa répugnance.

– Je devrais peut-être en rester là, dit-il d'un ton mi-agacé, mi-amusé. Vous êtes lasse et vous avez peur, je le comprends, mais ce n'est pas ma faute s'ils vous ont gardée dans l'ignorance des réalités de la vie. Et comme je pars demain matin, si je ne vous déniaise pas ce soir vous aurez toujours aussi peur, et je n'ai aucune envie de retrouver ma femme terrorisée à la simple idée de mon retour. Alors, ma petite Oriel, je m'y prendrai aussi délicatement que je pourrai. Une fois que le pire sera passé, vous ne vous en ferez plus une montagne. D'accord ?

Elle acquiesça d'un signe de tête.

Le « pire » se passa plus vite et moins douloureusement qu'elle le redoutait. Elle s'y était soumise sans pleurer, sans frémir d'horreur, sans comprendre non plus pourquoi il la regardait d'un air mi-moqueur, mi-insatisfait. Ne se contentait-il pas de son plaisir à lui ? Devait-il y avoir dans cet acte autre chose qui dépendait d'elle et dont elle ignorait l'existence ? Elle allait rassembler son courage pour le lui demander quand il s'endormit lourdement, la laissant seule avec ses pensées. Combien de temps, combien de fois cela recommencerait-il ? Des années, sans doute. Et souvent, avec un homme tel que lui... En s'efforçant de chasser de son esprit l'image de Francis qui revenait la hanter, elle s'endormit d'un sommeil troublé ; et quand à l'aube il la reprit dans ses bras, elle fit appel à toute sa détermination pour combattre les protestations de ses nerfs à vif et de ses muscles endoloris afin de paraître, cette fois, lui céder plutôt que de le subir.

– C'était mieux, déclara-t-il.

Mieux pour elle aussi, elle dut en convenir.

– Tu es une femme forte et courageuse, Oriel, je le savais. Et maintenant, debout ! J'ai commandé une voiture, je serai prêt dans dix minutes. Viens à la grille embrasser ton homme qui part pour le travail.

– Mais, Garron... je ne peux pas sortir en chemise !

– Si, puisque je te le demande. Personne ne te verra.

Le jardin était encore plongé dans l'ombre et le silence, la maison endormie. Sous son châle qui la couvrait des épaules aux chevilles, elle ne sentit le froid que quand il l'attira contre lui et l'embrassa avec une avidité à laquelle elle parvint à répondre sans déplaisir.

– Quand reviendras-tu ?

– Cela dépendra du travail mais je ne m'attarderai pas plus qu'il ne le faudra. Je te préviendrai.

Il sauta en voiture, le claquement des sabots décrût peu à peu. Serait-il absent une semaine, un mois ? Partirait-il toujours ainsi, fidèle à ses seules affaires ? Apprendrait-elle, au fil des ans, à regretter ses départs – ou à s'en réjouir ? Elle regagnait la maison à pas lents quand surgit devant elle une silhouette dégingandée qui la dévisageait d'un regard étincelant de haine et de dédain.

– Morag ! Que fais-tu dehors à cette heure-ci ?

– Je savais qu'il devait partir tôt, j'étais descendue lui dire au revoir.

L'amertume, l'amour blessé, la jalousie qui faisaient trembler sa voix étaient des sentiments trop puissants, trop dangereux pour une enfant. Oriel frissonna.

– Comptait-il te voir ?

– Je n'en sais rien. En tout cas il ne m'a pas vue.

Elle n'eut pas besoin d'ajouter : « Il ne m'a pas vue parce qu'il ne regardait que vous », Oriel l'avait compris.

Ce ne fut qu'à la fin de juin que le jeune seigneur de Dessborough ramena vers son manoir et ses obligations une épouse qui n'en avait cure. À l'issue de leur long voyage de noces, ils étaient l'un et l'autre conscients – Francis avec tristesse, Kate avec désarroi – que la fin de leur lune de miel marquait aussi celle de leur mariage ou, du moins, d'un amour que Kate avait cru éternel et Francis parfois sur le point d'éclore. Il ne leur restait de ces jours lumineux et de ces nuits de feu que le goût amer de cendres froides, le regret des transports de passion auxquels ils s'étaient abandonnés avec émerveillement, la perspective de devoirs à accomplir et d'un enfant à venir, dont ils ne voulaient ni l'un ni l'autre mais que Dessborough exigeait.

Kate ne prit la pleine mesure de sa captivité qu'en voyant défiler à tour de rôle dans son salon Maud et Letty, venues lui prodiguer les sages conseils qu'une femme « dans son état » était tenue de suivre à la lettre afin de préserver la vie innocente qui croissait en son sein ; le pasteur de Dessborough, qui lui dressa la liste exhaustive de ses responsabilités envers les enfants des écoles, l'orphelinat de la paroisse et autres bonnes œuvres ; Evangeline, enfin, qui l'avisa de nouer au plus vite de bons rapports de cousinage avec les Merton, dont l'influence se révélerait décisive pour ouvrir à son mari les portes de cercles et de comités, voire favoriser ses ambitions de siéger un jour au Parlement.

– Francis n'est pas ambitieux, répondit-elle.

– Tu m'étonnes, ma chère enfant. J'aurais cru qu'un homme aussi actif ne souhaiterait pas rester confiné dans ses terres. Enfin, tu le sais sans doute mieux que moi... Quoi qu'il en soit, puisque te voilà châtelaine, tu devras donner des dîners, des bals, des garden-parties. Oriel sera ravie de t'aider. En ce moment, elle est à Londres avec son mari mais elle en revient la semaine prochaine.

– Est-elle heureuse ?

– Heureuse ? Dis plutôt au septième ciel ! Son mari est d'une générosité folle ! Il ne lui refuse rien et ne sait comment la gâter. Je n'ai jamais vu un homme à ce point en adoration devant sa femme.

– Et les enfants ?

– Les enfants ? Ah ! oui... Les filles sont gentillettes. Il y a aussi un garçon. Tu les verras sûrement.

– Oriel n'en attend pas ?

– Grand Dieu, non ! Rien ne presse.

– Pas comme moi...

– Ce ne sera rien, tu verras. Une bonne nanny et un bon pensionnat te feront vite oublier ce léger désagrément. Mais parle-moi de Monte-Carlo.

Ce soir-là, seule avec Francis dans cette maison qui lui rappelait par trop celle de son père, la cage dont elle avait voulu s'évader, Kate lui dit tout à coup :

– Désires-tu que je donne des dîners et des bals ?

Il lisait en arabe une vie de Mahomet, en se demandant s'il allait la traduire afin de meubler quelques instants de l'éternité d'ennui qui s'ouvrait devant lui.

– Pourquoi pas, si cela te fait plaisir ? répondit-il en reposant aussitôt son livre.

– Faut-il aussi tricoter des châles et faire des confitures pour les orphelins ?

Assis sous la seule lampe allumée, il ne pouvait voir son visage dans la pénombre et ne distinguait que sa mince et pathétique silhouette d'enfant désœuvré, désemparé, qui demande à un adulte ce qu'il doit faire. Ils étaient seuls dans cette maison dont ils n'avaient pas voulu, face à des devoirs pour lesquels ils n'étaient pas préparés ; et puisque par sa faute à lui, sa faiblesse, son instant d'égarement, ils étaient tous deux désormais condamnés à les partager, il ne pouvait faire moins que délaisser lui aussi ses rêves avortés pour lui parler de mondanités et de bonnes œuvres. Que lui restait-il, à lui-même ?

– Je ne t'imposerai rien, Kate. Je désire seulement que tu fasses ce qui te plaît.

Son éclat de rire se brisa comme un sanglot.

– Alors, donne-moi un chameau, Francis. Ou un éléphant.

Agenouillé près d'elle, il retrouva les gestes de l'amant qu'il était encore un mois – un siècle ? – plus tôt.

– Serait-ce bien raisonnable en ce moment ?

Avait-elle jamais pensé à la raison ? N'avait-elle jamais rien fait que confondre la véritable liberté avec les élans incontrôlés de sa sensualité, de ne s'y abandonner en croyant y trouver l'émancipation que pour mieux tomber dans le piège de la maternité – et l'y enfermer avec elle ? Sans doute, espérait-il, n'en était-elle pas même consciente.

– Veux-tu beaucoup d'enfants, Francis ?

Une fois encore, sa voix s'était brisée.

– Ayons d'abord celui-ci, nous verrons ensuite. Un seul nous suffira peut-être.

– Tu ne veux pas me transformer en mère poule ?

– Non, Kate.

– Les dîners et les bals te plairaient davantage ?

– Plus, en tout cas, que les châles et les confitures.

– Bien. J'organiserai donc des bals et des dîners.

Au moins aurait-elle ainsi l'illusion d'exercer son libre arbitre en éliminant les importuns de ses listes d'invitations : Maud et Letty à coup sûr, Constance qui ne savait parler que d'enfants. Quentin ? Peut-être pas. Il semblait beaucoup plus fréquentable depuis qu'il ne constituait plus pour elle une menace et qu'il avait proclamé son indépendance en s'installant chez lui à Hepplefield. Inviterait-elle les Merton en « oubliant » Evangeline ? L'idée l'amusa quelques jours – jusqu'à ce qu'elle se souvienne qu'Evangeline était la mère d'Oriel. Et quand la nouvelle de son retour lui parvint, elle lui envoya un billet qui reçut une réponse immédiate : « Viens me voir. »

La veille, à peine descendue de voiture, Oriel avait dû régler une crise domestique due, en très grande partie, à la présence de Susannah Saint-Charles, venue en son absence «offrir son aide» avec les enfants, qui accusait la gouvernante de faiblesse coupable envers la coquetterie d'Elspeth et la grossièreté de Jamie – il avait passé son temps à dévider un vocabulaire aussi fourni que coloré glané auprès de pêcheurs écossais, de maçons irlandais et de son propre père. Ulcérée, la gouvernante avait pris Oriel à témoin de la mauvaise foi de Susannah et requis son arbitrage. Oriel parvint à apaiser les esprits avant de se retirer enfin dans sa chambre se reposer des fatigues du voyage.

En huit semaines de mariage, elle n'en avait passé que trois avec son mari, cinq seule avec ses enfants qu'elle s'était efforcée d'apprivoiser. Sans illusions sur ses chances de s'en faire aimer, elle espérait au moins se faire accepter et sa tactique portait ses fruits avec Elspeth; en petit homme déjà conscient de sa supériorité sur les femmes, Jamie l'ignorait. Morag résistait à tous ses efforts – mais elle était étrangement la seule à tolérer Susannah.

– Quand mon père revient-il? avait demandé Morag d'un ton qui signifiait : «Qu'en avez-vous fait?»

Il était parti pour le Pays de Galles le lendemain de ses noces pour n'en revenir que dix jours plus tard et ne passer qu'une semaine auprès d'elle, une semaine chaotique pendant laquelle il avait rempli la maison de ses rires et de ses exigences, et bouleversé l'ordre qu'elle tentait d'y maintenir. Il lui avait fait l'amour tous les soirs et tous les matins, souvent l'après-midi – au grand scandale de Susannah, qui les avait deux fois surpris, et de Morag qui dardait sur elle un regard accusateur comme si elle commettait l'adultère plutôt que de remplir docilement ses devoirs conjugaux.

Après quoi il était reparti, d'abord à Carlisle, puis jusqu'en Cornouailles, au Pays de Galles encore, à Londres enfin où ils venaient de passer une semaine ensemble. Sept jours de folles dépenses, de bracelets d'or massif, de robes extravagantes, de soupers, de champagne et de théâtre, de montagnes de paquets pour les enfants, amoncelés dans le compartiment du train qui les ramenait vers le Nord.

« Je continue sur Glasgow », avait-il déclaré à Leeds sans lui avoir rien dit auparavant. Et c'est ainsi qu'elle avait regagné Lydwick avec tous les bagages, en « bonne et forte femme » capable de retrouver seule le chemin du foyer et de résoudre, avant même d'avoir ôté son chapeau, les mille et un problèmes qui l'y attendaient avec son courrier en souffrance et le petit mot de Kate, auquel elle avait répondu en priorité : « Viens vite me voir. »

Kate arriva dès le lendemain matin, seule sur une fougueuse jument noire, équipage dont Susannah s'alarma au point que sa pudeur céda devant son devoir d'avertir Kate des périls que la pratique de l'équitation faisait courir aux femmes enceintes. N'ayant jamais supporté Susannah par le passé, Kate affecta de ne pas même remarquer sa présence et se jeta au cou d'Oriel.

– Oriel ! Tu ressembles plus que jamais à un cygne.

– Et toi, Kate, tu es si élégante...

– Bah ! Paris a de bonnes couturières.

Elle visita la maison pièce par pièce, s'extasia sur son luxe et son modernisme qui la changeaient agréablement, dit-elle, de la vétusté de Dessborough, se fit présenter les enfants et, le soleil étant déjà chaud, elle accepta d'enthousiasme de raconter ses voyages à Oriel sous la tonnelle du jardin en buvant un rafraîchissement.

Susannah leur emboîta le pas sans y être invitée.

– Ah ! au fait, Susannah, lui dit-elle en s'asseyant, j'ai rencontré en venant ton frère Quentin. Il passera ici dans une heure et te raccompagnera à High Grange pour éviter à Oriel de se déranger. Si tu veux aller te préparer, ne te gêne pas, Oriel et moi avons tant de choses à nous dire.

Susannah s'en fut dignement, en feignant de ne pas entendre le bruyant éclat de rire de Kate.

– Ce n'était pas gentil, lui dit Oriel.

– Je sais. Comment peux-tu la supporter, Oriel ? Rien ne t'y oblige. Moi, en tout cas, je ne veux plus la voir.

Oriel ne répondit pas, toute à la joie de voir Kate sans que l'ombre de Francis lui apparaisse comme elle le redoutait. Le Francis qu'elle avait aimé n'était plus le même que le mari de Kate ; elle pouvait désormais imaginer sans en souffrir que le sien n'existait plus.

– Tant que nous sommes seules, Oriel, dis-moi pourquoi tu as épousé cet homme. L'aimes-tu ?

– Bien sûr, voyons !

– Cela veut dire non, je m'en doutais. Et lui ?... Écoute, pouvons-nous pour une fois parler à cœur ouvert, regarder la vie en face sans tomber dans les niaiseries qu'on a voulu nous faire prendre pour la réalité ? T'aime-t-il, lui ? Réponds-moi, je tiens à savoir la vérité.

– Il voulait à tout prix m'épouser, répondit-elle. Maintenant, je le crois prêt à faire n'importe quoi pour me garder, me protéger.

– Sais-tu précisément ce que tu attends de lui, ce qu'il attend de toi ?

– Oui. Du moins, je crois le savoir.

– Moi pas. Je ne sais plus rien.

– Pourquoi, Kate ?

– Parce qu'il y a toujours en moi quelque chose qui ne va pas. Une fausse note que j'entends sans savoir laquelle ni comment la jouer juste. Ma vie n'a été qu'une succession de discordances, comme si je n'étais pas la personne que je suis censée être. Je n'ai jamais su qui j'étais ni quelle place je devais occuper dans ce monde. J'ai souvent espéré être un enfant trouvé...

Oriel se détourna, bouleversée. Si le mariage de Kate et de Francis n'était qu'une erreur et leur amour une illusion, comment elle, qui avait désiré de tout son être épouser cet homme, supporterait-elle cette révélation ?

– C'est Dessborough qui m'étouffe, reprit Kate. Je n'entends parler que de fermes, de chasse, de mondanités stupides. Oh ! je sais, j'ai déjà entendu et vécu tout cela à High Grange mais je n'y prêtais pas attention. Et je ne m'attendais pas à retrouver ici tout ce que je voulais fuir.

– Kate, dit Oriel au bout d'un long silence, tu savais le genre de vie qui t'attendait en l'épousant.

Le silence retomba.

– Non. J'espérais partir avec lui pour La Mecque.

Le silence retomba.

– Quand attends-tu ton enfant ?

– En décembre, répondit-elle en frissonnant. Pauvre petit être, s'il savait ce qui l'attend…

– Ne dis pas cela !

– Si, Oriel ! Je suis incapable d'être une mère, comprends-tu ? Je ne sais même pas ce que ce mot signifie. Le sais-tu, toi ? Je ne veux pas me venger sur un enfant de mes malheurs et de mes déceptions, comme ma mère s'est vengée sur moi. Son souvenir me ronge.

– Je ne l'ai pas connue, Kate.

– Je sais. Même si tu n'étais pas la fille d'Evangeline, elle t'aurait haïe parce que tu es belle et que tu es une femme, parce qu'elle souffrait d'une jalousie maladive. Elle n'aimait qu'un homme au monde, rien ni personne d'autre n'existait. Je l'ai vue se traîner à genoux devant lui sans qu'il lui accorde un regard. Je l'ai vue s'ouvrir les poignets et le couvrir de son sang. Lui, il s'est contenté de dire à Maud de faire nettoyer sa jaquette. Je la voyais saigner sans que personne la soigne et je me suis cachée de peur qu'elle ne retourne son couteau contre moi.

– Kate !

– Si, Oriel ! Je l'en croyais capable et c'est ce qui me terrifiait. As-tu jamais vu ses tableaux au grenier ? Non, heureusement pour toi. Des portraits d'elle-même, de mon père, d'Evangeline aussi. Des abominations ! Je ne sais pas pourquoi mon père les garde, à moins qu'il n'ait peur en les brûlant de libérer la haine qu'ils contiennent et d'en être étouffé. Je sais ce que je dis, Oriel, je suis sa fille. Comprends-tu pourquoi la seule idée d'être mère me terrorise ? Quelle mère serai-je ? Une idiote comme Letty ? Un monstre comme ma mère ? Je ne veux ni de l'une ni de l'autre. Francis, lui, sera sans doute un très bon père…

Au bout d'un nouveau silence, elle reprit :

– Ma mère m'a fait souffrir et cette souffrance est tout ce qu'évoque pour moi le mot « mère ». Mais le véritable drame, Oriel, c'est qu'elle ne s'en rendait sans doute même pas compte. Alors, puisque je lui ressemble, je pourrais moi aussi faire le mal autour de moi sans le savoir. Voilà ce que je redoute par-dessus tout, voilà ce que je refuse ! M'as-tu jamais vue faire souffrir quelqu'un ? T'ai-je jamais fait mal à toi, Oriel ? Dis-le-moi, je t'en supplie !

Oriel lui prit les mains, se pencha vers elle en la regardant dans les yeux :

– Non, Kate.

– Dieu soit loué ! dit-elle avec un profond soupir. Je ne m'en serais jamais consolée.

Elles restèrent longtemps ainsi, les mains et les regards joints dans une communion silencieuse, jusqu'à ce qu'un bruit de pas sur le sable de l'allée les en arrache. Kate se retourna et, reconnaissant l'intrus, se leva d'un bond avec un cri de joie :

– Quentin ! L'homme que j'attendais !

Son sourire, ses yeux brillant de gaieté, ses bras tendus auraient trompé n'importe qui – sauf lui.

– Pourquoi donc, Kate ?

– Pour me reconduire chez moi. J'ai assez fait de cheval aujourd'hui.

– C'est aussi mon avis.

– Et nous parlerons des Merton, puisque tout le monde m'engage à les séduire. À mon avis, Dora est la moins sotte des trois. Tu me diras ce que tu en penses, Oriel, puisque nous serons dorénavant tout le temps fourrées à l'Abbaye. Ta mère en sera sûrement enchantée.

Oriel se leva lentement en s'appuyant à la table. Quentin remarqua sa pâleur et se plaça devant elle afin de la masquer des fenêtres de la maison.

– Si vous souhaitez élaborer votre plan de campagne avec notre tante Evangeline, ma chère cousine, dit-il à Kate, elle est arrivée juste après moi et attend au salon.

– J'y cours ! dit Kate.

Les jambes flageolantes, Oriel s'apprêta à la suivre.

– Accordez-vous donc un instant de répit, lui murmura Quentin.

– Je vais très bien…

– Je n'en doute pas, dit-il avec un de ses rares sourires. Mais à quoi bon vous presser ? Kate et votre mère auront beaucoup à se dire, prenez votre temps.

Il ne lui demanda pas la raison de son trouble ni ne

manifesta de surprise quand elle lui déclara à voix basse qu'elle allait fondre en larmes. Posément, calmement, qualités qu'elle savait mieux que quiconque apprécier, il lui fit un écran de son corps en disant :

– Vous avez raison, pleurez, cela fait le plus grand bien. Et penchez-vous un peu vers la table, comme si vous examiniez les verres. Je crois en avoir vu un de fêlé.

Quand elle releva la tête un moment plus tard, elle avait les yeux secs.

– Merci, Quentin.

Il ne lui demanda toujours aucune explication.

– Souhaitez-vous rentrer, maintenant ?

Rentrer où ? Dans cette maison, celle de son mari, où ne l'attendaient que des exigences à satisfaire, des susceptibilités à ménager, des mains tendues, avides de s'emparer de son temps et de ses forces ? Était-ce vraiment ce qu'elle souhaitait ? Elle fit un geste à peine perceptible de lassitude, de résignation et se ressaisit aussitôt.

– Je le dois, Quentin, répondit-elle.

8

Par une grise et froide matinée de novembre, Kate mit prématurément au monde une fille dont la survie inspira des inquiétudes assez fortes pour expliquer, sinon excuser, l'attitude de sa mère, qui refusait de la toucher ou même de la regarder. Selon le médecin, ce phénomène n'avait rien d'exceptionnel en de telles circonstances et M. Ashington n'avait aucune raison de s'inquiéter ; en attendant que la jeune mère soit remise du choc, ce qui ne saurait tarder, il suffisait de confier le nouveau-né à une bonne nourrice et à une nurse compétente. Cependant, compte tenu de la fragilité de l'enfant et à titre de simple précaution, l'homme de l'art ne pouvait qu'approuver le pasteur qui recommandait un baptême aussi proche que possible. D'ailleurs, le prénom était sans doute déjà choisi ?

À vrai dire, non. Kate avait refusé de l'envisager jusqu'à son accouchement ; et lorsque Francis lui rapporta les propos du médecin en lui demandant si elle avait pris une décision à ce sujet, elle s'était bornée à répondre : « N'importe quoi. Sauf Kate. »

Mais Francis ne tarda pas à se rendre compte que ce sujet, qu'il croyait ne devoir concerner que sa femme et lui, prenait une importance considérable. Car si Kate ne lui donnait pas de frère ou de sœur par la suite, cette enfant deviendrait l'unique héritière non seulement de Dessborough mais aussi de High Grange, si bien que la famille entière estima avoir son mot à dire. Sans aucune considération pour la fatigue de la jeune accouchée, de véritables conseils de guerre se déroulèrent autour de son lit. Chacun y alla de sa liste de prénoms féminins portés par les aïeules de chaque branche et développa ses arguments jusqu'à ce qu'un accord soit conclu, non sans mal, sur Celestine et Clarissa, vocables présentant l'avantage d'appartenir à la fois aux traditions des Ashington et des Merton.

Il restait à déterminer le troisième, celui de la marraine qu'il importait maintenant de choisir. La bataille reprenait de plus belle quand la voix de Kate, émergeant de sous ses couvertures, retentit moins comme une participation au débat que comme un appel à l'aide :

– Oriel !

– Voyons ma chérie, intervint Francis dont la patience approchait dangereusement du point de rupture, tu sais bien qu'Oriel est en voyage avec son mari.

– Elle m'a promis de revenir pour le baptême.

– Je sais, mais elle comptait comme nous tous sur la naissance à la fin de décembre.

– Elle m'a promis de revenir et elle reviendra. Fais le nécessaire pour l'avertir.

Francis expliqua qu'Oriel et Garron se déplaçaient constamment sur le Continent, qu'il était impossible de les localiser et hors de question d'imposer à Oriel d'abréger son voyage et de traverser la Manche seule en plein hiver.

– Eh bien, nous attendrons son retour aussi longtemps qu'il le faudra ! déclara Kate. Oriel sera la marraine, je n'en veux pas d'autre. Et maintenant, laissez-moi dormir.

Il fut néanmoins convenu qu'il y avait urgence, qu'un compromis était souhaitable et que la nomination d'une marraine par procuration ne soulevait pas d'objection canonique – ce qui raviva les hostilités auxquelles Susannah, ulcérée d'avoir été écartée de la liste des prétendantes, mit fin en imposant le nom de la belle-fille d'Oriel, Morag, qui, nul ne savait pourquoi, lui inspirait une profonde affection.

Dûment baptisée le lendemain selon le rite de l'Église anglicane, Celestine Clarissa Oriel Ashington démentit les pronostics pessimistes en prenant régulièrement du poids et de la vitalité. Elle manifestait à grand bruit son déplaisir de certaines choses, gazouillait aimablement son approbation de certaines autres et faisait de rapides progrès sur lesquels chacun – sauf sa mère – s'extasiait mais que sa marraine n'eut pas l'occasion d'admirer, car elle était retenue au loin par son mari beaucoup plus longuement que prévu.

Oriel n'avait pas souhaité ce voyage, décidé par Garron à la dernière minute et pour lequel, comme à son habitude, il refusait de fixer une date de retour. Mais connaissant à la fois son désir de l'éblouir et son refus obstiné de la voir partager avec d'autres que lui, homme ou femme, la moindre miette de son temps ou de son attention, elle l'avait suivi sans discuter. En fait, n'eût été l'inquiétude que lui inspirait Kate, elle aurait pris un plaisir extrême à voyager avec un homme épris de ses aises au point de ne jamais se refuser aucun luxe et de le faire rejaillir sur elle avec une extravagante prodigalité.

Ce voyage étant le voyage de noces promis fut dès le début marqué de nombreuses nuits blanches. Mais cela ne la troublait plus ; il lui manifestait une ardeur amoureuse si puissante et si insatiable qu'il ne se rendait pas compte, espérait-elle, de la relative tiédeur de ses réactions. Il ne lui demandait que de rester souriante et de consentir à tous ses désirs ; elle le lui accordait sans réticences.

– Je construirai quelques lignes de chemin de fer en France

et tu auras un diamant pour chacune. En attendant, j'ai des gens à voir, des affaires à traiter. Va te promener en ville et achète-toi tout ce qui te fera plaisir.

Que la ville en question fût Londres, Bruxelles ou Paris, il était partout reçu avec les égards dus à un prince, se conduisait en roi et la traitait en impératrice. À Paris, il la fit même présenter au roi Louis-Philippe, rencontre qui n'impressionna Oriel guère plus que celle des ennuyeux messieurs côtoyés dans son enfance, mais qu'elle se hâta de rapporter à Evangeline, qui en conçut une indicible fierté et le lui fit savoir par retour tout en lui annonçant la naissance de l'héritière de Dessborough et la dignité avec laquelle Mlle Morag Keith avait rempli son rôle de marraine par procuration.

– Bon travail, approuva Garron, flatté de cet honneur accordé à sa fille.

– Il n'empêche que ce baptême précipité m'inquiète, dit Oriel. La petite est prématurée et…

– Tu ne me demandes pas, j'espère, de rentrer plus tôt que prévu ?

Il n'était pas question pour lui d'abréger ses vacances, où se mêlaient si bien le plaisir et les affaires. Ce jour-là, d'ailleurs, ils devaient souper avec deux grands-ducs russes, aussi richement pourvus de capitaux que d'idées neuves sur le développement industriel et ferroviaire de la Russie. Oriel ne pouvait songer à les décommander.

Elle soupa donc avec les grands-ducs et sut les éblouir de telle sorte que, s'ils mettaient un jour leurs projets à exécution, ils se souviendraient à coup sûr du nom de Garron Keith parce qu'ils n'auraient pas oublié sa femme. Alors, pour la récompenser de l'avoir si bien servi, il l'emmena à Cannes, un charmant village de pêcheurs découvert par Lord Brougham qui en avait fait un endroit à la mode et où Garron voulait rencontrer un Allemand influent, convaincu de l'utilité du développement des chemins de fer dans son pays ; et puisque, disait-il, les ingénieurs et entrepreneurs anglais étaient encore les meilleurs spécialistes de ce moyen de transport des temps modernes, il entendait profiter de cette avance avant que les autres pays n'apprennent à se passer de son savoir-faire.

Oriel succomba vite au charme de la vie brillante et indolente de la Riviera ; n'eût été son inquiétude lancinante pour la santé physique et mentale de Kate, elle y aurait volontiers prolongé son séjour. Quel repos, se disait-elle avec regret, ce serait de passer un Noël loin des Stangway, de Susannah, de Morag et même d'Evangeline ; un Noël sans obligations ni soucis avec un homme qui lui manifestait son amour – ou n'était-ce que de l'amour-propre ? – d'une manière à rendre bien des femmes jalouses…

Ils prirent toutefois le chemin du retour l'avant-veille de Noël, lestés de trois fois plus de bagages qu'au départ. Leur voyage se déroula sans histoires jusqu'au moment où, le seuil de la maison à peine franchi, Morag et Susannah les accueillirent avec une litanie de récriminations et de drames : Jamie avait pris froid, la dinde de Noël n'était pas livrée, Evangeline se disait ulcérée du retour tardif de sa fille, de fortes pluies avaient inondé le tunnel de Merton Ridge en faisant deux victimes et Mlle Woodley était décédée. Un seul de ces problèmes requérant son attention immédiate, Garron lâcha une bordée de jurons, renfonça d'un coup de poing le chapeau qu'il venait d'ôter et repassa la porte qu'il n'avait pas eu le temps de fermer.

Dans les heures qui suivirent, entre la maladie de Jamie – que la vue du monceau de cadeaux disposés sous le sapin de Noël parut guérir par miracle – la mauvaise humeur de Morag à qui Susannah prodiguait ses consolations, les réponses les plus urgentes au courrier accumulé en son absence et les quelques instants de recueillement qu'elle réussit à accorder à la mémoire de Mlle Woodley, Oriel n'eut pas le temps de s'enquérir de Kate et de sa fille. Et quand elle parvint enfin à interroger Susannah, celle-ci se fit un plaisir de lui apprendre que la « filleule de Morag » se portait à merveille.

Oriel préféra ne pas relever et remettre à un moment plus opportun le rétablissement de la vérité.

– Et Kate ? insista-t-elle. Je lui ai écrit plusieurs fois sans recevoir de réponse.

Susannah entreprit alors le récit détaillé des épreuves subies depuis l'accouchement par l'entourage de Kate, plus invivable que jamais, et de l'accablement de Francis, qu'elle voyait vieillir à vue d'œil.

– Pauvre Kate, soupira Oriel. Il est trop tard pour aller la voir aujourd'hui, mais j'essaierai demain...

– C'est inutile, Oriel, les Merton s'en sont chargés.

– Chargés ? Comment cela ?

– Tu ne savais pas ? Ils ont invité Kate et Francis à passer Noël à l'Abbaye et à aller ensuite avec eux dans leur château d'Écosse. Nous ne les reverrons donc pas jusqu'à la fin février, pour le grand bal d'anniversaire de Dora. Ta mère estime d'ailleurs qu'ils ont eu tort.

Une heure plus tard, Evangeline apparut en personne et manifesta sa réprobation de la présence de Susannah qui, selon elle, n'avait rien à faire chez sa fille.

– Je m'étonne, ma chère petite, que tu ne sois pas déjà repartie au presbytère, lui dit-elle sèchement. Va vite préparer tes affaires, je t'y raccompagnerai. À la veille de Noël, ta place est auprès de ta mère – surtout depuis qu'elle a perdu Quentin.

Tandis que Susannah, dressée à obéir aux ordres de ses aînés, s'éloignait docilement, Oriel sursauta.

– *Perdu* Quentin ? Que voulez-vous dire ?

– Rien, ma chérie, j'exagère un peu, voilà tout. Ce cher garçon se trouve si bien dans son coquet appartement et sa famille lui manque si peu qu'il n'a consenti que du bout des lèvres à lui accorder une heure le jour de Noël. Letty est dans tous ses états, mais cela n'a guère d'importance.

Surtout pour Evangeline, encore furieuse de la manière dont les Merton avaient accaparé Kate sans même daigner l'en informer. Manifestement, ils le faisaient pour Francis, que tout le monde plaignait du fond du cœur d'être ainsi affligé d'une femme en proie à un dérangement mental dont les conséquences faisaient frémir, alors que celle qu'il aurait dû épouser s'était stupidement jetée dans les bras d'un...

– Maman, je vous en prie !

– Je ne dis que la stricte vérité, ma chérie. Les Merton ont eu pitié de lui, comme nous tous. Mais quand ils auront passé huit jours avec Kate, ce sont les Merton qui feront pitié. Elle est plus sinistre qu'un spectre et se néglige au point de couper l'appétit de ceux qui sont assis à table en face d'elle. Et tout cela parce qu'elle a eu un enfant ! J'espère au moins pour ce pauvre Francis que la compagnie des autres le distraira. D'ailleurs, s'il devenait veuf, tu sais que Dora a toujours eu un faible pour lui...

– N'allez-vous pas un peu vite en besogne, maman ?

– Si tu avais vu Kate ces derniers temps, ma chérie, tu comprendrais que je n'exagère pas.

Et comme, à en croire la robuste constitution de son mari, Oriel n'avait aucune chance de devenir veuve au moment opportun, Evangeline se considérait en droit d'éprouver un certain dépit.

– Allons, il est temps que je m'en aille. Au moins, je te débarrasserai de cette petite sotte de Susannah pour la ramener à sa mère. Pauvre Letty ! Elle ne se doute même pas qu'elle souffre tout simplement de jalousie envers la trop séduisante gouvernante de son cher Quentin... Je compte sur toi le jour de Noël, n'est-ce pas ? Tu m'accompagneras à l'église et tu resteras déjeuner. Ton mari peut bien se passer de toi quelques heures.

Mais lorsque Garron revint très tard ce soir-là, frigorifié et couvert de boue, il n'était pas d'humeur à concéder quoi que ce soit à quiconque. Il exigea un tub chaud, des vêtements propres, un repas copieux servi près du feu, après quoi il parcourait son courrier en fumant un cigare avant d'emmener sa femme au lit.

– J'ai du pain sur la planche pour les jours qui viennent, Oriel. Le tunnel est un désastre. Les relevés de terrain de cet imbécile de De Hay étaient complètement faux. Là où il annonçait de la roche, je suis tombé sur de la glaise. Il n'y a rien de pire ! Elle glisse, la pluie suinte de partout, une double voûte de brique n'y résiste pas. Je vais donc rester surveiller le chantier jusqu'à ce qu'il soit asséché. Cela me coûtera une fortune, mais ce n'est pas à de Hay que la compagnie s'en prendra si j'ai du retard ni lui qui paiera les pénalités. Tu t'en sortiras, crois-tu, seule avec les enfants ?

– Oui, Garron.

– Leur avons-nous rapporté assez de cadeaux ?

– Assez pour toute une école, sois tranquille... Écoute, Garron, te souviens-tu du cottage au bord du lac d'Ullswater où j'ai passé quelques jours l'hiver dernier? Mlle Woodley est morte pendant notre absence et...

– Justement, dit-il en prenant une lettre dans la pile de courrier devant lui, j'ai reçu ceci d'un notaire de Penrith. Elle t'a légué sa maison, le notaire me demande ce que je compte en faire.

Oriel ne se formalisa pas du *je*. En rédigeant son contrat de mariage, Quentin lui avait expliqué avec sa précision coutumière qu'une femme mariée perdait tous ses droits légaux et financiers au profit de son mari. Ne possédant rien en propre à l'époque, elle n'y avait pas attaché d'importance. Maintenant, si.

– Eh bien, Garron?

– Bah! Une vieille masure, si je me souviens bien. Autant s'en débarrasser avant qu'elle ne s'écroule.

La gorge soudain sèche, Oriel rassembla son courage.

– Pouvons-nous plutôt la garder?

– Pour quoi faire?

Comment lui dire : «Parce que c'est le seul endroit au monde où je me suis jamais sentie en paix. Parce que c'est le seul véritable foyer que j'aie jamais connu. Parce que j'y ai les seuls souvenirs heureux de mon enfance...» Si elle perdait cette maison par sa faute, la blessure serait si profonde qu'elle se savait incapable de le lui pardonner. Pour leur bien à tous deux, elle devait à tout prix l'éviter. L'attaquer de front? Il fallait d'autant moins y songer que sa demande inattendue l'avait mis en alerte. User de son charme? Elle ne l'avait jamais fait; mais après avoir toute sa vie observé Evangeline, elle savait comment s'y prendre.

– Pour y emmener les enfants, Garron. Le changement d'air leur ferait du bien. Et le jardin est si joli...

– Celui-ci est trois fois plus grand.

– Je sais. Mais ici nous n'avons pas le lac, l'air pur, les montagnes. Et te souviens-tu de ce vieil if? Je ne connais rien de plus romantique au monde. T'en souviens-tu aussi ou l'aurais-tu déjà oublié? ajouta-t-elle avec son sourire le plus enjôleur.

– Non, je n'ai pas oublié. Voudrais-tu bâtir un sanctuaire à l'endroit où je t'ai demandée en mariage ?

– Pourquoi pas ?

– Je n'en crois pas un mot, ma toute belle...

Mais, déjà, ses lèvres esquissaient un sourire. Elle le manipulait, comme les femmes le font toutes ; il pouvait le lui permettre puisque cela semblait la rendre encore plus accommodante que d'habitude. Et puis son cottage au bord du lac lui coûterait moins de temps et d'efforts que le tunnel de Merton Ridge.

– À ton aise, répondit-il en lui lançant la lettre sur les genoux. Réponds toi-même à ce notaire et dis-lui ce que tu veux, je signerai.

– Merci, Garron.

– À votre service, chère madame. J'espère quand même avoir droit à une récompense ?

Ce cadeau lui permit de franchir sans dommage les tensions d'un « Noël en famille » dont le père était absent du matin au soir et la vraie mère évanouie de la mémoire des enfants – sauf de celle de Morag, qui inventait des souvenirs dans le seul dessein d'exaspérer l'« intruse ». De subir avec indifférence la froideur d'Evangeline dans le salon de High Grange, où elle ne fit acte de présence qu'une demi-heure, et la scène hystérique que Letty infligea à Quentin, qui ne s'attarda pas davantage. De regagner Lydwick sans se mêler d'une violente dispute entre Morag et Elspeth, de présider avec calme la table du dîner, de s'astreindre à jouer avec les deux plus jeunes malgré sa fatigue. Enfin, d'accueillir Garron avec le sourire quand il revint du tunnel au milieu de la nuit, trempé, glacé et d'une humeur de dogue, de le rassasier de nourriture et de transports amoureux et de l'embrasser à la grille le lendemain à l'aube avant de recommencer à nourrir et amuser ses enfants.

– Tu es une bonne et forte femme, Oriel, lui dit-il en guise de récompense car, pour lui, la force était la première des vertus.

À Noël, il lui avait offert un collier d'or et de diamants assorti à des boucles d'oreilles, cadeau somptueux dont elle appréciait pleinement la valeur. Il lui avait aussi donné quelques arpents de terre et une vieille maison sans intérêt pour un homme tel que lui, don inestimable pour elle. Elle lui en vouait une profonde gratitude. N'eût été le spectre de Kate qui continuait à la hanter, elle aurait même été heureuse.

À la mi-février – Kate étant toujours, à sa connaissance, séquestrée par les Merton – Oriel alla recueillir son héritage à Penrith en compagnie de son mari et des enfants. Puis, après avoir évalué les travaux indispensables – presque rien du point de vue d'Oriel, une rénovation complète selon Garron –, ils revinrent à Lydwick par une nuit d'hiver limpide comme du cristal, pour trouver la pelouse recouverte d'un tapis immaculé sur lequel Jamie s'élança avec des cris de joie. La première boule de neige ne tarda pas à voler et la bataille ponctuée d'éclats de rire fit bientôt rage entre le père et les enfants.

Légèrement à l'écart, Oriel les regardait en s'amusant autant qu'eux. Certes, ce n'était pas la vie dont elle avait rêvé ni l'homme qu'elle aurait choisi, mais c'était une vie aussi bonne que d'autres, avec un homme qui l'estimait à sa valeur, qui savait la faire rire et dont elle découvrait chaque jour un peu plus les mérites. Un compromis tout à fait acceptable, en somme. Les enfants avaient besoin de bien des choses qu'elle était en mesure de leur donner. Un jour, peut-être, elle aurait le sien…

Et c'est alors que la pensée des enfants la ramenait à Kate, si profondément meurtrie pour avoir épousé l'homme qu'elle aimait et porté son enfant, qu'elle entendit des sabots de chevaux et des bruits de pas précipités qui, à cette heure tardive, ne pouvaient signifier qu'un accident, pire peut-être. Kate ? Avait-elle mis fin à cette vie qu'elle ne pouvait plus supporter ?

Le cœur battant, Oriel se retourna. Une femme en robe de bal rouge et cape de velours noir, dans laquelle il lui fallut du temps pour reconnaître Kate, courait vers elle dans la neige qu'elle jetait par poignées au visage de deux hommes qui la poursuivaient en riant. Marchant dans l'allée d'un pas mesuré, un troisième homme la rejoignit – Quentin Saint-Charles, qui l'informa en quelques mots de ce qu'elle brûlait de savoir.

– Oui, Oriel, c'est bien Kate. Veuillez me pardonner cette intrusion. Elle est arrivée il y a quelques heures à Merton Abbey en insistant pour venir vous voir. Non, Francis n'est pas avec elle, il est resté en Écosse avec l'enfant. Ces deux-là sont des cousins Merton. Ils ont bu un peu plus que de raison et sont follement amoureux de Kate – du moins le lui disaient-ils en chemin. Vous constatez sans doute qu'elle se porte beaucoup mieux.

Muette de stupeur, Oriel observait avec incrédulité la malheureuse jeune femme brisée, ainsi qu'on la lui avait dépeinte, en train de courir en effleurant la neige comme un oiseau ; sa cape qui voletait derrière elle comme des ailes dévoilait ses épaules et sa poitrine plus qu'à moitié dénudée ; sa robe étroitement moulée dessinait un corps irradiant la sensualité et vibrant du plaisir d'exercer son pouvoir sur les hommes.

– Que c'est drôle ! criait-elle entre deux éclats d'un rire trop strident. Qu'on s'amuse !

Regarde-moi ! comprit Oriel. *Regarde la pauvre Kate qu'on donnait déjà pour morte et qui est revenue à la vie. Kate qui abandonne son mari et son enfant pour se promener en pleine nuit avec deux hommes jeunes et riches qui se disent amoureux d'elle. N'est-ce pas mieux que de rester cachée au fond de son lit et de sombrer dans la folie ?*

– Lorsqu'on atteint le fond du désespoir, on est tenté de se rattacher à n'importe quoi. Certaines personnes ont de la chance de ne pouvoir jamais tomber si bas.

Quentin avait à peine fini de murmurer ces paroles quand Garron, apparu soudain de l'autre côté, lui donna à voix basse sa version du même jugement :

– Inutile de te tracasser, ma toute belle, personne ne peut rien pour elle. Tant que la flamme brûlera, les papillons viendront tourner autour. Mais une fois qu'elle sera éteinte, elle ne se rallumera pas – crois-moi, j'en ai déjà vu des exemples. Je le regrette sincèrement pour elle mais cela n'y changera rien. De la manière dont elle se conduit ce soir, ce n'est plus qu'une question de temps.

Une question de temps… Garron Keith ne fut pas le seul

à le penser tout au long de l'hiver, du printemps et de l'été qui suivirent dans une frénésie croissante. Son regard n'était pas le seul à observer la métamorphose de Kate qui, après être passée sans transition de la passion débridée au désespoir suicidaire, acquérait la dureté et l'éclat d'un diamant où se reflétait une flamme à laquelle les hommes, tels des papillons, aspiraient à venir se brûler les ailes.

« Des frelons autour d'un pot de miel », ricanait Dora Merton, dépitée de voir sa détestable réputation, dont elle se faisait gloire, éclipsée par celle de la femme de son cousin Francis auquel, entre deux « fiancés », elle rêvait toujours de prodiguer des consolations.

– Qui l'eût crue capable de se dévergonder à ce point ? Par pure charité, on ne peut cependant pas lui jeter la pierre, disait perfidement Evangeline. Avec son hérédité...

Matthew Stangway se contentait d'opiner.

– Vous semblez oublier, mon ami, ajoutait-elle, que vous avez une autre fille. La mienne.

– Je n'oublie pas, mon ange. Mais j'ai aussi une petite-fille, tout à fait légitime et innocente, envers qui j'ai des obligations. Connaissant votre sens du devoir, vous seriez sûrement la dernière à tenter de m'en détourner.

Celestine Ashington, adorable fillette aux yeux noirs pleine de vie et d'entrain et qui allait sur ses douze mois, ne pouvait se douter que la créature parfumée et vêtue de couleurs chatoyantes qu'elle apercevait de loin en loin n'était pas un oiseau de paradis mais bel et bien sa mère.

– Après la dépression dont elle a souffert à la naissance de sa fille, répétait Quentin Saint-Charles avec le soutien chaleureux d'Oriel, elle cherche à se distraire, rien de plus naturel. Et je mets quiconque au défi de citer un seul nom susceptible de la compromettre.

Kate avait cependant réussi à se compromettre quand cela lui avait convenu, s'empressa de rétorquer Evangeline. Et entre le légitime « désir de se distraire », que Quentin et Oriel étaient seuls à soutenir, et les situations pour le moins équivoques dans lesquelles Kate était quotidiennement surprise en compagnie du mari d'Adela Merton, du dernier en date des fiancés de Dora Merton, d'une ribambelle de cousins

Merton et même du frère de Lady Merton, ce vieux roué libertin, il y avait un pas que les bonnes âmes avaient hâte de franchir. Par bonté – ou par faiblesse ? – le « pauvre Francis » avait beau fermer les yeux, chacun allait répétant que le scandale finirait par éclater et que ce n'était en effet qu'une question de temps.

Les spéculations et les rumeurs ne furent pas même éclipsées cette année-là par la « maladie » – on n'osait dire la folie – de Letty, désespérée par le refus définitif de Quentin de remettre les pieds chez elle et sa menace de ne plus distraire un *penny* de ses gains, désormais considérables, pour continuer de participer au budget familial. Devant l'incapacité de Letty d'assumer ses responsabilités domestiques et de quitter le lit où elle sanglotait à longueur de journée en proférant des mots sans suite, Evangeline bondit sur l'occasion de se débarrasser de Maud, qui alla en maugréant s'installer au presbytère afin de veiller au bien-être du Révérend et de sa progéniture éplorée. Et quand Oriel, finalement excédée par les continuelles intrusions de Susannah, ses efforts sournois pour saper son influence auprès des enfants et son intimité abusive avec Morag, se décida à la chasser, l'incident passa à peu près inaperçu.

Aussi, après que la nouvelle choquante d'une nouvelle révolution en France et du départ précipité du roi Louis-Philippe eut été saluée avec un enthousiasme délirant par Kate et l'un des « fiancés » de Dora Merton, qui clamaient de concert « Vive la Révolution ! » et appelaient de leurs vœux l'application à l'Angleterre de la devise de la République, « Liberté, Égalité, Fraternité », nul ne s'étonna d'apprendre qu'à l'issue d'un grand dîner à Merton Abbey, Kate s'était envolée au bras de sa dernière conquête.

9

Quelque trois ans et demi plus tard, par un beau matin d'été, Quentin Saint-Charles poussa la barrière d'un cottage isolé d'où la vue embrassait le lac d'Ullswater dans son écrin de collines verdoyantes. Sous le regard dédaigneux d'une troupe de chats bien nourris, il s'engageait d'un pas mesuré dans l'allée bordée d'une profusion de fleurs et d'herbes aromatiques quand Oriel apparut au coin de la maison, un panier de roses au bras, un large chapeau de jardinier retenu à son cou par une bride.

– Quentin ! Quelle bonne surprise !

– Je ne vous dérange pas, j'espère ?

– Pas le moins du monde. Les filles s'occupent fort bien sans moi et Jamie est comme d'habitude en train de courir la campagne. Je suis ravie de votre visite.

– Moi aussi, Oriel. Lord Merton passe quelques jours au château de Lowther, non loin d'ici, j'étais venu le voir pour affaires et je me suis dit que c'eût été dommage de ne pas faire ce léger détour. Vos plantations de marjolaine, de romarin et de je ne sais quoi encore prospèrent-elles à votre gré ? ajouta-t-il en souriant.

– À merveille. Et les chats raffolent de la valériane, comme vous le constatez.

Citadin dans l'âme, incapable de distinguer une plante médicinale d'une mauvaise herbe, il n'éprouvait pas plus que Garron d'intérêt pour le jardinage, Oriel le savait. Mais elle savait aussi qu'il était récemment rentré de voyage ; il lui apportait donc des nouvelles de Kate qu'il s'arrangeait à chaque fois pour rencontrer, elle ignorait où et comment.

– Oui, j'ai vu Kate en France, dit-il en réponse à son interrogation muette.

Dans un autre jardin, celui de sa maison de Lydwick où elle relisait pour la énième fois la lettre de Kate, c'était Quentin qu'Oriel avait sans hésiter appelé à l'aide trois ans et demi auparavant.

Moins d'une heure après, il était là.

– Vous voulez peut-être me parler de Susannah et de ses ridicules fiançailles avec le vicaire ? avait-il dit avec un peu d'impatience.

– Susannah, fiancée ?

– Vous n'êtes donc pas au courant ? Tout le monde à High Grange ne parle pourtant que de cela.

– Leurs voix ne sont pas parvenues jusqu'à moi.

– Vraiment ? Alors, pourquoi m'avoir demandé de venir, Oriel ? demanda-t-il, sincèrement surpris. Je croyais que vous souhaitiez me faire part de votre point de vue.

– En quoi cela me concernerait-il ?

– Parce qu'il semble que ma sœur s'est lancée dans cette aventure à la suite de votre querelle, qu'elle en prend prétexte pour échapper à ses obligations familiales et que certains, ma mère et tante Maud par exemple, vous en rendent en partie responsable. Pour une raison que j'ignore, vous vous êtes fait une ennemie de Susannah. Je croyais que vous vouliez me demander d'intervenir pour vous réconcilier.

– Ce serait inutile, Quentin, avait-elle répondu avec une brusquerie dont elle s'était elle-même étonnée. Votre temps est trop précieux, je ne vous le ferais pas perdre pour si peu.

– Que voulez-vous dire, Oriel ?

– Je ne sais si elle veut encore être la femme de Garron, sinon pour régner sur sa maison et profiter de sa fortune, mais je suis certaine qu'elle se croit la mère de Morag. Pour elle, je suis de trop. Voilà pourquoi elle me déteste et je n'y puis rien.

Dans le silence qui suivit, elle lui avait alors tendu la lettre par laquelle Kate lui annonçait sa fuite.

– Compte tenu de l'heure qu'il est, il semble que personne n'en soit encore averti à Merton Abbey et à Dessborough, avait-il dit après en avoir pris connaissance.

– C'est pourquoi il est urgent de la retrouver avant que toute la famille ne se lance à sa poursuite.

À moins que son mari ne décide de faire valoir ses droits, hypothèse peu probable, admirent-ils d'un commun accord, il n'était pas question de la forcer à revenir. Mais il fallait agir avant qu'elle ne disparaisse sans laisser de traces et que personne ne puisse plus rien pour elle.

Quentin avait immédiatement entrepris une enquête discrète tandis qu'Oriel se rendait à Dessborough remplir la mission, pénible entre toutes, d'apprendre à l'homme qu'elle avait aimé que la femme pour laquelle il l'avait délaissée l'abandonnait à son tour. Pour lui, elle avait le devoir de dire la vérité sans fard avant que les domestiques ne répandent la nouvelle et que d'autres – Dora Merton, folle de rage et de jalousie, Maud Stangway, voire Evangeline – ne se précipitent lui donner leur version du scandale et aggraver son désarroi en distillant leur fiel.

– C'est navrant, Oriel, s'était-il borné à répondre. Au moins, elle n'est pas seule – pour le moment, du moins.

Et Francis en paraissait sincèrement heureux...

Quentin aussi mais pour une autre raison, car la piste d'une femme seule aurait été beaucoup plus difficile à retrouver que celle d'un jeune homme qui, malgré ses idées libertaires, ne se réfugierait pas longtemps dans l'anonymat s'il souhaitait continuer à toucher la pension paternelle sans laquelle il serait hors d'état de survivre. La suite ne tarda pas à lui donner raison. Oriel ne sut jamais où ni comment Quentin l'avait déniché, mais le séducteur revint peu après, la tête basse, épouser une jeune fille pourvue d'une respectable fortune et d'un père résolu à garder son gendre dans le droit chemin, tandis que Kate poursuivait seule ses errances dans des conditions que les Merton, sans compter nombre d'autres bonnes âmes, espéraient celles d'une misère noire et d'un calvaire quotidien.

De retour de voyage le surlendemain de la fuite de Kate, Garron Keith avait rappelé sans ménagements à Oriel que ses devoirs conjugaux ne prévoyaient pas de conciliabules avec Quentin Saint-Charles sur les agissements d'une femme adultère, encore moins de visites à Dessborough pour adoucir l'épreuve du mari bafoué et entourer sa fille d'affection.

– Cette histoire ne vous regarde pas. C'est envers moi et les enfants que vous avez des obligations. Elles ont de quoi vous occuper ici sans aller chercher ailleurs.

– M'accuseriez-vous de négliger les enfants ? demanda-t-elle avec froideur.

– Non. Mais je vous conseille de ne pas commencer – et surtout pas avec cette enfant-là.

Simple accès de jalousie ? Elle ne pouvait pas laisser passer pareille insinuation.

– J'espère avoir mal compris, Garron. Que reprochez-vous à « cette enfant-là » ? Je vous rappelle qu'elle est ma filleule.

– À elle, rien. Sauf que vous avez eu du « sentiment » pour son père, si je ne me trompe ?

– Je l'ai toujours considéré comme un homme remarquable.

– Son mariage avec Kate vous a déplu, c'est le moins qu'on puisse dire, insista-t-il.

D'instinct, elle adopta la désinvolture d'Evangeline, sa meilleure défense.

– Voyons, Garron, il avait des raisons évidentes ! Kate lui apportait une fortune.

– Il est non moins *évident*, Oriel, dit-il avec un ricanement ironique, qu'elle ne peut pas emporter sa fortune avec elle, de sorte que son mari gardera tout. Ce qui veut dire aussi qu'il a les moyens de procurer les meilleurs soins du monde à sa fille et qu'il n'a pas besoin de vous.

Il s'était toutefois abstenu de lui interdire formellement ses visites à Dessborough. Aussi, pendant le mois qu'il passa à la maison, remplit-elle scrupuleusement son triple rôle d'épouse, de maîtresse et de mère avant de reprendre avec discrétion le cours de sa vie quotidienne.

Garron voyageait beaucoup cette année-là. Dans sa lutte incessante contre le temps, son ennemi juré, qui marquerait tôt ou tard la fin de la grande expansion des chemins de fer, il se menait aussi durement qu'il menait les autres. Dormant peu – il faudrait être fou, répétait-il, pour perdre plus d'une heure ou deux quand le monde regorge d'opportunistes prêts à vous voler un marché –, mangeur et buveur insatiable, comme s'il devait alimenter une machine afin de maintenir sa puissance et sa vitesse, il voulait amasser assez de millions pour se savoir, quoi qu'il arrive, à l'abri du besoin. Et tant qu'il retrouvait sa femme dans son lit quand par hasard il y couchait, ses enfants en bonne santé et heureux des cadeaux dont il les comblait, il admettait n'avoir pas de raison de se plaindre.

« J'espère au moins que vous avez confiance en moi », lui disait-elle parfois, à quoi il répondait avec un sourire ironique : « Non, Oriel. Une des premières choses que doit apprendre un homme ambitieux, c'est de ne jamais se fier à personne. » Elle s'en consolait en se sachant irréprochable ;

et parce que Garron en était lui-même conscient, il lui accordait une liberté dont il savait qu'elle n'abuserait pas. Elle n'avait donc, elle non plus, pas de raison de se plaindre de sa vie, une vie aisée lui offrant des joies et des compensations, des amitiés sûres parmi lesquelles elle comptait désormais Francis Ashington – faute de pouvoir appliquer à leurs relations un autre qualificatif – et Quentin Saint-Charles à qui elle ouvrait volontiers son cœur, bien qu'il ne fît pas preuve envers elle du même abandon et ne lui dît que ce qu'il voulait bien lui dire, même si ce n'était pas toujours ce qu'elle souhaitait entendre.

Pendant ce temps, Susannah faisait languir M. Field, l'infortuné vicaire, qui ne nourrissait guère d'espoirs de fonder une famille ou même d'avoir un jour les moyens de le faire ; elle semblait satisfaite de poursuivre son « apostolat » sur les chantiers avoisinants, de corriger les égarements ou de subvenir aux déficiences de toutes les familles où elle pouvait s'immiscer – à l'exception, bien entendu, de la sienne. La disparition de Kate ne l'avait ni affectée ni même intéressée. Quant à Maud, dont l'esclavage domestique au presbytère en lieu et place de sa sœur défaillante émoussait notablement l'agressivité, elle se bornait à ricaner un « Je vous l'avais bien dit ! » plein d'amertume quand le nom de sa nièce apparaissait dans la conversation.

Il n'en allait pas de même avec Evangeline, qui se servait de l'inconduite de Kate pour harceler Matthew et le décider à prendre enfin en sa faveur des mesures que, selon elle, les circonstances rendaient non seulement urgentes mais, plus encore, vitales. Puisque High Grange était destiné à passer entre les mains de Francis et de sa fille, à qui écherrait en outre la fortune Kessler le jour des vingt-cinq ans de Kate morte ou vive, qui veillerait sur elle à la mort de son époux, de dix ans son aîné ? En un mot comme en mille, elle voulait dès à présent l'assurance d'une rente viagère et, surtout, la toute propriété d'une maison bien à elle afin que son cher Matthew puisse – le plus tard possible, cela allait sans dire – rendre l'âme sans inquiétude sur le sort du « cher ange » qui avait illuminé son âge mûr.

– Je plaignais Francis, dit-elle un jour à Oriel, mais, tout bien pesé, je l'envierais plutôt. Je ne m'étonne plus qu'il fasse parvenir à Kate une petite pension ! Il a de bonnes raisons de la remercier de disparaître en le laissant profiter tranquillement de son héritage. Mais entre nous, l'argent qu'il lui envoie constitue un véritable affront pour les Merton.

– Ils n'en savent rien, maman. À moins…

– Pour qui me prends-tu ? Ce n'est certes pas moi qui leur révélerais que leur cousin Francis semble approuver la responsable du scandale qui les éclabousse. Les malheureux ont déjà une croix assez lourde à porter.

« Croix » dont Evangeline tirait profit sans vergogne. Ne sachant que faire, si tant est qu'il l'eût jamais su, Lord Merton avait le plus pressant besoin d'une sympathie et d'un réconfort qu'elle lui prodiguait sans compter ; terrorisée par les rumeurs de révolution universelle qui franchissaient la Manche, Lady Merton n'osait pour ainsi dire plus mettre le pied dehors sans la compagnie roborative de sa « chère amie » Evangeline. C'est à Evangeline que s'ouvrait Adela de ses malheurs conjugaux, c'est Evangeline encore qui parvenait à redonner à Dora le goût des frivolités et de la chasse au fiancé.

Les bonnes langues ne se privaient pas d'insinuer que Lord Merton était l'amant d'Evangeline. Si Maud le disait par pure médisance, d'autres – la domesticité du château en Écosse et les caméristes de Londres et de Monte-Carlo, où Evangeline avait passé un été seule avec le noble lord – disposaient de preuves tangibles. Pour sa part, Matthew Stangway s'abstenait de tout commentaire à ce sujet, comme il n'en avait fait aucun sur la fugue de sa fille. Seule, Oriel prenait avec énergie la défense de sa mère, au point d'oser rabrouer Maud qui se permettait en sa présence des propos déplacés sur le séjour d'Evangeline et de Lord Merton à Londres pour assister à l'inauguration de l'Exposition universelle et du Crystal Palace par la reine Victoria.

Oriel s'y était rendue quelques semaines plus tard avec Garron et les trois enfants. Captivé par la maquette du port de Liverpool et ses mille navires entièrement gréés, Jamie avait décidé de devenir ingénieur. Garron était tombé en arrêt devant le Koh-i-Noor, moins impressionné par la beauté du célèbre diamant que par l'idée de ce qu'il pourrait réaliser, lui, s'il disposait d'un tel capital. Puis, au bout d'une semaine de plaisante fatigue provoquée par une suite ininterrompue de visites aux magasins et aux restaurants les plus luxueux de la capitale, Garron était reparti surveiller ses chantiers d'un bout à l'autre du Royaume-Uni et Oriel avait emmené les enfants dans son précieux petit royaume à elle, le cottage d'Ullswater.

Elle ne comptait pas sur la visite de Quentin, mais chacun savait que Quentin s'annonçait rarement et ne venait que dans un but précis, dévoilé au moment qu'il estimait opportun. En attendant, Oriel lui offrit des rafraîchissements, lui fit visiter le jardin en bavardant de choses et d'autres et appela les filles pour le saluer.

– Bonjour, monsieur Saint-Charles, minauda Elspeth qui ne s'intéressait qu'à l'effet produit sur les messieurs par ses cheveux blonds, ses yeux bleus et son teint de lis et de roses. Merveilleuse journée, n'est-ce pas ?

– Fort belle, répondit froidement Quentin, pour qui les coquettes de quatorze ans n'avaient aucun attrait.

Il ne se montra pas plus affable envers Morag, pourtant moins vaine et plus intelligente qu'Elspeth, qui en savait assez – et même trop au goût d'Oriel – sur ses démêlés avec sa sœur Susannah, qu'elle idolâtrait, pour lui manifester une évidente animosité.

– Cette jeune personne ne m'aime guère, dit-il à Oriel quand ils se furent éloignés en direction du lac.

– À quinze ans, on a souvent des sympathies et des antipathies irraisonnées. Elle n'a pas non plus d'affection pour moi mais je ne le prends pas à mon compte. Elle haïrait n'importe quelle femme que Garron aurait épousée.

En dehors de l'animosité permanente de Morag, à laquelle elle ne prêtait plus attention, Oriel avait réussi à éviter les drames et les affrontements. N'éprouvant pas plus de sentiments profonds pour ces enfants qu'elle ne leur en inspirait, elle leur ménageait une vie familiale si bien accordée à leurs besoins et à leurs natures que Garron n'y trouvait rien à redire. Jamie se préparait à devenir un homme, les filles à occuper dans la société un rang auquel elles n'auraient pu autrement aspirer et faire honneur aux maris riches et importants que Garron choisirait pour elles. Elles prenaient ce qu'elle leur apportait, Elspeth avec un mimétisme avide, Morag avec réticence, apprenaient leurs leçons de piano, d'aquarelle, de maintien, la suivaient sans déplaisir apparent à Leeds, à Londres, à Ullswater où elles n'avaient pas tardé à se faire des relations «utiles» – les filles d'un notaire de Penrith, les enfants d'une riche famille de Watermillock, sur l'autre rive du lac, qui recevaient souvent et organisaient excursions ou pique-niques, de sorte qu'elles accordaient à Oriel, plus fréquemment que Garron ne s'en doutait, le luxe d'être seule dans son paradis. «Encore en train de jouer les Marie-Antoinette ?» disait-il avec une lourde ironie quand il venait la chercher pour rentrer à Lydwick. S'il raillait son amour de la nature et de la solitude, il ne lui interdisait cependant pas de retrouver son Trianon aussi souvent qu'elle le souhaitait ni même de continuer à s'intéresser au sort du seul être qui éveillât véritablement ses instincts maternels, c'est-à-dire Kate.

– Parlez-moi de votre voyage, Quentin.

Depuis son départ, Kate ne voulait voir que lui et refusait même de lire les lettres d'Oriel, qu'il lui rapportait chaque fois non décachetées. Oriel ne savait donc que ce qu'il avait bien voulu lui dire : le fiancé volage de Dora Merton avait laissé Kate seule à Paris, d'où elle était partie pour l'Allemagne où quelqu'un – vraisemblablement Quentin lui-même, pensait Oriel – l'avait mise en rapport avec la branche allemande des Kessler. Après avoir parcouru l'Europe, elle était revenue en France; lors de leur récente rencontre, elle lui avait rendu une fois de plus sans l'ouvrir la dernière lettre dont Oriel l'avait chargé.

Ils étaient assis sur un banc au bord du lac. Oriel prit la lettre et, avec un sourire triste, la fit glisser dans l'eau où elle flotta un instant avant qu'une brise obligeante ne l'entraîne au loin.

– Elle ne répond aux miennes et n'accepte de me voir que parce que je ne représente rien pour elle, lui dit-il comme pour se justifier. Elle ne se sent aucune obligation envers moi parce que je lui suis indifférent…

– Je ne vous crois pas, Quentin ! Elle ne peut pas ignorer tout ce que vous avez fait pour elle.

– Elle ignore du moins pourquoi. J'ai la réputation de ne jamais agir que dans mon propre intérêt et mes mobiles lui ont toujours paru suspects, elle peut donc se permettre d'imaginer le pire. D'ailleurs, je n'ai rien fait pour elle de plus héroïque que de lui transmettre de petites sommes d'argent qui ne m'appartiennent même pas. Je ne vois pas en quoi cela mériterait sa reconnaissance.

Oriel sourit et préféra ne pas relever.

– En fait-elle au moins bon usage ?

– De l'argent de son mari ? Bien sûr que non.

– A-t-elle des dettes ?

– En permanence. Mais c'est le mode de vie habituel de ses nouvelles relations.

– Seigneur ! Ne risquent-ils pas la prison ?

– Les gens de peu, oui, pas ceux qui disposent de parents riches ou influents capables de payer pour les tirer d'un mauvais pas et éviter un scandale. La moitié de ses amis serait déjà sous les verrous comme révolutionnaires et l'autre comme prodigues s'ils n'avaient tous, ou presque, un père ou un oncle ministre, banquier ou duc et pair. Ne vous inquiétez donc pas pour elle à ce sujet.

– Je vois… Compte-t-elle rester en France ?

– Peut-être. Je crois surtout qu'elle attend la chute de la République, ce qui ne saurait tarder puisqu'elle est présidée par le prince Louis-Napoléon Bonaparte.

– Un prince républicain ? Qui est-ce donc ?

– Le neveu du grand Empereur et le seul de la famille qui ait fait parler de lui depuis Waterloo. Son intention de marcher sur les traces de son oncle n'est plus un mystère pour personne.

Tout en regagnant la grille du jardin, il lui expliqua l'intérêt que Kate portait à ces événements historiques, car certains de ses amis se ralliaient au futur nouvel empereur tandis que d'autres affichaient une résolution non moins farouche de dépaver les rues de Paris pour y dresser des barricades. Kate elle-même, la rassura-t-il, ne souhaitait rester qu'afin de ne pas manquer un spectacle aussi amusant.

– Partagerez-vous au moins notre déjeuner, Quentin ? Je cultive d'excellents légumes dans mon jardin.

– Je n'en doute pas, ma chère Oriel, et j'aurais accepté avec le plus grand plaisir si je n'étais déjà engagé par ailleurs. L'heure tourne, je dois même me hâter.

Il s'éloigna aussi posément que s'il foulait le pavé d'une ville plutôt que les ornières d'un chemin de campagne. Son apparente insensibilité, sa mine hautaine glaçaient ceux qui le connaissaient mal, mais Oriel savait désormais que cette attitude distante n'était qu'une protection. Contre sa mère, qui l'accusait de lui avoir sciemment gâché la vie ; son père, qui se déchargeait sur lui, avec un malin plaisir, de ses responsabilités envers ses jeunes frères et sœurs, qui, de leur côté, se reposaient sur lui en tout et pour tout ; sa sœur Susannah, qui n'avait de cesse de le faire intervenir pour que son fiancé le vicaire obtienne une cure et les prébendes lui permettant enfin de se marier ; sa tante Maud, qui le tenait pour seul responsable de sa situation infernale au presbytère de High Grange. Le monde entier semblait lui en vouloir, jusqu'à sa séduisante gouvernante qui, pour des motifs que nul ne songeait à approfondir, lui avait récemment rendu son tablier – pour être d'ailleurs remplacée sur-le-champ par une personne pourvue de charmes au moins équivalents.

Oriel regagnait la maison à pas lents en se demandant à quel point il se souciait du sort de Kate – plus en tout cas que quiconque, voire Kate elle-même, ne l'imaginait – quand sa mélancolie se dissipa en se rappelant qu'Elspeth et Morag devaient passer l'après-midi à Watermillock chez leurs amis Landon et qu'elle jouirait donc de sa liberté jusqu'au soir. L'arrivée inopinée de Garron pendant le déjeuner, dix jours avant la date prévue, bouleversa ses projets. Il lui fallut en hâte prendre ses dispositions pour faire arroser le jardin et nourrir les chats en son absence, dépêcher la femme de charge à Watermillock avec un mot d'excuses pour décommander Morag et Elspeth, prévenir Jamie qui « aidait » un fermier du voisinage, préparer ses bagages et ceux des enfants tandis que leur père, assis au soleil avec ses filles, recevait béatement leurs démonstrations d'affection.

Elle se félicitait au moins de l'excellente humeur de

Garron quand elle le vit soudain apparaître sur le seuil de sa chambre alors qu'elle pliait ses chemises et les plaçait dans une valise.

– Il y avait un homme ici ce matin, lui dit-il d'un ton accusateur.

– Oui, Quentin Saint-Charles.

– Pourquoi ne pas me l'avoir dit ?

Instruite par l'expérience, elle riposta d'un ton sec à ce nouvel accès de jalousie possessive.

– Parce que vous n'êtes ici que depuis une demi-heure, Garron. Ou bien vous voulez que je sois prête pour le train de quatre heures ou bien que je prenne le temps de vous raconter tout ce que j'ai fait, les visites que j'ai reçues et celles que je n'ai pas reçues.

– Eh bien, racontez-le maintenant.

– Raconter quoi ?

– Ce qu'un homme aussi affairé que lui est venu faire dans ce trou perdu.

– Il avait des affaires à régler avec Lord Merton qui séjourne au château de Lowther et il y est rentré déjeuner.

– Cela me dit pourquoi il était dans la région mais pas pourquoi il est venu vous voir.

– Nous sommes cousins…

– Un homme comme lui ne fait pas deux lieues à pied en plein soleil pour le plaisir de dire bonjour à sa cousine.

– Insinuez-vous, Garron, que ma conduite ?…

– Bon Dieu, non ! Je vous demande simplement de me dire la vérité – si vous en êtes capable.

Derrière l'insulte et la menace à peine voilée, elle discerna une prière. Il voulait moins la vérité qu'une raison de mettre fin à la jalousie dont il souffrait.

– Je lui avais donné une lettre pour Kate avant son voyage en France, il me la rapportait, un point c'est tout. Tout cela est absurde, Garron ! Vous devriez savoir que je n'ai pas d'amant et que je n'en aurai pas.

– Et pourquoi pas ?

L'accusait-il d'être la digne fille de sa mère, qui en avait eu par douzaines et en avait encore un en ce moment même en la personne d'un petit lord qui, malgré son âge et sa vue basse, ne se contentait sans doute pas de la regarder ?

– Je vous le répète pour la dernière fois, Garron, dit-elle les dents serrées, je lui avais donné une lettre pour Kate, il me l'a rapportée cachetée.

– C'était donc bien Quentin Saint-Charles ? Vous êtes prête à le jurer ?

– Demandez donc à vos filles, elles l'ont vu de leurs propres yeux et lui ont serré la main !

Cette scène la stupéfiait. Sans doute l'une d'elles avait-elle fait allusion au « visiteur de belle-maman » sans préciser son nom et Garron en avait immédiatement déduit qu'il s'agissait de Francis Ashington…

Sa colère aussi subitement dissipée qu'elle avait flambé, il s'ébroua comme s'il échappait à la noyade.

– Bon, je vous fais perdre votre temps, bougonna-t-il. Dépêchons-nous si nous ne voulons pas manquer le train.

Il venait, lui apprit-il ensuite, de signer un marché qui pouvait lui rapporter un million de livres ou le mettre sur la paille, hypothèse à laquelle il ne croyait pas un instant, et il allait en signer un autre avant la fin du mois. Il attendait donc des félicitations, le champagne devrait couler à flots quand ils seraient de retour chez eux à Lydwick et elle irait dès le lendemain matin s'acheter tout ce qui lui ferait plaisir – en dehors de cette maudite bicoque, dont il ne comprenait toujours pas pourquoi elle y était autant attachée.

– Vraiment tout ? dit-elle, prompte à s'adapter à ses sautes d'humeur. Eh bien, le château de Lowther !

– Euh… disons, l'année prochaine.

Sa scène injuste déjà oubliée, il aurait été fort étonné qu'elle ne l'oublie pas elle-même. Il n'était pas revenu pour faire souffrir sa femme mais pour être dorloté, pas pour l'accuser mais pour la choyer. Lucide et réaliste, il ne lui demandait pas plus de l'aimer que de se languir pour lui mais, compte tenu de ce qu'il lui offrait, de lui en donner au moins une illusion convaincante.

Et tout compte fait, se disait-elle, il était bien agréable – le mot « merveilleux » lui était presque monté aux lèvres – de savoir qu'il connaissait la différence.

10

À vingt-cinq ans, faute de pouvoir donner et recevoir l'amour total auquel elle avait cru, Oriel mettait son point d'honneur à remplir scrupuleusement, et au-delà, les termes du « marché » passé avec Garron en l'épousant. Au fil des ans, il s'était ainsi créé entre eux une solide amitié qui lui devenait de plus en plus précieuse. Il lui manifestait sa satisfaction en lui concédant des libertés qu'il aurait, à l'évidence, préféré lui refuser – son cottage d'Ullswater, par exemple, ou ses contacts avec Kate par l'entremise de Quentin Saint-Charles et ses relations avec les Ashington père et fille. Il s'abstenait de critiquer trop ouvertement devant elle les mœurs de l'aristocratie en général et de sa mère en particulier ; de même, Oriel gardait pour elle son opinion d'Elspeth, qu'elle jugeait vaniteuse et bornée, de Morag, sournoise et renfermée, et de Jamie, garçonnet sans grands talents, car son mari lui inspirait plus d'affection que ses enfants. Elle avait même appris à le désirer, sans passion peut-être mais avec assez d'ardeur pour le rejoindre avec joie dans le lit conjugal à chacun de ses retours et savourer le plaisir auquel il avait su l'initier – plaisir qui n'entraînait toujours pas de grossesse, sujet délicat qu'ils évitaient d'aborder mais dont ils ne semblaient souffrir ni l'un ni l'autre.

Entre-temps, la ligne de la vallée de la Gore avait été inaugurée en grande pompe et Lydwick se félicitait de sa gare toute neuve où débarquaient des citadins fortunés venus édifier, à l'écart des fumées d'usines, des demeures dignes de leur opulence. Devant la prospérité du Royaume-Uni, le nouvel empereur Napoléon III ne voulait pas être en reste et projetait, disait fièrement la modiste parisienne ayant depuis peu ouvert une boutique à Lydwick, de faire de Paris la plus belle ville du monde en y perçant de larges avenues et des places grandioses.

Kate y était-elle encore ? se demandait Oriel. Oui, lui apprit Quentin. Elle s'intéressait beaucoup au nouveau régime à l'ombre duquel, dans une atmosphère de luxe et de plaisirs sans précédents, s'épanouissait toute une classe de hardis spéculateurs impatients de devenir millionnaires.

– Et les amis dont vous me parliez, ceux qui voulaient dépaver les rues pour y dresser des barricades ?

– Certains l'ont fait, je crois, et s'en sont repentis. Maintenant, elle a d'autres amis plus… réalistes.

– Serait-ce absurde, à votre avis, de vous donner une nouvelle lettre pour Kate à votre prochain voyage ?

– Je puis vous assurer, Oriel, que je la lui remettrai. Je ne puis malheureusement vous garantir qu'elle la lira.

Elle savait qu'en toutes circonstances il tenait ses promesses et qu'il ne cherchait ni à l'induire en erreur ni à l'influencer. Elle ne suivait cependant pas toujours ses conseils, notamment en ce qui concernait Susannah dont elle s'attira encore une fois la vindicte.

La paroisse de Dessborough étant devenue vacante et M. Field, le fiancé de Susannah, à la recherche d'une cure, Oriel estima tout naturel de demander à Quentin de soutenir sa candidature auprès de Francis.

– Je n'en ferai rien, pour la bonne raison que ma sœur n'a aucune intention de se marier, elle ne veut que rester « missionnaire » – non pas en Afrique, certes, les camps de travailleurs itinérants suffisent amplement à ses ardeurs apostoliques. Or, tant que M. Field sera un vicaire sans emploi, il restera à sa disposition pour l'escorter avec sa Bible alors que si elle devenait femme de pasteur, elle serait enchaînée par ses obligations envers ses paroissiens, sans parler de sa… progéniture, ajouta-t-il avec une moue de dégoût.

Ce jour-là, Oriel commit l'erreur de rapporter sa conversation à Evangeline qui, par pure malice, s'empressa de demander à Francis d'offrir la cure de Dessborough au valeureux M. Field et à sa chère fiancée. Susannah en conçut une telle fureur, comme Quentin l'avait prédit, qu'Oriel dut implorer Francis de revenir sur sa décision.

– Pauvre M. Field, soupira Oriel. Nous venons de le sacrifier à Susannah.

– Aucune importance, déclara Evangeline. Elle nous a déjà jugées et condamnées, toi et moi, pour avoir tenté de la marier alors qu'elle ne cherche qu'à profiter des avantages du mariage sans en subir les obligations. Et comme elle ne peut pas nous en punir, elle ne nous le pardonnera jamais. Cela change-t-il quoi que ce soit dans tes rapports avec elle ?

– Hélas non, maman.

– Bon. Accompagne-moi donc ce soir à Merton Abbey. Et ne cherche pas d'excuses, je te prie. Ton mari est encore parti Dieu sait où et la gouvernante s'occupera des enfants. Tu devrais sortir davantage, ma chérie, voir des gens intéressants, assurer ta position dans le monde.

Celle d'Evangeline avait beau lui déplaire, Oriel ne se permettait pas de la critiquer et prenait fermement sa défense contre Garron lui-même lorsqu'il évoquait d'un ton sarcastique les innombrables occasions où Evangeline s'affichait en la seule compagnie de Lord Merton.

– Son mari ne s'en plaint pas, répliquait-elle.

– Oui, je sais, il se contente d'en sourire – ce qui me frappe, moi qui suis un homme simple, comme une étrange réaction de la part d'un mari. À votre place, je lui demanderais si elle sait au moins ce qu'elle fait.

– Je prépare mon avenir, lui avait répondu Evangeline sans l'ombre d'un remords. Je n'ai pas l'intention de ne vivre que de mes souvenirs de Matthew quand le mari de Kate viendra le lendemain de son enterrement me mettre à la porte de High Grange. Et puisque les maris ont une fâcheuse tendance à faire de nous des veuves, tu devrais toi aussi prendre tes précautions. Ton mari est plus âgé que toi, il se tue au travail – sans parler du reste. Sois certaine que son cercueil n'aura pas passé la porte que son fils prendra possession de sa maison et ses sœurs du reste. La part légale d'une veuve est une misère, crois-moi. Si tu ne t'arranges pas pour obtenir de lui dès maintenant de quoi vivre décemment, il ne te restera que tes jolis yeux pour pleurer.

Evangeline avait « pris ses précautions » en extorquant de Matthew l'achat à son nom d'une des maisons neuves qui proliféraient autour de Lydwick où elle entassait, dans un incroyable bric-à-brac, meubles de style, tapis d'Orient, lustres de cristal et laques de Chine discrètement déménagés des greniers de High Grange où ils prenaient la poussière. Quant à son intimité avec les Merton – elle insistait sur ce pluriel – qui lui reprocherait d'avoir des amis pourvus de relations flatteuses ? Ce pauvre Lord Merton, dont l'épouse prenait la détestable habitude de soigner ses nerfs fragiles avec des rasades de cognac, avait bien le droit de chercher du réconfort dans l'*amitié* d'une femme intelligente…

Oriel l'écouta en silence développer ses arguments spécieux pendant le trajet jusqu'à Merton Abbey, où Lord Merton vint en personne les accueillir sur le perron. Cet homme imbu de sa naissance et de ses privilèges n'aurait pas reçu à sa table la femme d'un parvenu enrichi dans les travaux publics si elle n'avait été la fille de sa Muse, de son Evangeline capable, par sa seule présence, de lui donner l'illusion d'une prestance virile et d'une séduction qu'il n'avait jamais eues. Il s'était entiché d'elle au point de se ridiculiser en se conduisant comme un jeune chiot avide des caresses de son maître et sombrait dans des bouderies puériles si quiconque osait le priver un seul instant des attentions exclusives de son Evangeline adorée.

Le seul autre étranger ce soir-là était Quentin Saint-Charles, venu après le dîner régler quelque affaire, qui rejoignit les convives dans le salon glacial où Lady Merton s'obstinait à recevoir ses invités. Toujours soucieux de briller en présence de sa Muse, Lord Merton disserta longuement sur l'intervention probable de la Grande-Bretagne dans la guerre qui venait d'éclater entre la Russie et l'Empire ottoman, que le tsar prétendait dépecer à son seul profit. Il se proposait avec enthousiasme d'organiser une expédition en Crimée pour voir les Russes « recevoir la correction qu'ils méritaient » et accaparait si bien l'attention générale que nul ne se rendit compte que la neige tombait avec une telle abondance qu'aucun attelage ne pouvait sans péril s'aventurer sur les routes. Merton Abbey étant coupée du monde, il fallut se résigner à passer la nuit sur place, Oriel à contrecœur, Quentin avec une impatience d'autant plus vive qu'il avait des rendez-vous importants de bonne heure le lendemain ; quant à Evangeline qui, dans son rôle de Muse, se devait de sublimer les désagréments en plaisirs, elle redoubla de gaieté et entreprit de dégeler l'atmosphère dans l'espoir que les Merton, désespérés de la voir partir au matin, diraient : « Qu'aurions-nous fait sans elle ? ».

« Mon dernier plaisir en ce monde, mon cher ange, Oriel avait maintes fois entendu Matthew Stangway le dire à sa mère, *aura été de vous regarder exercer vos talents – pour une récompense, cela va de soi. Je vous souhaite qu'elle en vaille la peine.* » Quelle « récompense » espère-t-elle soutirer de ce personnage insignifiant et fat ? se demanda tristement Oriel, dans l'une des chambres spartiates du second étage où les Merton reléguaient leurs hôtes indésirés, sinon indésirables. De nouvelles invitations à Londres et à Monte-Carlo afin d'y rencontrer d'autres hommes riches et influents ? Satisfaire son besoin inné de séduire, de conquérir, pour le seul plaisir de se savoir toujours belle et désirable ? Les paroles ironiquement lucides de son père lui tournaient encore dans la tête quand elle s'endormit d'un mauvais sommeil pour se réveiller presque aussitôt, lui semblait-il, glacée et courbatue dans le mauvais lit de cette chambre inconnue où ses yeux mirent un long moment à s'adapter à la pénombre et ses oreilles à un silence angoissant, rompu par des bruits furtifs qui la firent se lever d'un bond et se précipiter dans le couloir.

Là, à la lueur de la lune, elle vit deux silhouettes s'avancer en titubant, une vieille femme en chemise de nuit froissée, un petit homme en robe de chambre qui la soutenait ou, plutôt, la traînait en la secouant sans ménagements, comme un paquet encombrant dont il cherchait à se débarrasser au plus vite.

Sa mère.

À demi consciente, elle courut à leur rencontre, les poussa vers sa chambre, étendit Evangeline sur son lit avec d'infinies précautions – – Evangeline qu'elle croyait éternelle et dont elle entendait le halètement rauque, dont les lèvres faites pour le sourire se crispaient en un rictus d'indicible souffrance, dont la main souple et jeune une heure plus tôt, maintenant contractée comme une serre, lui labourait la poitrine comme pour en arracher ce cœur qui la trahissait.

– Que lui avez-vous fait, misérable ?

Tremblant d'effroi, le petit lord bafouilla :

– Elle a eu un malaise… dans ma chambre, comprenez-vous ? C'est épouvantable… Je ne pouvais pas la laisser là.

Les domestiques. Ma femme… Vous comprenez, n'est-ce pas ?

Oui, elle comprenait. Evangeline l'avait élevée pour comprendre – et absoudre – ce genre de situations scabreuses. Mais elle comprenait aussi que cet imbécile, fou de panique, avait voulu se débarrasser d'une femme soudain compromettante sans se soucier de la tuer, qu'il lui avait imposé l'effort fatal de la traîner dans des couloirs et de lui faire gravir un escalier à seule fin de la déposer dans la chambre de sa fille, où elle pouvait survivre ou mourir sans que sa précieuse réputation à lui n'ait à en souffrir.

– Allez chercher de l'aide !

– Mais… c'est impossible, je ne suis pas censé savoir, vous comprenez…

Elle l'empoigna aux épaules et le secoua avec une violence telle qu'il gémit de frayeur.

– Quentin est ici. Prévenez-le et ne revenez plus. S'il n'arrive pas dans cinq minutes, je ferai un scandale. Allez !

À genoux au chevet d'Evangeline, elle lui défit sa chemise, la cala de son mieux contre le maigre oreiller. Qui d'autre avait-elle en ce monde que sa mère ? Qui d'autre, à sa manière, l'avait toujours protégée, défendue ? Comment lui rendre tout ce qu'elle lui devait ?

– N'ayez pas peur, maman. Je suis là.

Evangeline lui prit la main, l'attira plus près.

– Oriel… Le diamant… Ma bague, dit-elle dans un souffle à peine audible. Prends-la, ne dis rien à personne. J'ai demandé à Matthew de te donner mes bijoux mais on ne sait jamais… Prends-la vite, te dis-je.

Oriel obéit, glissa la bague à son doigt et serra sa mère dans ses bras, sa joue mouillée de larmes contre la joue déjà froide d'Evangeline.

– Le sac de velours bleu… Ici, dans *sa* chambre. Je ne m'en sépare jamais. Velours bleu, entends-tu ?

– Oui, maman.

Combien de fois avait-elle prononcé ces deux mots ?

– Va le chercher, Oriel. Garde-le et ne dis rien à Matthew ni à ton mari.

– Oui, maman.

La voix d'Evangeline faiblissait, sa respiration se faisait plus laborieuse.

– Trois cents livres, ma chérie. De quoi vivre un an en cas de besoin. Le temps de retomber sur ses pieds. Je n'ai jamais laissé mon petit trésor descendre au-dessous de ce chiffre. Fais comme moi, Oriel. Garde-le. Et surtout, ne dis rien à ton mari. Écoute, Oriel…

Mais il n'y avait déjà plus rien à entendre. En prononçant le nom de sa fille, son dernier mot, Evangeline se raidit comme sous l'effet d'un coup de poignard avant de retomber, inerte, dans les bras d'Oriel qui la reposa quelques instants plus tard contre l'oreiller. Elle lissa ses cheveux en désordre, ses mèches collées par une sueur froide, referma sa chemise et remit le diamant Merton à son doigt avant de prendre conscience, elle ne savait depuis combien de temps, d'une présence sur le pas de la porte. Sans même se retourner, elle sut que c'était Quentin.

– J'ai envoyé un valet chercher le médecin, dit-il.

Oriel sentait son propre corps prendre la froideur et la rigidité du marbre.

– Merci, Quentin.

Il avait aussi amené avec lui une femme de chambre qui alluma du feu, un valet de pied chargé d'une lampe, d'un flacon de sels et d'une bouteille de cordial, toutes choses désormais inutiles pour Evangeline qui n'avait plus besoin que de silence et de respect.

Oriel se tourna vers Quentin, lui fit comprendre d'un regard : « Emmenez-moi à l'écart, j'ai besoin d'être seule, je ne veux pas que ces gens me voient souffrir. »

– Venez.

Il l'enveloppa d'un châle de cachemire – où, comment se l'était-il procuré ? – et l'entraîna par des couloirs inconnus vers une chambre où un feu flambait déjà.

– Venez près de la cheminée, Oriel. Buvez ce cognac.

Elle obéit machinalement sans que ni l'un ni l'autre la réchauffent. Son seul sentiment cohérent était la gratitude, pas plus pour le châle, le cognac ou le feu que pour la manière efficace dont Quentin réglerait à coup sûr les problèmes, mais pour son silence, pour n'avoir pas prononcé les mots d'une insoutenable banalité que chacun se croit obligé d'infliger en pareilles circonstances. Evangeline était morte, rien d'autre ne comptait. Il ne restait d'elle qu'un corps sans vie. Seul, un extravagant solitaire à son doigt témoignait de ce qu'elle avait été…

– Quentin.

– Oui, Oriel.

– Vous n'aimiez pas ma mère. Vous la jugiez légère, vaniteuse, égoïste, je le sais.

– En effet, mais cela importe peu. Votre opinion de la mienne n'est pas meilleure, ce qui n'altère en rien le sentiment de mes responsabilités envers elle.

Letty, cette pleurnicheuse hystérique, osait vivre quand Evangeline était morte ? Et Maud, cette vieille fille aigrie, et Lady Merton qui clamait que la vie lui pesait ? Ces misérables femmes, inutiles et laides, vivaient encore et avaient l'audace de se plaindre alors qu'Evangeline gisait sans vie dans une chambre de domestique ? Oriel entendit, comme s'il venait d'ailleurs, un gémissement sourdre en elle, enfler, se muer en un cri de détresse et de rage, elle vit ses poings crispés frapper le mur à coups redoublés jusqu'à ce qu'une sensation de douleur déclenche enfin les larmes qui apaisèrent peu à peu l'accès de violence dont elle avait eu besoin – et que Quentin, elle le comprit alors, avait provoqué à dessein en lui parlant de Letty.

Il la laissa pleurer sans lui manifester de pitié importune. Elle reprenait contenance et se séchait les yeux quand on frappa un coup discret à la porte.

– Le docteur est arrivé, monsieur, dit une voix.

– Merci. Faites-le monter, je vous prie.

Dans le silence qui suivit, Oriel s'assit près du feu et serra le châle contre elle en frissonnant.

– Attendez-moi ici, Oriel. Je vous ferai envoyer une femme de chambre pour vous aider à vous habiller. Dès que les routes seront dégagées, je vous reconduirai chez vous.

Il se dirigeait vers la porte quand elle le rappela :

– Un instant, Quentin. Ma mère porte au doigt un assez gros solitaire.

– Oui, je l'ai remarqué.

– Si quelqu'un voulait le lui enlever, je vous serais reconnaissante de vous y opposer. Elle m'a expressément manifesté son désir d'être enterrée avec.

Sa dérisoire « récompense » – dont il ne fallait à aucun prix qu'elle soit privée, même dans la mort.

Il hésita un instant :

– Je sais exactement ce qui s'est passé, Oriel. Lord Merton compte sur moi pour...

– Étouffer le scandale ? l'interrompit-elle avec un ricanement amer.

– Oui, mais il me sera difficile, pour ne pas dire impossible, de faire taire les domestiques. Merton n'est guère aimé de ses gens, de vilaines rumeurs ne tarderont pas à courir. Il vaut mieux que vous le sachiez.

– Je m'y attendais. Merci, Quentin.

Il s'inclina, impassible. Un instant plus tard, une femme de chambre lui apporta ses vêtements, de l'eau chaude, un nécessaire de toilette, de sorte que, lorsque Quentin vint lui annoncer que la route de Lydwick était dégagée, elle était prête à partir après avoir sommeillé deux heures dans un fauteuil – erreur qu'elle regretta amèrement en retrouvant à son réveil le souvenir d'Evangeline, en retenant à grand-peine le cri : *Maman, ne m'abandonnez pas* ! qui lui montait aux lèvres. Quoi qu'elle ait fait par le passé, Evangeline ne l'avait jamais abandonnée. Comment sa fille allait-elle désormais vivre sans elle ?

– Venez, lui dit Quentin en l'aidant à endosser son manteau. Inutile de vous attarder ici. Oncle Matthew est arrivé, vous n'avez sans doute pas envie de le voir – pour le moment, du moins.

Statue de la vertu outragée et de la dignité vengeresse, Adela Merton l'apostropha dans le hall en repoussant Quentin qui tentait de s'interposer.

– Êtes-vous consciente, madame, de l'accablement dans laquelle cette indigne affaire a plongé ma mère ?

D'un geste altier, Oriel releva la tête et la toisa en lui décochant un sourire digne d'Evangeline.

– J'en suis fâchée, mais je me soucie davantage de l'état dans lequel se trouve *la mienne*. Adieu, madame.

Là-dessus, en dernier hommage à Evangeline, elle se retira d'une allure royale en faisant gracieusement flotter les pans de son manteau derrière elle. Quentin lui donna le bras pour faire les quelques pas dans la neige jusqu'à la voiture, rien dans son expression ne trahissant autre chose que la courtoisie impersonnelle d'un gentleman envers une dame qu'il escorte à l'issue d'une soirée mondaine.

– Bravo, lui dit-il une fois la portière refermée. Evangeline vous aurait applaudie, mais elle ne serait pas partie sans son viatique.

Oriel avait complètement oublié le sac de velours bleu. Cet argent n'aurait eu à ses yeux aucune importance si sa mère n'avait consacré ses dernières forces à le lui léguer à elle, sa fille, dont elle avait toujours craint qu'elle ne soit pas assez aguerrie pour survivre. Sa vie durant, elle avait donc dû être forte pour deux. *Maman, ne m'abandonnez pas...*

– Non, répondit-elle, ma mère ne l'aurait pas oublié.

– Moi non plus, à vrai dire. Pour certains d'entre nous, voyez-vous, l'argent est une commodité trop indispensable pour nous permettre de la négliger...

Il lui prit la main et la porta rapidement à ses lèvres avant d'y placer le petit sac de velours bleu.

– Des billets de banque, reprit-il. Moins encombrants et plus faciles à négocier que l'or. Votre mère les changeait régulièrement pour des billets neufs, sage précaution que je ne saurais trop vous recommander. Si cela devait présenter la moindre difficulté, je serais trop heureux de vous rendre ce léger service – à condition, bien entendu, que vous ayez confiance en moi ?

Oriel acquiesça d'un signe, étonnée de sa question. Ne savait-il pas déjà qu'il était désormais la seule personne au monde en qui elle avait une confiance aveugle ?

11

Les domestiques de Merton Abbey se hâtèrent de colporter la nouvelle de telle sorte que la rumeur se répandit le jour même jusqu'à Hepplefield. De mémoire d'homme, la vallée de la Gore ne s'était régalée d'un scandale aussi croustillant : le témoignage d'un valet de pied, en visite clandestine chez une femme de chambre cette nuit-là, tendait même à prouver que Lord Merton avait « assassiné » sa Muse en la traînant dans les escaliers alors qu'elle aurait survécu à sa crise cardiaque s'il l'avait laissée tranquille.

Lady Merton, qui savait tout des rapports coupables de son mari et d'Evangeline mais feignait de les ignorer tant que nul n'en parlait, courut cacher sa honte et sa détresse dans son château d'Écosse dès que la chose devint publique. Sa fille Adela, pour qui l'adultère était pire que le crime depuis que son mari l'en rendait victime, alla chercher les réconforts de la religion auprès de pieux amis. Quant au noble lord, en proie à un désarroi et à un chagrin assez inattendus et sincères pour émouvoir le cœur de son habile conseiller, M. Quentin Saint-Charles, il céda à la panique et prit une fuite précipitée vers Monte-Carlo.

Seule, Dora Merton se rendit à Lydwick où Oriel, la voyant traverser sa pelouse en tenue de cheval et la cravache à la main, se demanda avec inquiétude si elle n'était pas venue se venger sur la fille des péchés de la mère. Mais Dora se borna à lui secouer la main avec vigueur en disant : « Tout cela est navrant et je vous plains. Je suis peut-être la seule de cet avis, mais je tenais à vous dire qu'on ne peut rien vous reprocher et que je vous garde toute mon estime. » Sa démarche ne suffit cependant pas à compenser l'effet pernicieux des paroles prononcées par sa mère et sa sœur qui, avant leur départ, avaient clamé à la ronde que si Matthew Stangway, époux bafoué de la défunte, méritait la sympathie, il n'en allait pas de même pour Mme Oriel Keith, en vertu du précepte « Telle mère, telle fille ».

La position délicate de Matthew Stangway par suite du scandale causa une vive satisfaction à sa sœur Maud qui, à peine informée, déclara que son frère avait besoin d'elle. Laissant Letty se débattre seule au presbytère, elle courut se réinstaller dans son ancienne chambre de High Grange et reprendre son règne absolu, sans plus avoir à compter avec les caprices d'une demi-folle, Kate, et les intrigues d'une aventurière, Evangeline. Son premier acte fut d'organiser les funérailles dans les règles, des fleurs aux faire-part et aux brassards de deuil ; ces marques de déférence étaient uniquement dues à Matthew, disait-elle, car personne ne s'affligeait de la mort de cette femme.

Oriel ne vit Matthew qu'une fois avant l'enterrement, lorsque Quentin l'accompagna chez elle pour une visite de convenances plus que de condoléances. Elle lui offrit du thé qu'il but courtoisement en répondant à chacune de ses formules toutes faites par d'autres formules toutes faites.

– Souhaitez-vous – comment dit-on ? – veiller votre mère jusqu'aux obsèques ? demanda-t-il avant de se retirer.

– Non, je préfère garder d'elle un autre souvenir.

– Il y aura quelques détails légaux à régler. Désirez-vous que Quentin vous les explique à ma place ?

– Volontiers.

– Fort bien. Puis-je faire quelque chose pour vous ?

– Rien, je vous remercie.

– Et moi, que puis-je faire ? demanda Quentin quand Matthew eut pris congé.

– Rien. Merci, Quentin.

– Autrement dit, vous voudriez que je m'en aille et vous laisse souffrir en paix.

– Non, je vais très bien, je vous assure, répondit-elle en se forçant à sourire.

– Aussi bien, si j'en crois mes yeux, qu'une renarde à bout de souffle sur le point d'être cernée par la meute.

– Peut-être… J'en ai l'habitude, vous savez.

Toute sa vie, elle avait échappé à la meute en étant irréprochable et meilleure que les autres à seule fin de se faire accepter. Maintenant, elle entendait une voix nouvelle lui chuchoter de plus en plus fort certaines vérités qu'elle était enfin prête à admettre. Evangeline, disait le monde, avait été une femme perdue, une femme entretenue ? Soit. Mais comment aurait-elle survécu sans user d'expédients ? Pour satisfaire un besoin aussi élémentaire qu'un toit sur leurs deux têtes, sa mère avait déployé sa vie durant autant de détermination, d'efforts, d'intelligence, de ruse même, que Garron en avait mis et en mettait encore pour acquérir sa fortune et asseoir sa puissance. Elle se trouvait aujourd'hui confrontée à ce qu'elle avait le plus redouté dans sa vie, un scandale? Elle s'en moquait comme d'une guigne. Ses seuls regrets, ses seules pensées, elle les accorderait dorénavant à Evangeline. Sa mère.

En hommage posthume, ou en une sorte de pèlerinage, Oriel passa à plusieurs reprises devant la maison neuve où Evangeline avait amassé son trésor de guerre. Qu'en fera Matthew? se demanda-t-elle. Maud réussira-t-elle à s'en emparer pour y loger la tribu de Constance, sa nièce préférée? Sa mère la lui avait-elle léguée? Dans ce cas, Garron déciderait à sa guise de la vendre ou de la garder pour une de ses filles. En fait, peu lui importait. Evangeline se croyait éternelle, elle avait disparu la première. Depuis que sa mère était morte, Oriel était seule au monde, elle ne possédait rien en propre que le petit sac de velours bleu. Elle n'avait pas d'enfants et Garron ne lui appartenait certes pas, ses instincts farouchement possessifs n'étant assortis d'aucune réciprocité. Seule, un trop bref instant de sa vie, Kate avait comblé son désir d'intimité avec un autre être, son profond besoin d'affection désintéressée. Et elle n'avait même plus Kate...

Oriel savait que Garron ne rentrerait pas pour l'enterrement; elle ignorait d'ailleurs où il était et ses agents se prétendaient incapables de le joindre. Elle aurait pourtant apprécié sa présence, sa solidité, sa fortune dont il lui aurait fait écran contre la malveillance des dames Stangway et la froideur indifférente de Matthew. Alors, ne voulant pas infliger à ses belles-filles une épreuve qui ne les concernait pas, elle se rendit seule à la cérémonie sous un vent glacial accordé à son humeur.

Dans le grand salon de High Grange où avait lieu la levée du corps, elle écarta son voile de deuil d'un geste de défi digne d'Evangeline afin de montrer ses yeux secs et son sourire hautain et scandalisa l'assistance par son refus, poli mais sec, de jeter un dernier regard sur la défunte avant de s'isoler dans un coin du salon où Francis Ashington vint la rejoindre. Dès le premier jour, avec une amitié dont la fidélité la touchait profondément, il lui avait apporté un soutien sans faille contre les ennemis de sa mère, tentés de reporter sur elle leur hostilité ; sa présence ce jour-là paraissait héroïque, les torts d'Evangeline envers Matthew rappelant aux bonnes âmes la conduite immorale de Kate.

Des hommes en noir vinrent refermer le cercueil et l'emporter vers le corbillard. Oriel hésitait à les suivre quand Matthew Stangway s'avança vers elle.

– Vous allez devoir me donner le bras, je crois, dit-il avec un imperceptible sourire.

Elle acquiesça d'un signe et se laissa guider vers les voitures alignées devant le perron.

Oriel était entrée pour la dernière fois dans l'église de High Grange au bras de Matthew Stangway le jour de son mariage avec Garron Keith. Elle y était venue auparavant en demoiselle d'honneur de Kate et, la première fois, le jour du mariage de sa mère. Cette fois-ci comme les précédentes, les Stangway, leurs amis, voisins, fermiers et employés remplissaient l'église, les uns sur les bancs de bois au fond de la nef, les autres dans les stalles capitonnées près du chœur. Oriel n'échangea ni un salut ni un regard avec quiconque et ne garda aucun souvenir du service funèbre, débité d'un ton monocorde et nasillard par le Révérend Rupert Saint-Charles. Ce ne fut qu'au bord de la tombe fraîchement creusée, dans le petit cimetière balayé par le vent, que la présence hostile de cette foule derrière elle l'oppressa jusqu'à la panique. Elle se sentait non seulement exclue de la compassion ostentatoire qu'ils manifestaient à Matthew, mais désignée comme une ennemie, comme une pestiférée dont nul ne serrait la main de peur, sans doute, que la fille n'ait hérité des vices de la mère et ne risque de les contaminer par le seul contact de son gant.

« Merci, merci », répétait Matthew machinalement, sans même feindre de prêter attention aux condoléances et aux protestations d'amitié qui lui étaient prodiguées. Le défilé à peine terminé, il prit le bras d'Oriel et l'entraîna vers sa voiture afin de regagner High Grange avant la foule qui viendrait boire le madère de Maud en se délectant de ses médisances sur la défunte. Une heure durant – parviendrait-elle à s'échapper avant ? se demanda-t-elle en frissonnant – Oriel serait en butte à leurs regards sournois et à leurs insinuations venimeuses, épreuve qu'elle devrait affronter seule car Francis avait disparu et Quentin, qu'elle aperçut à l'écart, était en grande conversation avec une inconnue dissimulée sous un voile noir.

Sans y accorder autrement attention, Oriel monta en voiture en regrettant de ne pouvoir compter sur le soutien de Quentin. Mais Letty, hissée sur le marchepied, sursauta à la vue de son fils et glapit d'un ton ulcéré :

– Qui est-ce ? Qui est cette créature avec Quentin ? Le sais-tu, Maud ?

Maud, qui se lavait les mains depuis longtemps des frasques de son neveu, grommela qu'on ne pouvait reconnaître personne sous une telle épaisseur de voile.

– Qui est-ce ? insista Letty en trépignant. Une femme mariée, une de ses maîtresses ? Aurait-il l'audace de s'afficher avec sa gouvernante un jour comme celui-ci ?

– Letty, monte en voiture, je te prie, lui ordonna Matthew sèchement. Cocher ! À la maison.

La voiture s'ébranla. Penchée par la vitre ouverte, Letty gardait les yeux fixés sur l'horrible spectacle.

– Quentin ! cria-t-elle.

L'interpellé se contenta de répondre d'un vague signe de la main sans même daigner tourner la tête.

– Vous avez vu ? s'écria Letty en fondant en larmes. Vous avez vu la manière dont il me traite, moi, sa mère ? Qu'ai-je donc fait au ciel pour mériter cela ?

Sur quoi elle entreprit de dévider la douloureuse litanie des dissipations de son fils indigne, à laquelle Matthew mit fin d'un : « Assez ! » sans réplique et le trajet s'acheva dans un silence pesant.

Personne ne lui adressant la parole, Oriel s'assit dans un coin du salon et disposa les plis de sa robe avec une élégance qu'Evangeline aurait approuvée ; puis, tandis que la pièce s'emplissait peu à peu, elle attendit l'occasion de partir avec dignité de cette maison où elle comptait ne jamais revenir, sans donner l'impression de s'enfuir parce qu'elle cédait à la honte ou reculait devant l'hostilité mais parce qu'elle aurait elle-même décidé du moment opportun de prendre congé.

Pourtant, lorsque Quentin s'approcha de son allure la plus froidement professionnelle et lui demanda, assez fort pour être entendu, de bien vouloir se donner la peine de le suivre à la bibliothèque, elle se leva avec soulagement et traversa le salon la tête haute sous les regards cyniques. À la porte de la bibliothèque, Quentin se borna cependant à lui dire que quelqu'un voulait la voir et la laissa seule avec l'inconnue au voile noir qui avait tant scandalisé sa mère au cimetière.

Oriel vit d'abord une silhouette d'une séduisante minceur moulée dans une tenue de voyage noire, à l'élégance stricte mais nullement funèbre ; l'apparente sévérité du chignon mettait en valeur le visage aux traits fins et accentuait le magnétisme des yeux en amande ; une discrète touche de rouge soulignait la courbe des lèvres sensuelles et contrastait avec la mateur du teint qu'atténuait un léger nuage de poudre. C'était là une femme au charme indéniable, une femme déjà mûrie par l'expérience ; la femme que Kate aurait pu devenir au bout de quelques années…

– Kate ?

Malgré cinq ans d'absence, cinq ans de silence total, Oriel ne doutait déjà plus. D'eux-mêmes, ses bras se tendirent vers Kate, l'étreignirent.

– Oui, c'est bien moi, dit Kate en riant. Tu ne vas pas te trouver mal, au moins ?

Sa voix même avait changé, plus grave, plus mélodieuse, plus impersonnelle aussi, la voix de ceux qui sont chez eux partout et nulle part.

– Comment as-tu su ?

– Quentin m'a prévenue.

– Tu n'as jamais répondu à mes lettres.

– C'est vrai. Mais cette fois, Quentin m'a dit que tu avais besoin de moi ou, du moins, de quelqu'un sur qui tu puisses compter.

Oriel était trop bouleversée pour exprimer ses sentiments et poser les questions essentielles qui se bousculaient dans sa tête.

– Et tu as fait tout ce chemin ?…

– Bien sûr. N'as-tu pas toi-même été en cachette à Hepplefield dépenser tes derniers sous pour m'acheter cette écharpe rouge et ces rubans – t'en souviens-tu ? Je les ai encore, je les porte même de temps en temps. Et quand les gens me complimentent sur mon style et mon originalité, je leur parle d'Oriel qui m'a tout appris.

Oriel aurait préféré ne pas évoquer ce souvenir.

– Hepplefield est moins loin que la France, Kate !

– Ce n'est pas la distance qui compte, ma chérie, mais l'intention. Alors je t'en prie, pas de remerciements.

Oriel fit bravement l'effort de sourire.

– Depuis quand es-tu ici ?

– Une heure à peine. Quentin avait organisé mon voyage avec son efficacité habituelle mais, malgré les trains de ton mari, il faut passer l'eau et ce n'est pas toujours de tout repos. Quentin était furieux que je sois arrivée après le service. Il m'accablait de reproches quand tante Letty nous a vus et en a tiré de fausses conclusions – ce qui ne veut pas dire qu'elle aurait préféré apprendre que j'étais la mystérieuse inconnue.

Maud non plus – sans parler de quelques autres…

– Qui sait que tu es ici ?

– Mon père. Quentin a jugé plus sage de lui demander la permission de me faire entrer dans cette maison. Je suppose qu'il la lui a donnée puisque personne ne m'en a chassée, mais je ne l'ai pas encore vu. Francis aussi est averti de mon retour. Quentin estimait que je lui avais déjà infligé assez de chocs pour lui épargner celui-ci. Francis a approuvé sans hésiter du moment que c'était pour toi. Il a même assisté à la cérémonie, au risque de se trouver nez à nez avec moi, pour pouvoir te venir en aide si je n'étais pas arrivée à temps. Tu vois, Oriel, il y a quand même parmi nous certains qui pensent à toi. Quentin m'a dit que tu te sentais seule, traquée. En te voyant, je comprends qu'ils se soient l'un et l'autre inquiétés. Tu me fais penser à un vase de cristal fêlé, prêt à voler en éclats si une des harpies au salon poussait une fausse note de trop.

Oriel retrouvait peu à peu son calme et, avec lui, la vision nette de ce que ses amis et sa sœur avaient fait pour elle à son insu, de leur affectueux complot pour lui montrer qu'elle ne serait jamais seule, qu'elle pourrait toujours en toutes circonstances compter au moins sur l'un d'eux pour se liguer avec elle contre les cruautés et les injustices de la société. À eux, et à eux seuls, elle devait ouvrir son cœur sans réticence et parler avec franchise.

– J'ai finalement fait la paix avec la mémoire de ma mère, reprit Kate. Le pourras-tu?

– Le pourront-ils, eux? répondit Oriel avec un geste en direction du salon. Tout ce dont ils l'accusent est vrai, d'ailleurs. Elle a même fait bien pire que ce qu'ils imaginent afin de m'épargner le besoin de le faire moi-même. Je ne sais même pas où elle m'a mise au monde, Kate, mais ce ne pouvait être que dans des conditions précaires, sans aucune certitude sur l'avenir et avec la menace d'un abandon constamment au-dessus de sa tête. Ceux qui en ce moment la déchirent à belles dents auraient sans doute préféré qu'elle me dépose à la porte d'un orphelinat avant de se pendre pour effacer sa honte. Et quand je pense que j'ai passé ma vie à vouloir leur plaire, à leur donner une bonne opinion de moi, à marcher sur des œufs...

– Pour ta mère, l'interrompit Kate.

– C'est vrai. Pour la protéger si les choses devaient mal tourner, comme nous ne cessions de le craindre, tandis qu'elle feignait l'insouciance. Son cœur s'y est usé.

– Et elle a fait sa cour aux Merton pour se garder un autre fer au feu, n'est-ce pas?

– Oui. Mieux valait passer son veuvage à Londres ou à Monte-Carlo au lieu de rester ici avec Maud et Letty.

– Comme on la comprend! dit Kate avec un sourire. Tu dois haïr Lord Merton.

– Même pas. Il n'a fait que ce que ma mère aurait fait à sa place – sauf qu'elle aurait su garder son sang-froid. Elle lui a sans doute elle-même demandé de l'emmener dans ma chambre pour sauver les apparences.

– Les apparences? s'étonna Kate.

– Sa propre réputation et la mienne. Elle ne pouvait pas prendre le risque d'être retrouvée mourante dans le lit de cet homme, encore moins d'y survivre, au risque de tout perdre. Son mari aurait été obligé de la répudier, le mien m'aurait forcée à la renier en me menaçant de me répudier moi-même – « telle mère, telle fille », tu le sais aussi bien que moi. Comment aurions-nous vécu, elle et moi? Dans la misère, à moins que je n'aie été capable de la faire vivre comme elle m'a moi-même entretenue toute ma vie.

– Et elle ne l'aurait pas admis ?

– Non, j'en suis persuadée.

– Tu te crois donc responsable de sa mort ?

– Oui. Elle a décidé de mourir dans une chambre de domestique pour m'abriter d'un scandale. Je suis convaincue qu'elle ne couchait avec ce ridicule avorton qu'à seule fin d'assurer mon propre avenir. De se procurer de quoi prendre soin de moi si mon mari, qu'elle n'a jamais approuvé, perdait sa fortune sur un coup de dés. C'est du moins ainsi que je le sens et je préférerais ressentir autre chose.

– Eh bien, pourquoi pas de la joie à retrouver enfin ta sœur ? dit Kate avec un sourire.

Leur affectueuse complicité fut soudain rompue par le bruit de la porte qui s'ouvrait.

– Je vous dérange, dit Matthew Stangway.

Leur père entra, aussi froidement courtois, aussi hautain et indifférent qu'elles l'avaient toujours connu.

– Bonjour, père, dit Kate avec la politesse blasée d'une femme du monde.

– Bonjour, Kate, répondit-il comme s'il l'avait vue la veille. Tu as fait bon voyage, j'espère ?

– Excellent.

– Tu m'en vois ravi. Je suis désolé d'interrompre votre conversation, votre temps est sans doute mesuré mais le mien l'est aussi. C'est pourquoi je voulais vous remettre ceci maintenant, Oriel, avant que d'autres problèmes ne risquent de se présenter. Les bijoux de votre mère. Elle tenait tout particulièrement à ce que vous les ayez.

Il lui tendit le volumineux coffret richement décoré qu'elle avait si souvent vu, le trésor auquel bien d'autres que Matthew Stangway avaient contribué et dont Evangeline avait choisi chaque pièce pour sa valeur marchande. « Cette broche de rubis paierait six mois de loyer d'un confortable petit appartement, ma chérie. Et ces perles nous offriraient un été en Italie ou dans le Midi de la France si personne n'avait la bonne idée de nous y inviter... » Une fortune amassée avec une habileté et une énergie hors du commun, des « trophées » que Garron, ne voulant voir sur elle que ceux décernés par lui-même, lui interdirait sans doute d'arborer.

– Ce ne sont pas les bijoux de famille, Kate, précisa Matthew à sa fille légitime, je les ai confiés à Quentin. J'aimerais qu'Oriel vérifie le contenu afin d'éviter tout malentendu par la suite.

Étonnée de cette demande, Oriel souleva distraitement le couvercle et sursauta en découvrant, brillant de tous ses feux, le solitaire que sa mère l'avait forcée à prendre avant de rendre le dernier soupir et qu'elle lui avait remis au doigt – la dérisoire « récompense » qu'Evangeline aurait dû emporter dans la tombe.

– Qu'est-ce que c'est ? s'écria-t-elle.

– Un fort beau diamant offert à votre mère par Lord Merton, dit Matthew le plus calmement du monde. Si j'en connais l'existence, j'imagine que vous la connaissez aussi.

Livide, elle laissa retomber le couvercle.

– J'avais expressément demandé que ma mère soit enterrée avec ce diamant. Je l'avais dit à Quentin…

– Il m'en a parlé, en effet, l'interrompit-il sans se départir de son calme. J'avais cependant peine à croire que votre mère ait réellement souhaité qu'un objet d'une telle valeur disparaisse avec elle. Ce n'est pas elle, n'est-ce pas, qui a pris cette décision ?

– Non, c'est moi.

– Puis-je savoir pourquoi ?

– Je crains que mes raisons ne vous déplaisent.

– Me connaissez-vous assez pour me juger, Oriel ?

– Non. Mais qui peut se vanter de vous connaître ?

– Votre mère me connaissait fort bien. Et je la connaissais beaucoup mieux, sans doute, que vous-même.

– Je vous crois volontiers.

– Merci, Oriel, dit-il avec un léger sourire. Je la connaissais surtout depuis plus longtemps que vous, dix ans avant votre naissance pour être exact, de sorte que je puis affirmer qu'elle ne vous a pas demandé de laisser ce diamant dans son cercueil – sinon, ma chère petite, vous l'y auriez remis vous-même. Elle vous le destinait, voyez-vous, ainsi que toutes ces autres babioles qui possèdent le grand mérite, comme elle vous l'a sûrement déjà dit, d'être faciles à dissimuler sur soi et à vendre si vous éprouviez jamais le besoin, ce qu'à Dieu ne plaise, de fuir votre mari. Votre mère – mon épouse – aurait pensé à ce genre de choses.

– C'est vrai, je l'admets sans fausse honte.

– Merci, Oriel, dit-il avec un sourire plein d'une vraie gratitude qui la déconcerta. J'espérais qu'elle serait restée – comment dire ? – digne d'elle-même jusqu'à la fin. J'aurais été déçu qu'il en soit autrement.

– Voulez-vous dire que... vous saviez ?

Il marqua une pause si longue qu'Oriel se demanda s'il préférait ne pas répondre.

– Au sujet de Merton ? dit-il enfin avec un soupir las. Bien entendu. Elle n'aurait pas cru avoir besoin de lui si elle m'avait fait confiance, mais Evangeline ne se fiait à personne et, à vrai dire, je ne lui donnais guère de raisons de se fier à moi. C'était entre nous une sorte de jeu, de compétition qui durait depuis des années. Elle croyait que j'avais abandonné la partie, elle ressentait mon indifférence comme une menace... Je ne puis malheureusement vous en dire davantage – sauf, peut-être, en vous exprimant mes regrets de m'être montré incapable de vous aider pendant ces journées difficiles. Je n'ai même pas essayé, d'ailleurs, c'eût été peine perdue – vous le savez sans doute – mais je tiens à vous dire que je m'y serais employé si j'en avais vu la moindre possibilité. Vous êtes belle, Oriel, je vous crois naturellement vertueuse et je déplore que nous ne nous soyons jamais connus. C'eût été imprudent dans votre enfance, c'est devenu inutile par la suite, il est maintenant trop tard pour une sentimentalité qui serait déplacée. Si je puis néanmoins vous être utile en quoi que ce soit, n'hésitez pas à me le dire, je ferai aussitôt le nécessaire.

– Je n'ai besoin de rien, je vous remercie.

Matthew parut approuver d'un signe de tête et se tourna vers Kate.

– Puis-je savoir combien de temps tu comptes rester ?

– Tante Maud n'a pas besoin de s'inquiéter, dit-elle avec un sourire amusé, je ne resterai pas ici. Quentin se chargera de me louer un appartement à Hepplefield.

– Fort bien, mais tu as mal compris ma question. Ton vingt-cinquième anniversaire approche.

– Vous voulez parler de l'héritage de ma mère ? Ce n'est pas pour cela que je suis revenue, père.

Un nouveau sourire inattendu apparut sur ses lèvres.

– Cela t'étonnera peut-être, ma chère enfant, mais je crois en effet que tu n'es revenue que pour Oriel.

– Merci, père.

– Envisages-tu de te réconcilier avec ton mari ?

– Non, je lui ai déjà fait assez de mal.

– Quant à ta fille ?... se borna-t-il à suggérer.

– Elle, au moins, je ne lui ai rien fait que la laisser en paix. Pourquoi voudrais-je gâter ma seule bonne action ?

– Il y a longtemps, ma chère fille, que j'ai renoncé à deviner ce que tu souhaites et je ne me sens pas le droit de te le demander maintenant.

– Je vous répondrai pourtant. En ce qui concerne Francis, j'aimerais simplement faire enfin mon devoir envers lui, c'est-à-dire lui rendre sa liberté.

– Un divorce ?

– Je ne sais pas. Quentin dit que c'est terriblement onéreux et que seuls les hommes ont le droit de le demander. Francis ne voudra peut-être pas dépenser des sommes qui, en fin de compte, devront revenir à sa fille. En tout cas, on peut se sentir libre sans décision de justice.

– Tu n'es pas à court d'argent, j'espère ?

– J'ai de quoi manger, payer mon loyer, m'habiller, voyager de temps en temps. Francis me verse une petite pension et je réussis même parfois à en gagner – en m'amusant, ajouterai-je. Les Kessler d'Autriche, d'Italie et de France m'aident à trouver du travail quand j'en ai besoin. Mais vous savez déjà tout cela...

– Par notre cher Quentin ? Oui, en partie. Assez, du moins, pour savoir que tu ne meurs pas de faim. Puis-je te demander si ton désir de liberté est dû à la rencontre d'un autre homme que tu voudrais épouser ?

– Vous pouvez, père, et vous serez peut-être soulagé d'apprendre que ma réponse est non. Je ne suis pas tombée dans les griffes d'un étranger sans scrupules qui surgira le lendemain de mon vingt-cinquième anniversaire pour tenter de mettre la main sur ma fortune avant de m'abandonner dans une mansarde où je cracherai mes poumons.

– J'en suis fort aise, en effet, dit-il avec un léger sourire. Dois-je en déduire que tu es moins romanesque ?

– Je crois. Disons aussi que la fréquentation des mansardes m'a rendue prudente.

– Et avisée, sans doute ?

– Comme vous, père.

– Non, ma chère petite, pas comme moi. Je n'ai jamais eu ton besoin d'agir. Si tu as découvert dans quelle direction le canaliser, je ne saurais trop m'en réjouir pour toi.

Il contempla longuement ses deux filles en silence ; puis, avec un bref regard vers la fenêtre, il se leva soudain comme s'il était attendu.

– Il est temps que je m'en aille… Vous savez, je pense, que vous êtes sœurs, dit-il sur le seuil.

– Oui, père, répondit Kate.

– Oui, dit à son tour Oriel. Et j'en suis heureuse.

– C'est étrange, dit Kate quand il eut refermé la porte. J'ai eu avec lui la première conversation de ma vie – la première en vingt-cinq ans. S'il n'était pas mon père, je serais en train de penser que c'est un homme remarquable.

Un instant plus tard, elles virent par la fenêtre sa silhouette drapée dans un ample carrick s'éloigner vers le verger, aux plantations dénudées par l'hiver mais encore assez denses pour l'abriter des regards et des appels de Maud, de la compassion hypocrite des « amis » anxieux de lui exprimer, en toute sympathie, leur réprobation d'Evangeline.

Assis sur une pile de bûches, il se demanda avec ironie comment ils réagiraient s'il leur disait qu'il avait toujours su tout ce que faisait Evangeline et que maintenant, sans elle, il ne se souciait plus de rien savoir. Ce n'était même plus par amour. Il l'avait aimée, c'est vrai, d'un amour passionné qui, la surprise passée, s'était éteint dans l'habitude ; elle l'avait exaspéré parfois, amusé souvent, mais il s'était toujours senti uni à elle par des liens aussi indissolubles que s'ils étaient lui et elle – et eux seuls – membres d'une espèce différente, sans point commun avec les autres humains et vivant dans un autre monde.

En dehors de ses cheveux blonds et de ses yeux bleus, Oriel ne lui ressemblait pas et, de toute façon, il était désormais trop blasé, trop desséché pour vouloir s'imposer à elle. Evangeline jeune ne l'aurait d'ailleurs pas supporté tel qu'il était devenu et il n'était pas homme à vouloir éveiller la pitié dans le cœur de sa fille. Avec Kate, son autre fille, il n'était pas question de pitié ; il pourrait, à la rigueur, retenir son intérêt s'il se montrait tant soit peu enclin à le susciter mais, depuis trop longtemps, il n'était plus enclin à rien. Rien dans le monde n'avait mérité son attention qui ne lui fût traduit et embelli par Evangeline. Elle avait été sa fenêtre sur l'extérieur, son salut – elle aurait bien ri si elle l'avait su ! –, sa source de tout ce qui donnait du prix à la vie quotidienne. Sans elle, les jours se succéderaient tous semblables, indifférenciés, dans un insoutenable ennui. Et il se sentit pris de colère contre celle qui n'avait pas su rester éternelle ou, au moins, attendre qu'il quitte le premier un monde qu'elle seule rendait vivable.

Il entendit Maud l'appeler, Maud sa sœur dont il refusait de subir un jour de plus le prétendu « dévouement » et la réelle méchanceté. Il ne supportait pas davantage les jérémiades de Letty ni n'était disposé à lui accorder la patience qu'elle exigeait de tous comme un dû. Il détestait ses enfants, dont Evangeline réussissait si bien à l'isoler, il n'avait jamais pu feindre le moindre intérêt pour savoir si Susannah épouserait son vicaire, si Quentin rendait visite à sa mère, si Constance avait encore un bébé dont il faudrait assurer l'avenir. Dans la triste froidure de cette journée de janvier, celle de l'enterrement d'Evangeline, la notion même d'avenir le révoltait…

– Matthew ! Où es-tu ? Reviens vite, nos amis s'en vont et veulent te saluer !

Et ce serait la moindre des choses, comprit-il, que le veuf outragé subisse d'une mine convenablement affligée les manifestations de sympathie de ceux qui, le dos à peine tourné, se gausseraient de ses déboires conjugaux.

– Ici, Maud ! répondit-il en levant la main. Je ne serai pas long.

Le vent qui la décoiffait et soulevait sa jupe la fit battre en retraite à l'intérieur de la maison. Evangeline non plus n'aimait pas le vent, se dit-il en sortant de la poche de son manteau un pistolet qu'il regarda un instant.

Alors, comme s'il se réjouissait du scandale que sa mort allait provoquer, il appuya le canon sur sa tempe et, avec un sourire de véritable bonheur que nul n'avait jamais vu sur ses lèvres, il pressa la détente.

12

Un mois plus tard, Francis Ashington se trouva fort déconfit qu'Oriel soit seule à lui souhaiter la bienvenue dans le jardin d'Ullswater car il venait voir Kate qui, ayant jusqu'alors évité tout entretien avec lui en dehors des détails indispensables concernant l'enterrement de son père, avait finalement consenti à le rencontrer chez Oriel. Francis devant passer quelques jours au château de Lowther tout proche, ils étaient convenus par conséquent de fixer ce rendez-vous au cottage.

– Je suis désolée, lui dit Oriel, elle a dû partir d'urgence pour la France. Ne vous en a-t-elle pas averti ?

– C'est possible. J'ai quitté Dessborough quelques jours avant la date prévue et ma gouvernante n'a sans doute pas pu faire suivre mon courrier.

En fait, la gouvernante aurait été bien en peine de retrouver son maître qui, dix jours durant, avait arpenté à pied le tracé de l'ancien mur érigé par les Romains afin de protéger leur paisible colonie de Bretagne des exactions perpétrées par les sanguinaires tribus nordiques des Pictes et des Scots. Dix jours durant, il s'était sciemment exposé au froid, à la faim et à la fatigue avant de passer une nuit sous un faux nom dans une auberge de Penrith afin de se rendre présentable et réintégrer la civilisation. La lettre de Kate l'attendait donc vraisemblablement chez lui.

– Il ne me reste qu'à regagner Askham, c'est une agréable promenade par une belle journée comme celle-ci.

Mais Oriel refusa de le laisser partir si vite. Son mari, lui dit-elle, était en voyage comme à son habitude, Jamie faisait la tournée des chantiers de son père et les filles passaient quelques jours chez leurs amis Landon à Watermillock, à l'autre bout du lac.

– Vous m'insulteriez si vous ne restiez pas au moins prendre un rafraîchissement, Francis.

Il découvrit en entrant une vaste pièce accueillante où un feu flambait joyeusement dans la cheminée. Une chatte et sa portée de chatons dormaient dans un panier.

– Vous semblez beaucoup aimer les chats, dit-il en souriant, j'en ai déjà remarqué une troupe dans le jardin. Que deviennent-ils quand vous êtes absente ?

– Une voisine dévouée vient les nourrir tous les jours et leur trouve des maisons adoptives s'ils deviennent trop nombreux. Mais installez-vous à votre aise, Francis.

Détendu dans un bon fauteuil au coin du feu, avec un verre de vieux madère et des biscuits, Francis se réjouit presque d'avoir échappé à sa rencontre éprouvante avec Kate – il était encore mal remis, à vrai dire, de son épuisante randonnée pédestre.

– Ce voyage en France était-il si urgent, Oriel, ou est-ce plutôt un prétexte commode pour m'éviter ?

– Non, pas cette fois-ci, croyez-moi.

– J'en suis moins convaincu que vous, Oriel.

Il ne pouvait s'empêcher d'admirer la sérénité de son sourire, la grâce de ses cheveux blonds cascadant jusqu'à une taille si fine qu'il aurait pu l'entourer de ses mains. Le repousserait-elle s'il esquissait le geste ? Mieux valait n'y plus penser. Ces cinq dernières années, de nombreuses aventures sans lendemain avec des femmes mariées lui avaient donné le plaisir de la conquête physique sans l'envie de lui joindre celle du cœur et de l'esprit. Moins que jamais il ne souhaitait s'attacher à une femme dont le cœur et l'esprit avaient précisément pour lui du prix. Sa fille comblait ses besoins les plus profonds d'affection et de protection – et le souvenir d'Arshad, sa première, sa seule vraie femme, suffisait à meubler ses rêves. Mais Kate jouait aussi un rôle dans sa vie. Il y avait longuement pensé pendant ses dix journées solitaires et ce contretemps lui offrait peut-être l'occasion de la sonder par l'entremise d'Oriel.

– Kate vous l'ayant sans doute déjà écrit, dit Oriel comme si elle devinait ses pensées, je ne trahirai donc pas un secret en vous disant qu'elle est partie accueillir un ami à sa sortie de prison, un opposant à l'Empire gracié par Napoléon III. Kate tenait à être là avec ses autres amis, sa femme et ses enfants…

– Merci, Oriel, mais il était inutile de parler de la femme et des enfants, je n'éprouve aucune jalousie. Cela ferait-il avancer les choses si vous le lui disiez ?

La voyant hésiter, il se fit plus persuasif :

– Nous nous connaissons assez bien et depuis assez longtemps pour être francs, Oriel. Comprenez-moi : j'ai déjà hérité de High Grange, des terres, de la mine. Dans quelques mois, l'héritage Kessler me tombera dans les bras pour la seule raison que je suis le mari de Kate. La loi considère que tout cela m'appartient, moi pas. Je ne veux donc pas en disposer tant que Kate ne m'aura pas exprimé ses désirs. Je ne peux pas laisser la maison de High Grange éternellement inhabitée car je n'ai pas l'intention de m'y installer, mais si Kate en avait envie je n'y verrais aucun inconvénient – à moins que Maud Stangway ne nous prenne de vitesse en y mettant le feu, comme elle en a brandi la menace.

Oriel ne pouvait oublier comment Maud, saisie par une crise d'hystérie à l'enterrement de Matthew, avait lancé des imprécations en clamant son projet de réduire en cendres sa demeure ancestrale et de périr sous ses ruines plutôt que de la voir passer aux mains d'un étranger ou même dans celles de Kate, cette gourgandine, usurpatrice d'une fortune en guise de « salaire du péché » et digne complice de cette autre hétaïre, Oriel Keith, fille de l'immonde aventurière qui, par quelque sortilège démoniaque, avait réussi de l'au-delà à assassiner Matthew, son frère bien-aimé.

Cette deuxième cérémonie avait été particulièrement affreuse. Incapables de concevoir que Matthew Stangway se soit tué par amour, Maud, Letty et les « fidèles amis » attribuaient son geste à la honte dont sa femme l'avait couvert et à laquelle son sens de l'honneur lui avait interdit de survivre. Nul ne s'était donc senti tenu de faire preuve de considération, sinon de simple humanité, envers la fille de la

« meurtrière ». Certains, plus avisés, avaient montré quelque mansuétude envers Kate, susceptible de redevenir une force avec laquelle compter si sa fortune la rapprochait de son mari. Ils en avaient été pour leurs frais, Kate ne leur ayant pas accordé un regard.

En dépit de ses menaces, Maud avait quand même bouclé ses valises et regagné le presbytère quelques jours plus tard. Dans son testament, son frère lui avait accordé une confortable rente et l'usufruit sa vie durant d'un cottage dans la propriété, mais elle préférait rester au presbytère assumer les responsabilités de sa sœur, arrangement présentant le double avantage de préserver l'oisiveté de Letty et la volonté de puissance de Maud.

Matthew avait légué à Oriel la maison d'Evangeline avec une importante somme d'argent, encaissée par son mari sans qu'elle en éprouvât de chagrin. Les bijoux d'Evangeline étaient et resteraient sans doute enfermés dans un coffre dont Garron, avec sa permission, détenait seul la clef. À l'unique exception du sac de velours bleu, elle n'avait rien voulu lui dissimuler. Kate recueillait l'essentiel de la succession de son père, fortune considérable dont son mari, de par la loi, était désormais libre de disposer à sa guise. Francis se souciait cependant moins de ces considérations juridiques que de la réalité telle qu'il la voyait.

– Ce n'est pas pour moi mais pour notre fille que j'ai besoin de connaître ses intentions, reprit-il. Depuis son retour, les mauvaises langues vont bon train. Celestine a six ans, je crains qu'elle n'entende ces médisances et les comprenne mal. Une fois, il y a un an, elle m'a demandé où était sa mère et je lui ai dit qu'elle vivait à l'étranger. Comme elle ne m'a pas demandé pourquoi, j'ai préféré attendre qu'elle me pose d'autres questions avant d'y répondre. Maintenant que Kate semble vouloir faire la navette entre ici et Paris, et que cette maudite fortune des Kessler est sur le point de me tomber dessus comme un mur de briques, ce n'est plus possible. Je ne veux pas que ma fille grandisse en croyant que je n'ai épousé sa mère que pour sa fortune, ou que je n'ai pas fait tout ce que je devais pour la partager avec elle. Vous avez passé beaucoup de temps avec Kate ces dernières semaines, Oriel. Souhaite-t-elle revoir Celestine ?

– Je crois, mais ce n'est pas facile à expliquer… Au début, elle se sentait indigne d'être mère et croyait rendre service à Celestine en partant, sinon, pensait-elle, vous vous seriez inquiété d'elle au point de ne pouvoir ni l'un ni l'autre vous consacrer à votre fille. Alors, faute de remplir son rôle de mère, elle a voulu donner à son enfant ce qu'elle estimait le plus précieux – un père.

– Je vois… Et après m'avoir enfermé dans le piège de la paternité, que compte-t-elle faire maintenant ?

Oriel comprit que sa boutade dissimulait une réelle anxiété et réfléchit avant de répondre :

– Je crois qu'elle a peur de se servir de Celestine à titre – comment dire ? – d'expérience sur elle-même. Elle a beaucoup mûri depuis cinq ans, elle a réussi à faire la paix avec le souvenir de sa mère, de son père, de tout ce contre quoi elle s'insurgeait – et elle en a durement payé le prix. Mais elle hésite encore à vérifier si elle est capable de se réconcilier avec cet autre aspect d'elle-même, la maternité. Le risque serait trop grand, à son avis.

– Il n'empêche qu'elle doit au moins en discuter avec moi. Savez-vous ce qui la retient encore de le faire, Oriel ?

– Non, Francis.

Le tintement d'une horloge lui rappela de manière irritante son déjeuner. Ses hôtes comptaient sur sa présence alors que ces problèmes essentiels, toujours en suspens, l'obsédaient. Il fallait dire ou faire quelque chose capable de secouer Kate – même s'il devait choquer Oriel pour y parvenir.

– Quand nous nous sommes mariés, dit-il comme s'il se jetait à l'eau, elle a cru que j'étais amoureux d'elle.

– Et vous ne l'étiez pas ?

– Non. Je ne m'en vante pas, je ne fais que constater un fait. Cela signifie qu'elle n'a pas à craindre de scènes de jalousie ni de récriminations de ma part, si c'est ce qui la tracasse. Je ne veux lui parler qu'afin d'organiser nos vies d'un commun accord. Elle pourrait, par exemple, revenir à Dessborough où rien ne nous empêcherait de vivre en bonne intelligence. Sinon, elle devra s'établir quelque part de manière à ne pas heurter les sentiments de Celestine par la suite. Me comprenez-vous, Oriel ?

Oriel alla se poster devant la fenêtre d'où elle contempla le lac sans mot dire.

– Si je comprends bien, répondit-elle enfin, vous ne l'avez jamais aimée. Pourquoi ?

Il se leva à son tour et la rejoignit, troublé par le souvenir trop clair que c'était elle, pas Kate, qu'il avait voulu pour femme – et intrigué malgré lui à l'idée de la direction que sa vie aurait prise s'il l'avait épousée.

– Dites-moi la vérité, Francis. Je crois même que vous me la devez.

– Elle était encore très jeune, Oriel, commença-t-il. Ce soir-là, elle s'était méprise sur mes intentions…

Il hésita à poursuivre.

– Lesquelles ? Parlez, Francis.

– Ne prétendez pas les ignorer, Oriel ! Vous savez fort bien que c'était *vous* que j'avais décidé d'épouser – si vous aviez bien voulu de moi.

– Oui, Francis, j'aurais « bien voulu » de vous. C'est pourquoi j'aimerais que vous me disiez *pourquoi* vous avez décidé de ne pas me le demander.

N'avait-elle réellement pas compris ? Cette tragique, cette absurde méprise lui avait pourtant paru si évidente qu'il ne s'était jamais posé la question… Et c'est alors qu'une autre hypothèse le frappa d'horreur.

– Vous n'avez quand même pas cru, Oriel, que mon revirement venait de… votre mère… de votre naissance ?

– Si, Francis. Je le crois encore – par moments.

– Mais vous savez bien que ce genre de considération ne m'a jamais effleuré, Oriel ! J'étais venu à High Grange ce soir-là demander *votre* main. J'étais en avance ou le dîner était retardé, je ne sais plus. Kate n'avait pas dîné, elle m'a rejoint au petit salon convaincue que j'étais venu pour elle. J'ai perdu la tête, je me suis mal conduit. Et quand, pour couronner le tout, cette idiote de Letty a surgi en criant au viol… Je vous en prie, Oriel, il faut me croire !

Emporté par sa maladroite plaidoirie, il l'avait repoussée

le dos à la fenêtre, leurs corps se frôlaient presque. Il recula d'un pas quand Oriel releva les yeux.

– Je vous crois, Francis.

– Avez-vous souffert de ma trahison involontaire ?

– À l'époque, oui. Beaucoup.

– Je ne savais pas. Je croyais que...

– Vous pensiez, comme tout le monde, que j'étais raisonnable, que j'avais la tête froide ?

– Non, Oriel, j'ai toujours su que vous étiez merveilleuse et que...

Il était sur le point d'oser la prendre dans ses bras quand le tintement de l'horloge le ramena brutalement à la réalité. Cette fois, il était en retard et devait à son plus grand regret, dit-il, prendre congé sur-le-champ.

– Si le vent est tombé, je vous ferai un bout de conduite jusqu'au pont de Pooley, répondit-elle en souriant.

Mais, la porte à peine franchie, une bourrasque se leva avec un hululement sinistre ; voulant retenir son manteau à demi arraché par le vent, Oriel buta contre deux chatons apeurés qui couraient se réfugier sous un buisson et trébucha contre Francis. Elle ne résista pas quand il la retint et l'attira contre lui d'une main sur sa nuque ; leurs lèvres se joignirent en un long baiser passionné auquel ils ne mirent fin qu'à regret.

– Ne vous excusez surtout pas, Francis, dit-elle en le regardant dans les yeux avec un sourire si franc, si amical qu'il ne pouvait se méprendre.

– On ne s'excuse pas de ce qu'on ne regrette pas, Oriel, répondit-il en lui rendant son sourire.

– Moi non plus, Francis, je ne le regrette pas. Je dois cependant vous dire...

– Je sais, que je ne serai jamais votre amant. Je ne vous aurais d'ailleurs pas fait l'injure de vous le demander – de toute façon, ce serait inutile, n'est-ce pas ?

Sans répondre, elle se pencha vers lui et effleura des lèvres chaque coin de sa bouche en un geste plein de pudeur et de simplicité qui l'émut profondément. Aucune femme ne lui avait fait don de tant d'affection et d'amitié. Et tandis qu'ils marchaient côte à côte le long du lac, il se surprit à lui parler d'Arshad, la seule autre femme qui ait su l'émouvoir en un temps qui s'enfonçait chaque jour dans un passé de plus en plus lointain. Ils se séparèrent au bout du pont après qu'elle lui eut promis de faire tout ce qui était en son pouvoir pour décider Kate à lui parler.

Oriel rentra à pas lents en écoutant le vent et le clapotis de l'eau, en savourant la joie de respirer l'air pur, de sentir son cœur soulagé d'un fardeau qui lui avait tant pesé. Elle savait désormais sans regret que l'homme dont elle avait voulu se faire aimer ne l'avait jamais aimée. Son baiser ne l'avait pas surprise, elle y avait pris un plaisir certain, mais ce baiser qui marquait la fin d'un rêve scellait une amitié plus précieuse qu'un amour, une amitié qu'il aurait été vain d'enliser dans un amour pour lequel, à l'évidence, Francis n'était pas fait.

Elle était si bien absorbée dans ses pensées qu'elle sursauta, en entrant chez elle, quand elle découvrit Morag, debout au milieu du salon, qui la dévisageait d'un air buté.

– Que fais-tu ici ? demanda-t-elle plus sèchement qu'elle ne l'aurait voulu. Tu devrais être encore chez les Landon avec Elspeth. Est-elle rentrée, elle aussi ?

– Non, rassurez-vous. Elle, au moins, elle vous laissera tranquille, répondit Morag avec aigreur.

– Tu ne me déranges pas, dit Oriel avec un soupir de lassitude. Tu m'as surprise, voilà tout. Quand es-tu arrivée ? Les Landon t'ont-ils accompagnée ?

– Je suis rentrée à pied il y a une demi-heure.

– Je reviens du pont de Pooley et je n'ai t'ai pas vue sur le chemin. Comment ai-je pu te manquer ?

– Parce que j'ai fait le tour par Patterdale, répondit Morag avec un haussement d'épaules agacé.

– Mais c'est un chemin beaucoup plus long et difficile !

– J'avais besoin de marcher. J'en avais plus qu'assez de regarder Elspeth lancer des œillades langoureuses à Tom Landon qui tombait en pâmoison chaque fois sans se rendre compte qu'il se couvrait de ridicule.

Morag se serait-elle entichée, elle aussi, de ce joli garçon aux yeux violets et à la tête vide ?

– J'espère que Mme Landon ne s'est pas formalisée de ton départ précipité, se borna à dire Oriel.

– Elle était sortie, Elspeth l'a prévenue.

À l'évidence, Morag s'était querellée avec sa sœur, ce qui n'excusait pas une telle entorse aux règles du savoir-vivre, comme Oriel le lui fit observer.

– Puisque ma présence vous est insupportable, je ne viendrai plus vous déranger ! répliqua Morag avec insolence. D'ailleurs, j'ai horreur de cet endroit. Elspeth a des amis, moi je n'ai personne à qui parler. Je ne peux jamais inviter une amie comme je vous le demande sans arrêt.

– J'accepterais avec plaisir une amie de ton âge, répondit-elle. Mais pas Susannah, tu le sais.

– J'aimerais surtout savoir pourquoi vous la détestez à ce point alors qu'elle a tant fait pour vous !

C'était là un vieil argument qu'Oriel, soucieuse de maintenir la paix, se contentait le plus souvent d'éluder. Peut-être avait-elle eu tort de ne pas se montrer plus ferme dès le début. Il était temps de mettre les choses au point.

– Susannah n'a jamais rien fait pour moi, Morag. Je n'ai jamais eu besoin de son aide, c'est elle au contraire qui s'est toujours reposée sur moi parce que je suis à peu près la seule à comprendre ses problèmes et ses craintes, à lui manifester de la sympathie…

Morag l'interrompit en trépignant.

– Je refuse d'en écouter davantage ! Je monte dans ma chambre lui écrire, si vous voulez savoir.

– Tu monteras quand je te le dirai et, en attendant, tu vas m'écouter. Je te parle de problèmes que tu es trop jeune pour comprendre. Susannah voudrait être mariée mais elle n'a pas le courage de prendre un mari. Elle voudrait une famille mais elle est incapable d'en accepter la responsabilité tous les jours, toutes les nuits. Elle ne veut que se mêler de la vie des autres quand et comme cela lui convient à elle…

– C'est révoltant ! De quel droit vous permettez-vous de critiquer qui que ce soit ?

D'où venait cette nouvelle insolence ? Morag lui reprochait-elle à son tour d'être la fille d'Evangeline ?

– Le droit d'une conscience tranquille, Morag, répondit Oriel d'un ton sec qui mettait fin à la dispute.

Les jours suivants s'écoulèrent dans une atmosphère tendue. Elspeth revint de Watermillock en accusant Morag d'avoir brisé sa vie et en annonçant, avec un déluge de larmes, qu'il ne lui restait qu'à se noyer dans le lac – de préférence en y entraînant sa sœur. Heureusement pour les nerfs d'Oriel mis à rude épreuve, Mme Landon, femme d'un heureux caractère et mère de famille nombreuse habituée à ce genre de drames, réitéra peu après son invitation. Elle réagit avec un soulagement visible au refus de Morag, qui avait accepté d'aller passer quelques jours chez sa seule amie dans la région, la fille du notaire de Penrith.

« Ce serait même une bonne chose pour ces pauvres Broderick », fit observer Mme Landon, car le notaire venait de perdre une somme considérable et la famille avait grand besoin de marques de sympathie. Mme Landon s'étonna qu'Oriel ne soit pas déjà au courant de la faillite de la banque Milne & Morrissey, survenue l'avant-veille. Une catastrophe pour les veuves qui avaient confié leurs économies à la banque comme pour les hommes d'affaires victimes des banquiers indélicats. Dieu merci, ajouta-t-elle, M. Landon n'était pas affecté par ce drame et elle espérait de tout cœur qu'il en allait de même pour M. Keith.

Oriel l'espérait aussi, mais ses inquiétudes furent vite dissipées par ses longues promenades solitaires. Elle ne pensait même plus aux déboires des clients de MM. Milne & Morrissey quand, revenant un après-midi dans un état proche de l'euphorie, elle découvrit Garron qui l'attendait au cottage, d'une humeur aussi belliqueuse que celle de sa fille Morag quelques jours auparavant.

– Où étais-tu encore fourrée ? gronda-t-il. Ta jupe est couverte de boue, tu as l'air d'une vagabonde irlandaise.

– Merci, tu es trop aimable.

– Ce n'était pas un compliment. Donne-moi à boire, veux-tu ? Du whisky s'il y en a. Et va te rendre présentable.

Elle lui fit la révérence dans l'espoir de ramener un sourire sur son visage maussade.

– À vos ordres, cher monsieur, dès que j'aurai fait prévenir les filles que nous rentrons à Lydwick.

– Je ne sais pas encore si nous partons. Donne-moi déjà le whisky, nous verrons plus tard.

Elle lui apporta le carafon et un verre de cristal, monta

mettre la robe de soie noire qu'elle portait pour le deuil de sa mère et de celui qu'elle n'avait jamais pu se résoudre à appeler son père; elle se recoiffa, se parfuma, mit des boucles d'oreilles, des bagues, un collier afin de substituer au personnage de la vagabonde irlandaise – ou plutôt, pensait-elle, de la fille du pêcheur écossais, sa première femme – celui de la parfaite maîtresse de maison conforme à la position sociale de Mme Garron Keith.

Quand elle redescendit, il était assis au coin du feu, un cigare dans une main et un verre de whisky – qui n'était visiblement pas le premier – dans l'autre.

– Pourquoi faut-il toujours te chercher dans ce trou perdu aux cinq cents diables? grommela-t-il.

– Parce que tu ne devais rentrer qu'en mars et que nous ne sommes pas encore à la fin de février.

– Un homme a le droit de changer d'avis, non?

Dans le long silence qui suivit, Oriel l'entendit encore une fois remplir son verre.

– Tu parais fatigué, dit-elle sans élever la voix. Je te trouve même mauvaise mine.

– Je ne me sens pas bien, c'est vrai.

– Alors, laisse-moi te préparer…

– Non! Je ne veux pas de tes breuvages de sorcière avec je ne sais quelles herbes. Le whisky fera l'affaire.

– L'affaire?

– Celle de me donner le courage de te parler, Oriel.

Lui, besoin de courage? Il n'en avait pourtant jamais manqué. Mais elle savait, pour avoir elle-même trop souvent connu l'abattement et la défaite, qu'elle ne pouvait faire moins que de l'écouter et l'aider de son mieux.

– S'agirait-il de Milne & Morrissey?

– Oui. Sais-tu quelque chose?

Elle ne put que lui rapporter le peu que Mme Landon lui avait appris.

– C'est bien cela. Maudits Milne et Morrissey! Il y a trois jours, j'étais riche, mes chantiers marchaient à plein rendement sans une minute de retard, sans un problème, sans un accident. Mes hommes touchaient leur paye et leurs primes à heure et à temps. Et lundi matin, ma banque n'ouvre pas ses portes. Un trou de dix millions de livres ! Mon argent est bloqué, j'aurai de la chance d'en tirer deux shillings à la livre quand l'affaire sera débrouillée – ou même rien du tout. Mais ce n'est pas le pire…

– Parce qu'il y a pire ?

– Tu ne comprendrais pas.

– Je pourrais au moins essayer si tu me l'expliquais.

Il réfléchit un instant, secoua la tête comme pour tenter de chasser une douleur persistante.

– Alors, écoute. Je suis joueur, j'aime prendre des risques quand ils peuvent rapporter gros. Construire une ligne de chemin de fer coûte cher, très cher – l'achat des rails, des traverses, des matériaux, les salaires et le logement des hommes, c'est à moi de le débourser avant même d'avoir posé dix pieds de voie. Je finance donc mes marchés en acceptant d'avance la moitié du montant, par exemple, en actions de la compagnie. Mais jusqu'à ce que la ligne soit terminée, ce n'est que du papier sans grande valeur.

– Je comprends.

– Ces actions me servent de garantie sur ce que la banque m'avance tous les mois pour payer mes fournisseurs et mes ouvriers. À la fin du chantier, j'encaisse le solde en liquide et mes actions, qui valaient à peine une livre chacune à l'émission, en valent deux ou trois, voire davantage. Largement assez, en tout cas, pour rembourser ce que je dois à la banque et empocher le reste.

Ce « reste » qui payait le luxe extravagant dont il ne pouvait plus se passer et qu'il partageait avec elle sans compter, les hôtels, les voyages, les bracelets en or massif, les toilettes dont il la couvrait au-delà de ce dont elle avait jamais eu besoin…

– Ma seule erreur, reprit-il, c'est d'avoir été trop gourmand parce qu'il fallait en profiter tant qu'il y avait encore des voies à construire. Maintenant, je suis pris dans un cercle vicieux. J'ai des chantiers en cours dans tout le pays, certains sont sur le point de se terminer et je ne serai peut-être même pas capable d'en finir un seul. Mes crédits sont volatilisés, il ne me reste que les actions enfermées dans les coffres de Milne & Morrissey, des bouts de papier sans valeur tant que je n'aurai pas posé la dernière traverse – que je ne pourrai pas poser sans payer des fournisseurs qui autrement ne me vendront plus rien. Ils me poursuivraient plutôt pour exiger l'argent que je leur dois déjà.

– Il doit y avoir un moyen d'en sortir, Garron.

Il sourit et, un bref instant, redevint lui-même.

– Un gentleman se ferait sauter la cervelle. Je ne choisirai donc pas cette solution.

– Enfin une bonne nouvelle ! Et à part cela ?

Il tira une longue bouffée de son cigare, remplit de nouveau son verre et en avala la moitié d'un air de défi, sous le regard réprobateur d'Oriel.

– J'essaierai de convaincre les liquidateurs de Milne & Morrissey d'appuyer auprès d'autres banques mes demandes de crédit afin de terminer au moins une ligne et de pouvoir revendre mes actions. Malheureusement, poursuivit-il avec un haussement d'épaules qui trahissait une immense lassitude, cela prendra des mois et je n'ai pas le temps d'attendre. Mes hommes ne savent vivre que d'une paie à l'autre. Nous sommes aujourd'hui jeudi, je ferai la paie de demain avec l'argent liquide que je garde dans le coffre-fort de Lydwick et dans un ou deux autres. Après…

D'autres n'auraient pas même songé à payer leurs hommes et traverseraient déjà la Manche, munis de cet argent liquide qui leur assurerait une confortable « retraite ». Sa fatigue, son désarroi bouleversaient Oriel.

– Quand as-tu mangé pour la dernière fois, Garron ?

– Je n'en sais rien. Hier, à Londres, je crois. Un ragoût infect que tu n'aurais pas donné à tes chats.

– Je vais te préparer quelque chose.

– Non, plus tard ! Il faut d'abord que je te parle.

Elle se rassit et attendit calmement.

– Tu n'es pas une femme ordinaire, Oriel, reprit-il. N'importe laquelle serait déjà en larmes ou évanouie ou en train de me maudire de lui briser sa vie.

– Je ne vois pas en quoi je pourrais te reprocher ce qui arrive, Garron. Tu n'y es pour rien.

– Trop aimable, chère madame, dit-il en avalant une nouvelle lampée de whisky. Mais tu changeras peut-être d'avis si je ne me tire pas de cette mauvaise passe – ce qui n'a rien de certain. Il me faudrait plus de trois millions de livres, Oriel. Plus de trois millions…

Il s'interrompit et ferma les yeux avec une grimace de douleur.

– J'ignore ce que m'accorderont les banquiers mais j'en obtiendrai quelque chose, reprit-il. Je concentrerai mes hommes et mes moyens sur les lignes les plus avancées afin de faire rentrer de l'argent frais. Mais je serai à la merci du moindre incident, d'un problème avec les hommes, d'une erreur de calcul. Si je tiens jusque-là, j'ai une chance de m'en sortir. Sinon, je serai un homme fini.

– Tu n'en es pas responsable, insista-t-elle.

– Ce n'est pas une consolation, au contraire ! Je ne supporterai pas de me retrouver ruiné, Oriel, et je ne te demanderai pas de le supporter à cause de moi.

– Je n'ai pas toujours été riche, Garron…

– Tu n'as jamais non plus connu la pauvreté, dit-il avec un ricanement amer. Ta mère a peut-être été gênée de temps en temps, mais cela ne l'empêchait pas de payer sa femme de chambre. Et le jeu auquel tu joues ici, à cultiver tes herbes à tisanes en laissant le gros ouvrage au jardinier, ne te donne pas davantage idée de ce qu'est la vraie misère. Moi, je le sais. Je ne veux pas y retomber et je ne t'ai pas épousée pour te l'imposer.

– Nous sommes quand même mariés, Garron.

– Oui, mais cela ne signifie pas que nous soyons obligés de vivre ensemble. Non, ne m'interromps pas ! J'ai eu largement le temps d'y réfléchir dans ces maudits trains où j'ai passé le plus clair de mon temps depuis deux jours. Je ne t'aurais pas épousée si je n'avais pas été sûr de pouvoir t'offrir une vie aisée et tu ne m'aurais pas accepté sans cela, n'est-ce pas ? Réponds-moi franchement, Oriel.

– Oui, Garron. Ta fortune a compté dans ma décision. Nous ne nous serions d'ailleurs pas rencontrés sans elle.

– Tout a un prix, dans ce monde, dit-il comme en se parlant à lui-même. Et quand on ne peut plus payer…

Il s'interrompit avec une nouvelle grimace de douleur.

– Voilà ce que j'ai décidé, reprit-il. Je garderai Jamie,

j'arriverai toujours à gagner notre vie pour deux, et je renverrai les filles dans la famille de leur mère. Quant à toi, tu ne seras pas dans le besoin. Ce que Stangway t'a légué n'a pas été déposé chez Milne & Morrissey, ton habile cousin Quentin a réussi à m'en dissuader et l'argent est toujours au même endroit. C'est une somme importante, tu le sais, les intérêts seuls suffiront à te faire vivre. Je n'ai pas non plus vendu la maison de ta mère, tu auras donc un toit sur ta tête. Es-tu d'accord ?

Oriel se leva et alla réfléchir à la fenêtre – son refuge habituel ces derniers jours, semblait-il. Le soir tombait ; le regard tourné vers la nappe silencieuse et calme du lac, elle sentait derrière elle avec force la présence de cet homme courageux qui croyait déchoir à ses yeux sans son luxe tapageur, ses complets de Savile Row et ses millions – jugement simpliste auquel elle refusait de souscrire.

– Non, Garron, je ne suis pas d'accord, dit-elle en se retournant. Je vais te dire ce que nous allons faire.

Il se leva à son tour et, pour la première fois, elle vit que sous son imposante stature il était vulnérable, affaibli par la fatigue et l'inquiétude ; s'il était encore prêt par bravade à jurer qu'il ne craignait personne, il souffrait, il avait besoin qu'on lui tienne la main en lui disant de reprendre confiance en lui. Il avait besoin d'une femme forte pour le soutenir – et Oriel ne s'était jamais sentie aussi forte.

– D'abord, Garron, tu ne renverras pas les filles en Écosse. Elles n'y sont pas allées depuis trop longtemps, elles n'y seraient plus à leur place. Morag en souffrirait et je préfère ne pas penser à la réaction d'Elspeth.

– Je ne vois pourtant pas d'autre solution…

– Si ! Tu vendras la maison de ma mère et tu te serviras de l'argent Stangway – même si ce n'est qu'une goutte d'eau dans l'océan, chaque goutte compte. Et puisque ce cottage ne vaut rien, comme tu passes ton temps à me le répéter, nous nous y installerons. Jamie s'y plaît et Morag préférera vivre ici que d'aller écailler des harengs en Ecosse. Elle fera un effort en sachant que c'est pour toi et l'épreuve lui sera salutaire. Elspeth a ses amis Landon, surtout Tom. Et comme tu n'auras pas perdu d'argent par ton incompétence, bien au contraire, chacun ne pourra que manifester de la sympathie aux filles et t'admirer de vouloir redresser la situation. Moi, Garron, je t'admire et je t'admirerais même si tu ne la redressais pas.

– Toi, m'admirer? dit-il avec incrédulité.

– Oui, au point que tu auras bien du mal à te débarrasser de moi comme tu as voulu le faire.

– Tu ne sais pas de quoi tu parles, Oriel.

– Bien sûr que si, Garron! Tu as besoin d'un foyer où venir reprendre des forces quoi qu'il arrive, pas seulement des chambres d'hôtel, des ragoûts infects ou de la compagnie de ces femmes, dont je ne suis pas censée connaître l'existence, qui ne t'apporteront pas les consolations que tu cherches auprès d'elles. Tu ferais une bien meilleure affaire en me gardant, tu en aurais au moins pour ton argent – comme j'en ai si souvent eu pour le tien, ajouta-t-elle en souriant. Tu n'as plus vingt ans, Garron, tu ne luttes plus seul ni pour toi seul, tu as une famille qui doit rester unie. Avec tout ce que tu m'as forcée à leur apprendre, Morag et Elspeth ferait d'étranges épouses pour des pêcheurs écossais! Et si tu songes à tenter ta chance à l'autre bout du monde en y entraînant Jamie, comme je t'en soupçonne, tu risquerais de le perdre pour ne jamais plus le revoir. La vraie sagesse consiste à essayer de nous en sortir tous ensemble. Voilà ce que j'avais à dire.

Il traversa la pièce en titubant légèrement et vint s'appuyer contre elle, posa son front brûlant sur le sien et la serra dans ses bras.

– Je ne me sens pas bien, Oriel.

– Tu meurs de faim. Laisse-moi te préparer à dîner.

– Non merci, cela ne passerait pas.

– Alors, monte te coucher. Il y a des fleurs séchées sous le matelas, le lit embaume comme au paradis. D'ailleurs, il est trop tard pour aller te réfugier dans une auberge des environs, tu devras te résigner à coucher avec moi, ajouta-t-elle avec une coquetterie délibérée.

Dans la chambre mansardée trop exiguë pour lui, il se laissa tomber sur le lit, épuisé, et resta immobile tandis qu'elle lui caressait les tempes de ses mains fraîches et y déposait des baisers. Un instant plus tard, vêtue de sa seule chevelure dénouée, elle vint s'étendre près de lui, se prêta à ses caresses avant de les provoquer et de le conduire peu à peu jusqu'à l'apogée d'un plaisir, plus proche de l'extase que de la possession, qui le délivra de ses peines avant de le plonger dans un sommeil agité dont il s'éveilla en sursaut une heure plus tard.

Elle était assise nue dans l'encoignure de la fenêtre et regardait la lune se refléter sur le lac. Il la rejoignit en deux enjambées et l'étreignit comme s'il craignait de la voir s'envoler sur un rayon de lune.

– Que faisais-tu ? demanda-t-il.

En souriant, elle se blottit contre lui, la tête au creux de son épaule.

– Je me disais, Garron, que cette nuit était notre vraie nuit de noces.

Il la souleva, la reposa sur le lit. Déjà, elle sentait son corps s'éveiller à l'amour qu'il lui fit avec une fougue qu'elle ne lui connaissait pas, comme s'il voulait affirmer sur elle sa possession irrévocable.

– Je t'aurais laissée partir, lui dit-il lorsqu'ils se furent enfin séparés, hors d'haleine. J'étais décidé à te rendre ton argent avec ta liberté et à me débrouiller seul comme je pouvais. Et je t'aurais même souhaité bonne chance.

– Je sais, Garron.

– Ce n'est plus vrai maintenant. Moins que jamais. Le sais-tu aussi, Oriel ?

– Oui, Garron.

– Alors, ne l'oublie pas parce que Dieu lui-même ne pourrait rien pour toi si tu m'abandonnais. Et je tuerais de mes mains, homme, femme ou enfant, quiconque ferait seulement mine de venir se mettre entre nous.

13

Le lendemain matin, Garron Keith fit revenir ses filles et leur expliqua sa situation. Morag, qui n'avait entendu parler que de faillites chez son amie de Penrith, se porta aussitôt volontaire pour aider son père par tous les moyens, lui servir de secrétaire, tenir sa comptabilité ou même gagner de l'argent en prenant un emploi de gouvernante. Elspeth, qui n'avait jamais rien compris à ces affaires indignes d'une jeune fille comme-il-faut, se jeta dans les bras de Garron et, dans un bel élan d'abnégation, sacrifia sa boîte à bijoux sur l'autel de la piété filiale. Personne, pas même Morag, n'eut le cœur de lui faire observer que ses colifichets n'avaient aucune valeur.

– Garde-les précieusement, ma chérie, lui répondit Garron. Je te les demanderai dès que j'en aurai besoin.

Les deux sœurs furent très frappées d'apprendre que sans l'intervention d'Oriel, elles seraient peut-être en train d'écailler et de saler des harengs dans un port de pêche écossais. « Je n'y aurais pas survécu », murmura Elspeth à Oriel entre deux sanglots pendant le trajet de retour à Lydwick. Totalement dépourvue de sens pratique, elle se rattrapait en redoublant de gentillesse envers Oriel et en professant une confiance aveugle dans les capacités de son père à retrouver une position qui la rendrait à nouveau digne d'être courtisée par Tom Landon – sinon, elle était sûre qu'Oriel saurait lui apprendre comment devenir la plus ensorcelante des Cendrillons et séduire un autre prince charmant. Morag se mit au service d'Oriel avec une bonne volonté exemplaire pendant les longues heures consacrées à dresser l'inventaire détaillé des objets de valeur des deux maisons, la leur et celle d'Evangeline, susceptibles d'être vendus : une paire de vases de Sèvres pour la paie d'une semaine sur un chantier; un tapis de Turquie pour solder le compte d'un fournisseur et l'amener à maintenir son crédit; le diamant Merton, qu'Evangeline avait payé de sa vie, pour acheter une demi-lieue de rails.

Oriel savait qu'à sa place sa mère serait partie sans l'ombre d'une hésitation le plus vite et le plus loin possible en emportant son argenterie, sa fille et ses bijoux. « Tu sacrifies ces trésors, que je me suis donné tant de mal à acquérir, à cet homme que tu as épousé contre mon gré, entendait-elle la voix d'Evangeline lui reprocher. C'est à toi que je les ai légués,

Oriel ! À toi seule afin de te mettre à l'abri du besoin quoi qu'il arrive. »

– Qu'avez-vous ? lui demanda Morag qui emballait une statuette d'argent massif. Vous semblez prête à pleurer.

– Rien… Je pensais à ma mère.

– Je m'en doutais, dit Morag avec une maladresse bourrue. Vous savez que je ne l'aimais pas, mais vous l'aimiez et j'ai de la peine pour vous.

Oriel l'aurait embrassée si elle l'avait osé mais ce déploiement d'affection paraissait encore prématuré. C'était cependant sur l'efficacité de Morag qu'elle comptait pour l'aider à transformer la maison en camp de base pour les guerriers – Garron, ses agents et ses chefs de chantier – qui venaient reprendre des forces et se munir de nouvelles armes avant de se replonger dans la bataille. Toutes les mondanités avaient été décommandées, les fournisseurs réglés et les achats de première nécessité étaient désormais payés au jour le jour. Oriel avait informé les domestiques que, si leurs gages étaient assurés à court terme, elle ne ferait aucun reproche à ceux qui préféreraient chercher une place plus avantageuse. Après que son contenu eut été soigneusement emballé et étiqueté, la maison d'Evangeline avait été vendue et celle de Garron hypothéquée. Seul, le cottage d'Ullswater, unanimement considéré comme une masure sans valeur, restait dégagé de tout nantissement.

Revenue de France sans un mot d'excuse ni d'explication sur son départ précipité, Kate vint déclarer :

– Je suis là. Sers-toi de moi comme tu voudras.

Fidèle à son image de chevalier servant, Francis Ashington écrivit à Garron, qu'il connaissait à peine, pour l'assurer de son estime et offrit à Oriel d'user de ses services comme bon lui semblerait. Quentin Saint-Charles lui proposa de mettre ses talents juridiques à sa disposition afin de sauver à son profit ce qui pourrait l'être du naufrage éventuel de son mari. Dans ce concert de sympathie désintéressée, la seule fausse note venait de Susannah qui se répandait en obscures citations bibliques sur le salaire du péché et la justice immanente.

– Quelle mouche la pique ? s'étonnait Elspeth, qui l'aurait volontiers exposée à des insectes venimeux.

– Sa virginité prolongée lui monte à la tête, estimait Jamie, pour qui ces notions présentaient depuis peu un très vif intérêt.

– Mais non ! Qu'allez-vous tous chercher là ? se hâtait de déclarer Morag avec une telle inquiétude qu'Oriel se demandait ce que Susannah avait fait ou lui avait confié pour provoquer sa nervosité.

Il s'agissait sans doute de la vieille et triste histoire de M. Field, l'impécunieux vicaire auquel Susannah était restée fiancée cinq ans durant à seule fin d'échapper à ses obligations familiales. Le retour définitif de Maud au presbytère à la mort de Matthew Stangway l'en ayant délivrée, Susannah avait signifié son congé à l'infortuné M. Field et Oriel, qui regrettait encore son intervention auprès de Francis Ashington pour lui faire retirer la cure de Dessborough peu avant la mort d'Evangeline, y avait vu l'occasion de se racheter en demandant à Francis de la lui accorder, puisque la paroisse n'avait toujours pas de pasteur titulaire. Bonne action à ses yeux comme à ceux de Francis, c'était un crime d'autant plus inexpiable du point de vue de Susannah que, peu après avoir pris ses fonctions, M. Field avait fait la connaissance d'une jeune paroissienne qui s'estimait fort honorée des attentions qu'il lui portait.

Lorsque Francis était venu offrir symboliquement son bras et son épée à Oriel, ils avaient bien ri de l'heureux dénouement des mésaventures de M. Field – rires entendus par Susannah qui arrivait à l'improviste et qui, faute de pouvoir s'en plaindre aux intéressés du fait de son incorrection, ne s'était pas privée de colporter leurs propos en insinuant que le soudain dévouement d'Oriel à son mari en ces temps d'épreuve, pour « admirable » qu'il fût comme le déclaraient certains, pouvait aussi avoir été suscité par le remords de s'être trop longtemps divertie dans des « amitiés » l'ayant auparavant détournée de ses devoirs. Ces médisances avaient fini par arriver aux oreilles de Kate et d'Oriel.

– Demande-lui exactement ce que cela signifie, lui déclara Kate qui, devenue elle-même objet de scandale, ne pouvait intervenir sans risquer d'aggraver la situation. Fais-lui dire devant témoins ce qu'elle a contre toi.

– Oh non ! Ne le faites surtout pas ! s'écria Morag, livide, quand Oriel lui rapporta l'idée de Kate. Elle est dans une situation difficile ces derniers temps…

– Sûrement pas aussi grave que la nôtre, Morag.

– Je sais, mais… Vous n'êtes peut-être même pas en cause… Il doit s'agir d'autre chose…

– Écoute, Morag, si Susannah t'ennuie ou te harcèle d'une manière ou d'une autre, tu ne dois pas hésiter à me le dire. Je saurai la remettre à sa place, crois-moi.

– Non, je vous en prie, dit Morag, la tête baissée et les yeux clos comme si elle implorait la clémence divine.

Susannah était-elle jalouse de sa nouvelle intimité avec Morag ? s'étonnait Oriel. Etait-elle envieuse de la solidarité qui soudait la famille Keith dans l'épreuve et dont elle était exclue ? Une telle mesquinerie était si conforme au caractère de Susannah qu'Oriel se contenta de la tenir à l'écart de Morag et n'y pensa bientôt plus. Ayant compris de son côté que Susannah n'intriguait que pour son propre compte alors qu'Oriel s'était loyalement rangée dans le camp de son père, Morag lui apportait son soutien inconditionnel et contribuait dans une large part à consolider devant le monde extérieur la façade de calme, de confiance et d'unité sans faille qu'Oriel bâtissait jour après jour.

Heureusement pour elle, Oriel n'avait jamais su que Garron gardait de si fortes sommes à la maison car elle en aurait perdu le sommeil. Au cours des pénibles semaines qui suivirent la faillite de la banque Milne & Morrissey, encore aggravée par le suicide de M. Morrissey, c'est à elle qu'il incomba désormais de veiller sur les clefs du coffre, qui ne quittaient jamais sa poche et qu'elle glissait la nuit sous son oreiller, afin d'être toujours prête à payer ceux qui se présentaient de la part de Garron. « Mes hommes ont besoin de toucher leur salaire à heure et à temps, lui avait-il dit avant de partir pour Londres. Je dois les faire travailler si je veux m'en sortir et ils ne travailleront pas s'ils ne gagnent rien. Comprends-tu ? » Elle comprenait si bien qu'elle accordait à chacun des chefs de chantier envoyés par Garron une demi-heure de conversation rassurante autour d'une théière ou d'une chope d'excellente bière et lui démontrait qu'il avait toutes les raisons du monde de faire confiance à son mari, autant, voire davantage, que par le passé, de sorte que l'homme retournait auprès de ses équipes avec le sourire et un nouveau respect pour le patron qui avait su prendre pour femme une personne aussi sensée.

– Ils n'arrêtent pas de me chanter les louanges de la merveilleuse Mme Keith, lui dit Garron revenu un jour entre deux trains se munir d'argent liquide et avaler un repas à la hâte avant d'aller régler les problèmes d'un chantier du Lancashire et de retourner à Londres négocier avec les banques et les compagnies ferroviaires.

Elle jugea inutile d'aggraver sa fatigue et sa nervosité en lui faisant observer qu'il avait mauvaise mine.

– Un tub et de l'eau très chaude t'attendent là-haut avec du linge propre, lui dit-elle en souriant. Et j'ai fait nettoyer ton carrick doublé de fourrure. Ce sera bon pour le moral de tes troupes de te voir élégant et prospère.

Il reposa ses couverts, se leva et l'attira vers lui.

– Je n'ai pas le temps de te faire l'amour, dit-il en la serrant contre lui. Mais quand tout cela sera fini, je t'achèterai un diamant deux fois plus gros que celui de ta mère – non, trois fois. Je te le promets.

Elle lui sourit, lui noua au cou une écharpe de soie blanche et l'accompagna à la grille comme au lendemain de leur mariage. Et quand, en se retournant, elle vit Morag quelques pas derrière elle, comme en cette lointaine matinée, elle la prit tout naturellement par le bras pour regagner la maison, leurs deux têtes l'une contre l'autre.

La coopération inattendue de M. Morgan de Hay, le célèbre ingénieur qu'Oriel avait eu pour cavalier au dîner d'Evangeline où elle avait rencontré Garron pour la première fois, avait contribué à vaincre les réticences des banquiers et à restaurer la confiance des compagnies ferroviaires. Son intervention avait même été décisive pour le prolongement d'une ligne dans les Midlands. « Encore un admirateur de la charmante Mme Keith qui souhaite se rappeler à son bon souvenir », lui avait écrit Garron en lui apprenant, d'un ton triomphant, que la compagnie lui avait accordé un délai de six mois et qu'une banque acceptait de financer le chantier. Le triomphe avait cependant fait place à l'inquiétude quand elle vit Garron arriver trois jours plus tard, sceptique sur ses chances de respecter le délai sans sacrifier d'autres chantiers tout aussi essentiels à ses finances précaires.

Tard cette nuit-là, assis face à face au coin du feu, elle voyait sur ses lèvres le sourire amer et crispé qu'elle commençait à trop bien connaître.

– En six mois, j'éviterais à peine le plongeon. En trois mois, j'aurais une chance de repartir du bon pied.

– Ce serait prendre des risques énormes…

– J'en ai toujours pris. Tu n'as pas idée, Oriel, de ceux que je prenais à mes débuts. Des risques insensés – pour moi mais pour d'autres aussi, je l'avoue. À l'époque, je ne m'en souciais guère ou, plutôt, je ne m'en rendais pas compte. Maintenant, si.

– Et tu les prendras quand même ?

– Oui, sinon je ne serais qu'un timoré qui aura perdu la confiance de ses ouvriers autant que des compagnies. Dans un an d'ici, tout le monde aura oublié que c'est à cause des banques et pas par ma faute que je n'aurais pas terminé le chantier. Mais ce sera dur. Il faudra que je vive sur place jour et nuit…

Elle se pencha vers lui avec un sourire complice et glissa sa main dans la sienne.

– Aimerais-tu que je vienne avec toi ?

– Si j'aimerais ? s'écria-t-il, ses soucis effacés d'un seul coup par un sourire radieux.

– Alors, je t'accompagne…

– Et tu vivrais dans une baraque de chantier avec une douzaine d'énergumènes ?

– Tu serais capable de me protéger. À vrai dire, je pensais louer une chambre dans la ville la plus proche…

Il l'attira vers lui en éclatant de rire.

– Ou plutôt la suite royale dans le meilleur hôtel ! Malheureusement, il n'en existe aucun dans les parages. Non, dit-il en reprenant son sérieux, reste m'attendre ici, Oriel. J'ai réussi à sauver cette maison pour toi et les enfants, tu veilleras sur eux et sur mon argent. Et quand tout cela sera terminé, nous irons passer une semaine à Ullswater seuls tous les deux, toi avec ton gros diamant et moi plein d'impatience de retrouver ton matelas d'herbes au clair de lune – souviens-toi… Dans trois mois, pas un de plus.

Et le lendemain, à l'aube, elle l'accompagna à la grille et l'embrassa avant de lui dire au revoir.

– Tomberais-tu amoureuse de ton géant blessé ? lui demanda Kate ce jour-là.

– Vas-tu enfin parler à ton mari ? répondit Oriel.

– Oui, quand je pourrai. Après tout, je ne suis revenue que depuis à peine six semaines…

– Non, huit. Cela fait deux mois.

– Grand Dieu, quelle précision !… Je verrai Francis quand j'en serai capable, Oriel. Si je retarde notre rencontre, ce n'est pas parce que je suis un monstre d'égoïsme ou de perversité, comme on m'en accuse, mais parce que je veux être sûre de ne pas lui dire n'importe quoi.

– Francis est un homme remarquable, tu sais.

– Non, je ne le sais pas. En fait, je le connais à peine. J'étais tombée amoureuse d'un personnage imaginaire et, quand l'illusion s'est dissipée, ce qui n'a pas été long, les remords m'ont littéralement étouffée. Comment lui en vouloir de ne pas être celui que je croyais alors qu'il n'avait jamais prétendu l'être ? Il ne rêvait que d'aller à La Mecque. Le malheur, c'est que j'en rêvais aussi.

– Et maintenant, à quoi rêves-tu ?

– Je te le dirai quand je le saurai.

Elle se leva d'un bond et courut à la fenêtre pour le seul plaisir, semblait-il, de se dégourdir les jambes.

– Oh ! Voilà Quentin. Ah non ! Susannah est avec lui. Quelle plaie ! Je ferais mieux de courir me cacher dans ta chambre. J'étais pourtant ravie de le voir, il est devenu le garçon le plus sympathique du monde, tu ne trouves pas ? Ou bien vas-tu encore me dire que tu l'as toujours jugé ainsi ?

Quentin entra néanmoins seul au salon, Susannah étant montée directement dans la chambre de Morag lui donner des livres qu'elle disait lui avoir promis. Oriel en conçut un vif déplaisir que Kate ne partagea pas :

– Réjouis-toi, au contraire, nous voilà débarrassées de cette peste !... Mon cher Quentin, Oriel et moi étions justement en train de dire combien vous étiez sympathique.

– Merci, Kate. Dommage que vous n'ayez pas eu la même opinion de moi dans votre jeunesse.

– Je vous trouvais épouvantable, c'est vrai, dit-elle en pouffant de rire. Mais à l'époque, vous ne vous intéressiez qu'à mon argent, avouez-le.

– Je l'avoue sans honte, car c'eût été une solution tout à fait logique à l'époque – et même maintenant.

– Vous voudriez encore de moi ? s'exclama-t-elle au comble de l'amusement.

– Pas si vite, de grâce ! Disons simplement que si vous parveniez à reprendre votre liberté en conservant quelques miettes de votre fortune, nous pourrions peut-être envisager une sorte de – comment dire ? – d'association.

– Quentin, vous êtes un monstre de cynisme ! dit Kate en riant de plus belle.

– Je préfère le mot réalisme. Pour quel autre motif un homme dans ma position se mettrait-il la corde au cou ?

– Tu entends, Oriel ? s'esclaffa Kate. Il serait même capable de demander la main de Dora Merton !

– Pourquoi *même*, ma chère Kate ?

– Quoi ? Vous iriez jusqu'à épouser cette vieille fille racornie et à moitié folle ?

– Permettez-moi de vous faire observer, Kate, qu'elle est plus riche que vous et que son père possède assez de terres et d'influence pour envoyer son gendre au Parlement, voire au gouvernement...

– Où vous feriez sûrement merveille, intervint Oriel.

– L'ambition exige de grands sacrifices ! dit Kate.

– Rassurez-vous, répondit-il en souriant, je n'irai pas jusque-là. Non que les excentricités de Dora m'en aient dissuadé, mais plutôt la certitude que, si j'osais commettre un tel crime de lèse-majesté, ses chers parents me feraient embarquer le lendemain sur un navire de bagnards à destination de l'Australie.

Leur conversation entrecoupée de rires se poursuivait sur le ton du badinage quand Susannah entra tout à coup avec une expression si pincée que Kate laissa échapper : « Tiens, Susannah ? Nous parlions justement de mariages saugrenus… », remarque malheureuse dont elle se repentit aussitôt en se rappelant que M. Field, le fiancé congédié, venait d'annoncer la date de ses propres épousailles avec l'accorte paysanne de Dessborough, tout juste âgée de dix-neuf ans.

– Ah oui, vraiment ? dit Susannah en affectant de ne pas regarder Kate. À ce propos, Oriel, je suppose que vous assisterez aux noces de M. Field ?

– Bien sûr, puisqu'il a eu l'amabilité de m'inviter.

– En effet, dit Susannah tremblante de rage, il est normal qu'il ait de la gratitude envers celle qui a usé de son influence auprès de son cher *ami* pour lui obtenir la cure avec la femme qui semble faire partie des avantages…

– J'avais cru comprendre, l'interrompit Oriel, que vous aviez définitivement rompu vos fiançailles avec M. Field, Susannah. Me serais-je trompée ?

La vie au presbytère sous la férule de Maud se révélait-elle moins facile que prévu ? En tout état de cause, Oriel n'avait pas plus l'intention de s'excuser que Susannah, à l'évidence, celle de pardonner.

– Je suis prête à partir, Quentin, dit-elle à son frère. Quant à vous, Oriel, je tiens à vous informer que je ne reviendrai plus dans cette maison.

– Et pourquoi donc ? intervint Kate sèchement.

– Je dirai pourquoi ma dignité m'interdit de revenir, mais je le dirai à qui de droit. Au chef de famille.

– Je vous prie de laisser mon mari tranquille, répliqua Oriel. Vous devriez savoir dans quelle situation il se trouve en ce moment. Jusqu'à ce qu'elle soit réglée, je vous interdis de le mêler à vos absurdités.

– Dépêchons-nous, Quentin, dit Susannah en tournant ostensiblement le dos à Oriel. Maman nous attend.

Quentin la laissa sortir la première.

– Je sais, murmura-t-il à Oriel en lui baisant la main, vous voulez que je découvre quelle mouche la pique et que je l'empêche de harceler votre géant blessé. Je ferai de mon mieux, comptez sur moi.

Son géant blessé… Oriel n'avait passé que deux jours avec lui depuis son départ pour les Midlands, dans une bourgade dont elle avait oublié le nom tant elle s'était attachée, sous un ciel noir et bas, à recréer pour lui la magie de cette nuit de pleine lune au bord du lac. Comment était-il en ce moment? Gigantesque, comme le dépeignaient Kate et Quentin sans s'être consultés, pris par sa rage de gagner au point, s'il le fallait, de terminer la ligne de ses mains afin de poser la dernière traverse et le dernier rivet au bout du troisième mois.

Les jours s'écoulèrent. Plus qu'un mois. Plus que deux semaines… Et c'est alors qu'il surgit un soir sans prévenir, sans le cri de triomphe attendu : « C'est fini ! Prépare-toi pour Ullswater ! » La mine plus sombre qu'un ciel d'orage, il entra en coup de vent, jeta son manteau et son chapeau au hasard, n'accorda pas un regard à sa magicienne des nuits de pleine lune qui accourait à sa rencontre et poussa un rugissement :

– Morag ! Où diable se cache-t-elle ?

Elle apparut dans l'escalier, livide.

– Ici, père.

– Entre là ! gronda-t-il en montrant la porte de son cabinet de travail.

Elle passa devant lui la tête basse, si pitoyable qu'Oriel lui aurait barré le passage si elle l'avait osé. Mais elle n'osa pas plus intervenir qu'Elspeth, apparue à son tour dans l'escalier, n'osa parler plus haut qu'un murmure à peine perceptible :

– Que se passe-t-il ? Qu'a-t-elle fait ? Mon Dieu, je l'ai déjà vu en colère mais jamais à ce point…

– Susannah s'est sans doute plainte d'elle je ne sais pourquoi, répondit Oriel sur le même ton. Remonte, Elspeth, je verrai ce que je peux faire.

– Oh, oui ! Ne l'abandonnez pas. Pauvre Morag… Cette Susannah, je la hais !

Qu'avait pu faire Morag pour justifier une telle fureur, forcer Garron à quitter son chantier quinze jours avant la fin pour reparaître chez lui comme s'il poursuivait un ennemi mortel ? La gorge nouée par l'angoisse, Oriel s'efforçait en vain d'imaginer la cause de cette scène quand elle entendit claquer la porte du cabinet de travail et vit Morag, visiblement en proie à la nausée, passer en courant, une main sur la bouche et de l'autre se tenant l'estomac. Elle allait voler à son secours quand un nouveau rugissement dans lequel elle reconnut son nom fusa de la pièce.

Quand elle entra, l'atmosphère de violence était si palpable qu'elle n'osa d'abord pas dire un mot. Pourtant, elle discernait sous la colère de Garron une telle lassitude, une telle détresse, celles d'un homme n'ayant échappé à un désastre où il a épuisé ses forces que pour se trouver confronté à un autre le poussant au désespoir, qu'elle se força à parler pour conjurer le mauvais sort, pour tenter de détourner un instant son esprit de Morag.

– Les travaux avancent-ils comme il faut, Garron ?

– Oui, la ligne est presque finie. Ils peuvent se passer de moi quelques jours.

Son apparente indifférence l'effraya.

– Qu'y a-t-il, alors ? Morag ?...

Debout, la tête baissée, appuyé des deux poings sur son bureau, il fixait deux lettres posées devant lui.

– Tout à l'heure. J'ai une autre question à régler.

Sans comprendre, Oriel sentit ses nerfs la lâcher.

– Tu comptes repartir ?

– Oui, avec les filles.

– Et moi ?

– Écoutez d'abord ce que ce que j'ai à dire ! Vous voyez ces deux lettres ?

Les dents serrées, il brandit les feuilles de papier qui tremblaient dans sa main avant de les reposer brutalement.

– Quelles lettres ? Je ne comprends pas...

Elle savait n'avoir rien à se reprocher, donc rien à craindre. Pourquoi, alors, sentait-elle la panique la gagner devant son visage dur, insensible comme un masque ?

– Ces lettres que j'ai reçues au chantier.

– De qui sont-elles ?

– De votre amie Susannah.

Son amie ? Plutôt son ennemie jurée !... Soulagée, elle s'apprêtait à en rire, à lui démontrer qu'il ne devait pas prendre au sérieux les divagations d'une vieille fille aigrie quand sa terreur redoubla devant le regard qu'il lui décochait, un regard où se mêlaient la douleur, la rage de souffrir et la violence prête à se déchaîner sous l'effet de ces deux émotions contradictoires qui s'exacerbaient l'une l'autre.

– Je comprends de moins en moins, Garron.

– Eh bien, finissons-en, ce ne sera pas long. Vous voyez ces deux lettres ? L'une est de Susannah, l'autre une copie de celle que Morag lui avait écrite de votre cher ermitage d'Ullswater pour lui demander conseil – vers qui d'autre pouvait-elle se tourner, n'est-ce pas ? – sur ce qu'elle devait faire au sujet de votre adultère, Oriel. Oui, de votre adultère, c'est bien le mot ! La femme de l'ouvrier enrichi avec le châtelain, hein ? La grande dame mésalliée qui se précipite dans les bras du gentleman dès que son roturier de mari a le dos tourné !

– Non, Garron ! Non, il n'y a rien de vrai dans...

Il assena sur la table un coup de poing si brutal que l'encrier se renversa sans même qu'il prête attention aux dommages infligés à ce meuble auquel il tenait pourtant comme à la prunelle de ses yeux.

– Taisez-vous ! Et laissez-moi finir, je vous ai dit que ce ne serait pas long.

Moins effrayée par sa violence qu'à l'idée de ses remords s'il perdait tout contrôle sur lui-même au point de la frapper, elle préféra ne pas répondre.

– N'essayez pas de vous défendre avec de belles paroles, je n'ai pas de temps à perdre et, de toute façon, ce serait inutile. Vous ne vous imaginez quand même pas que j'ai cru cette petite garce de Susannah ni même Morag sur parole, sans avoir vérifié ce qu'elles disaient ? Morag était là, devant moi ! J'ai dû lui arracher les mots de la bouche mais elle m'a répété ce qu'elle savait, ce qu'elle a vu le jour où elle est revenue en avance de Watermillock et s'est cachée dans le jardin jusqu'à ce que vous soyez partis bras dessus, bras dessous avec votre cher ami Ashington.

Il ferma les yeux, comme pour chasser des images qui, naguère encore, évoquaient pour lui le bonheur – le matelas parfumé, le clair de lune sur le lac. Comment pourrait-elle oublier son avertissement ? *Ne compte pas sur l'aide de*

Dieu si tu m'abandonnais... Je tuerais de mes mains quiconque se mettrait entre nous. Susannah, Oriel la sacrifiait volontiers à sa fureur vengeresse. Francis pouvait se défendre. Mais Morag ? Morag, qui avait confié son trouble à une femme qui s'en était servie dans un but méprisable – chasser l'épouse infidèle du foyer afin peut-être de prendre sa place ? Peu importait. Dans l'immédiat, il fallait protéger Morag qui avait agi sans réfléchir par amour de son père et qui avait appris à aimer la femme de celui-ci. Morag qui ne s'était jamais rendu compte de son erreur de jugement sur Oriel et qui, malgré tout, lui avait pardonné.

– Elle n'a pas compris ce qu'elle voyait...

– J'ai vérifié ! Votre chevalier servant est parti de chez lui en disant qu'il passerait dix jours à Carlisle. Il n'y est resté qu'une nuit. *Une seule nuit* ! Et personne ne l'a plus revu jusqu'au jour où il est arrivé à Lowther en affirmant devant témoins qu'il venait tout droit de Carlisle.

– Non ! C'est trop absurde...

– Alors, pouvez-vous me jurer que Morag m'a menti ? Non, bien entendu ! Et vous n'êtes pas assez sotte pour me demander de vous pardonner – ce que Morag voudrait pourtant que je fasse.

– Non, Garron, non, répétait-elle en proie à une panique grandissante.

Elle aurait voulu dire : « Ne laissez pas cette monstrueuse erreur détruire ce que nous avons bâti ensemble. Je vous en supplierais même si j'étais coupable parce que aucune faute ne justifierait un tel gâchis. Et je suis innocente... » Mais elle comprenait maintenant ce qu'elle pressentait depuis le début : aucun argument, aucune explication ne pourraient pénétrer la carapace de violence dans laquelle il cherchait refuge contre l'insoutenable douleur de se sentir trahi. Elle comprenait qu'il luttait contre sa nature emportée pour résister à la tentation de se faire justice en l'étranglant de ses mains, et qu'il l'implorait de lui céder afin de ne pas provoquer un geste irréparable en le poussant à bout.

– Je partirai, dit-elle à mi-voix.

Une brève mais intense expression de soulagement sur le visage de Garron fit place à un sourire sarcastique.

– C'est ce que j'étais venu vous dire, ma belle. Nous sommes au moins d'accord sur ce point. Quant à vos raisons… Disons qu'elles importent peu. Ou bien que vos notions de morale sont différentes de celles des gens de ma classe…

Piquée au vif, elle se redressa et acquiesça d'un signe de tête hautain qu'Evangeline n'aurait pas désavoué. Pour elle comme pour lui, dans l'état d'esprit où il se trouvait, il était plus sûr d'exciter son dédain que d'attiser sa jalousie.

– Bon, reprit-il. Vous admettrez, je pense, qu'il serait malvenu de faire une scène – avec moi, en tout cas. Vous ferez ce que je vous dis, n'est-ce pas ?

Discernant à nouveau dans son regard la prière de ne pas le pousser à bout, elle inclina la tête. *Oui, Garron, je ferai tout ce que vous voudrez afin de vous sauver de vous-même, afin de pouvoir un jour vous faire comprendre l'inanité de vos accusations…* Mais elle savait aussi qu'elle ne pliait devant lui que parce qu'elle avait peur.

– Bon, répéta-t-il. Voici donc ce que j'ai décidé. Je pars et j'emmène les filles avec moi. Nous reviendrons à la fin de la semaine, ce qui vous laissera le temps de faire vos bagages et de décamper.

Elle acquiesça de nouveau sans mot dire.

– Installez-vous où bon vous semblera, vous recevrez de quoi vivre – non, ne me remerciez pas. Disons que ce seront les gages de vos services passés… Il est inutile de nous revoir. Dites à votre cousin Quentin de me rencontrer à Hepplefield à l'hôtel de la Gare, je réglerai avec lui les dispositions pratiques. Avez-vous compris ?

– Oui.

– Bien. Je puis donc m'en aller.

Sur le pas de la porte, il se retourna et tendit la main avec un claquement de doigts impérieux :

– Au fait, les clefs du coffre. Ma générosité a quand même des limites.

Elle les détacha de sa ceinture et les lui tendit d'une main tremblante sans qu'il fît un pas pour venir les prendre, comme s'il refusait ou craignait de lui effleurer la main. Elle les laissa tomber sur le bureau, sur les lettres de Susannah, où il les ramassa avant de quitter la pièce sans se retourner. Par la porte restée ouverte, elle le vit enfiler son manteau et ses gants, donner des ordres, demander avec impatience où étaient les filles qui apparurent en tenue de voyage dans l'escalier. Elspeth baissait la tête pour dissimuler les larmes qu'Oriel lui avait appris à ne pas montrer en public, Morag marchait comme un automate, raide, le regard vide, le visage gris. Quand la porte se fut refermée derrière eux, Oriel resta un instant immobile sans même éprouver le besoin de jeter les yeux sur les lettres de Susannah que Garron avait sans doute laissées pour qu'elle les lise – Susannah qui avait voulu l'anéantir et n'avait réussi qu'à la blesser, à la dépouiller de tant de choses et de sentiments précieux dont elle n'appréciait pleinement la valeur que depuis si peu de temps...

Alors, le tremblement de ses mains apaisé, elle sortit à son tour dans le hall et redevint Mlle Oriel Blake, dressée depuis l'enfance à ne rien laisser transparaître de ses émotions, qui affrontait avec aisance la curiosité à peine voilée des serviteurs et donnait ses ordres en gravissant posément l'escalier : la voiture dans une heure pour la conduire à la gare avec une petite valise, ses effets personnels emballés dans des malles afin d'être envoyés à la destination qu'elle indiquerait dans quelques jours.

Dans un état de semi-conscience qui la distanciait du monde réel, elle entra pour la dernière fois dans sa chambre, prépara ses affaires de toilette, se changea en tenue de voyage et, se trouvant prête trop tôt, s'assit sur le bord du lit qui n'était déjà plus le sien, ses mains gantées croisées sur le petit sac de velours bleu. Sa seule fortune. Son seul héritage d'une femme qui, même abattue, aurait su aussitôt réagir et ne comprendrait pas que sa fille ne soit pas à sa hauteur. *« Dirige-toi avec élégance vers ta voiture, ma chérie, parle à tes domestiques comme si tu partais pour une réception à la Cour ou un bal à Monte-Carlo. Tu es seule à savoir qu'ils ne sont plus à tes ordres. Et si un jour tu devais revenir... »*

Le rire cristallin d'Evangeline tintait à ses oreilles quand elle se leva en souriant malgré elle. Et le fantôme de Mme Keith se mit en marche vers une direction inconnue qui la ramènerait, ou peut-être la ferait avancer, à la rencontre d'Oriel Blake. Quel autre espoir lui restait-il ?

Elle posait la main sur la poignée de la porte quand une pensée lui vint, confuse d'abord puis de plus en plus obsédante, qui arrêta son geste : en dépit des souffrances, des angoisses, des déceptions si familières auxquelles elle avait cru échapper et qui revenaient l'assaillir, pour la première fois de sa vie elle était libre.

14

Avant de se rendre chez Kate en arrivant à Hepplefield, Oriel alla frapper à la porte de Quentin Saint-Charles. Que cet homme affairé soit chez lui comme s'il avait prévu sa visite ne l'étonna même pas ; depuis longtemps déjà, leurs rapports dépassaient le cadre de la simple amitié tant leurs esprits avaient d'affinités, tant ils semblaient se deviner l'un l'autre par un instinct si sûr que les mots, entre eux, devenaient inutiles. Comprenant d'un regard qu'elle venait à lui comme son seul recours dans la crise la plus grave de son existence, il lui prodigua sans lui poser de questions le réconfort dont elle avait besoin, lui avança un fauteuil au coin du feu, disposa un tabouret sous ses pieds, lui versa un verre de vin – le meilleur que l'on pût trouver en ville, elle n'en doutait pas – et lui accorda son attention sans partage. Alors, s'efforçant à la précision et à l'objectivité, elle lui décrivit la fureur aveugle de Garron dont elle craignait qu'elle ne retombe moins sur elle que sur Francis Ashington, qui était innocent, et surtout sur Morag, d'autant plus écrasée sous le poids de sa culpabilité et de ses remords que personne ne lui venait en aide.

– Tout cela par la faute de ma sœur, dit-il après l'avoir écoutée en silence. J'en suis atterré, Oriel.

– Je sais, mais elle devait me croire réellement coupable d'adultère. Et vous, Quentin ?

– Qu'importe, Oriel, rien ne me fera changer d'opinion à votre égard. Vous n'avez pas à vous défendre devant moi.

J'aurai, en revanche, beaucoup de plaisir à prendre votre défense devant les autres. Je suis reconnaissant à votre mari de m'avoir nommé votre conseiller, mais comme je ne puis rien faire d'ici demain, vous bénéficiez au moins d'un sursis jusque-là. Détendez-vous.

Elle se laissa gagner par la quiétude et la discrète opulence de la pièce, l'odeur subtile des reliures de cuir, les tableaux de maîtres intouchés par la main et le regard d'une mère ou d'une tante, tout ce cadre merveilleusement détaché, comme elle-même, des complexités importunes d'une vie familiale. Maintenant que sa vie était en ruine et que son avenir ne débouchait que sur l'incertitude, combien elle regrettait de s'être privée jusqu'alors de la compagnie de cet homme que chacun jugeait froid mais qui lui ressemblait par tant de traits de caractère.

Après avoir laissé son regard errer autour de la pièce, elle ne put retenir une question :

– Êtes-vous heureux, Quentin ?

– Je suis ambitieux, vous le savez. Le bonheur et l'ambition font rarement bon ménage.

– La vie vous apporte donc ce que vous désirez ?

– Non, Oriel. Elle m'a privé de ce que je désirais le plus intensément. Mais je me satisfais de l'ambition.

Il lui versa un autre verre de vin dont elle savoura une gorgée avant de reprendre la parole.

– Pouvez-vous me dire, Quentin, pourquoi je suis ici, tranquillement assise dans ce confortable fauteuil, au lieu de sangloter en me demandant comment je survivrai à ma disgrâce – ou même comment je mangerai la semaine prochaine ?

– Parce que vous n'avez jamais douté, Oriel, de votre capacité à surmonter les épreuves.

Elle acquiesça d'un signe, pensive. Oui, elle saurait se sortir de tous les mauvais pas – comme Evangeline l'avait toujours fait, comme elle y était contrainte depuis qu'elle ne pouvait plus compter sur le soutien de sa mère. Elle ne se sentirait peut-être jamais plus en sécurité, encore moins heureuse, mais elle s'en sortirait…

– Quand vous serez prête, Oriel, je vous accompagnerai chez Kate. Il serait inutile, je crois, de planter un nouveau couteau dans le flanc de votre géant blessé en vous attardant chez moi à la nuit tombée.

– Bien sûr, dit-elle en se levant. Vous pensez toujours à tout…

Ils se tinrent un instant face à face, proches à se toucher, sans qu'elle en éprouvât la moindre gêne.

– Vous ai-je choquée en l'appelant un géant blessé ?

– Non.

– Pourquoi, alors, ces larmes dans vos yeux ?

– Parce qu'il est vraiment un géant blessé, Quentin, dit-elle après un silence. Et je ne me sens guère en état de soigner ses blessures, en ce moment du moins.

– Voilà une attitude fort sensée, lui dit-il avec un sourire approbateur. Essayez de la conserver encore un peu.

Pour sa première nuit chez Kate, elle s'était crue incapable de trouver le sommeil mais, ainsi que Kate l'en avait prévenue, elle dormit profondément et s'éveilla apaisée jusqu'à ce que la mémoire lui revienne et que, le premier choc passé, elle parvienne à s'accommoder de nouvelles réalités auxquelles rien ne l'avait préparée. Après une toilette hâtive, elle trouva Kate vêtue d'un peignoir froissé, les cheveux dénoués et la plume à la main, assise en tailleur devant la cheminée entre une pile de journaux, un encrier et une tasse de café à demi pleine. Kate lui apprit que Quentin était venu avant son réveil et qu'il reviendrait sans doute très tard car il avait un emploi du temps chargé.

– Si mon taudis te convient, ai-je besoin de te dire que tu es ici chez toi ? conclut-elle. Inutile de te tracasser pour savoir d'où viendra ton prochain repas ou sur quel oreiller tu reposeras demain ta tête, j'ai appris à mes dépens que ce genre de détail trouve toujours une solution.

Assises côte à côte sur le tapis, une assiette sur les genoux, elles déjeunèrent en bavardant. Malgré tous les efforts de Kate pour la distraire, Oriel ne parvenait cependant pas à se mettre à son diapason.

– Es-tu enfin décidée à rencontrer Francis ? demanda Oriel afin de détourner la conversation.

– Bien entendu, sauf que je ne sais toujours pas quand. Et

ne me harcèle pas, de grâce ! Quentin passe déjà son temps à me dire de penser à Francis et à cette pauvre petite orpheline dont je suis censée être la mère. Je me suis sans doute conduite comme un monstre en prenant la fuite avec le fiancé de Dora – le pauvre garçon n'a pas eu de raison de s'en féliciter. J'étais impardonnable de ne pas répondre à tes lettres comme de prendre, sans jamais l'en remercier, l'argent que Francis m'envoyait. Disons que je m'inventais des excuses – sauf pour cette pauvre petite : elle a un père qui l'aime, un foyer paisible. En as-tu jamais eu autant, Oriel ? Ou moi ? J'aurais commis un crime en surgissant à nouveau dans sa vie. Un de mes cousins Kessler m'a dit un jour que le cadeau le plus précieux que je puisse faire à ma fille était mon absence… Comment est-elle ?

– Adorable.

À son grand désarroi, Oriel ne pouvait évoquer la gracieuse silhouette de la petite princesse de Dessborough sans voir, à sa place, le visage accablé de Morag.

– Et Francis joue auprès d'elle son rôle de chevalier servant ? Il lui parle de choses intelligentes et profondes, il l'écoute avec attention, comme il sait si bien le faire ?

– Sans doute.

– Sais-tu qu'il m'arrive de déplorer que mon père ne m'ait réellement parlé pour la première fois de sa vie que dix minutes avant de se tuer ? Je comprends seulement maintenant qu'il n'ait pas pu vivre sans ta mère.

– Je le crois aussi…

Mais ce qu'Oriel s'apprêtait à dire sur Matthew et Evangeline ne franchit pas ses lèvres. Elle restait obsédée par la souffrance de Garron, partagé entre son envie de la tuer et celle de pleurer dans ses bras.

– Allons, il est temps de me mettre au travail, dit Kate dans l'espoir de la dérider.

– Quel travail ?

– Je ne t'ai pas dit ? C'est Quentin, encore lui, qui m'a condamnée à ce dur labeur. As-tu jamais entendu parler de *La Gazette de Hepplefield* ? Non, ni moi non plus. Mais il y a des femmes qui la lisent tous les jours et lui écrivent pour demander conseil sur des sujets d'une importance capitale comme, par exemple, faut-il servir le dîner dix ou vingt minutes après l'arrivée du dernier invité ? Ou encore, s'inquiète une « mère tourmentée », peut-on autoriser la lecture de romans à une jeune fille de seize ans ?

Oriel ne put s'empêcher de sourire.

– Pendant que tu dormais, reprit Kate, j'ai commencé à écrire une réponse à la « mère tourmentée » en lui disant ce que tante Maud me serinait, à savoir qu'il ne faut lire que les « auteurs édifiants ». Mais pour en revenir à mon travail, le rédacteur en chef de *La Gazette*, qui avait lancé le courrier des lectrices pour augmenter ses ventes, a été si vite débordé qu'il s'est tourné vers Quentin, comme tout le monde, et Quentin lui a aussitôt répondu qu'il connaissait exactement la personne qu'il lui fallait, « une dame de qualité qui a eu des malheurs » et qui accepterait de se charger de la rubrique pour une bouchée de pain. Depuis, le cher homme voue à Quentin une admiration sans bornes.

Kate pouffa d'un rire joyeux auquel Oriel fit écho.

– Bien entendu, je ne signe pas mes réponses de mon nom – imagine un peu le scandale des « mères tourmentées » si elles acceptaient les conseils d'une femme perdue ! J'ai donc adopté ou, plutôt, Quentin – toujours lui ! – a choisi pour moi le nom de plume de Lady Penelope Peel. C'est beau, non ? Et maintenant, que penses-tu de celle-ci ?...

L'après-midi s'écoula ainsi dans une bonne humeur à laquelle Oriel participait de moins en moins. Plus l'heure tournait, plus son anxiété croissait. Que faisait Quentin ? Quelles nouvelles allait-il lui rapporter ? Le crépuscule tombait dans un silence que les boutades de Kate ne parvenaient plus à dissiper quand Oriel entendit enfin des pas dans l'escalier. Quentin entra, aussi calme que s'il sortait de son bureau, sans un faux pli à sa redingote, sans autre souci en tête, semblait-il, que la température du vin ou le service du pâté de faisan dont il était muni.

– J'apprécierais que vous dénichiez trois verres convenables, ma chère Kate, avec des assiettes qui ne soient pas ébréchées, de sorte que nous puissions nous restaurer en gens civilisés et apaiser les inquiétudes d'Oriel.

Une fois installés tous trois autour de la cheminée, Quentin leur rendit compte en détail de sa journée.

Il s'était d'abord rendu au presbytère de High Grange, moins pour fustiger Susannah, ce qui eût été inutile, que pour s'assurer de son rôle dans l'affaire. Elle admettait avoir reçu une lettre de Morag, plongée dans un trouble indescriptible après avoir vu Oriel embrasser tendrement Francis Ashington avant de s'éloigner avec lui en lui donnant le bras. Persuadée de la culpabilité de sa belle-mère, elle voulait savoir s'il était de son devoir d'en informer son père, ce à quoi Susannah l'avait vivement engagée.

– Cela va sans dire, commenta Kate.

De retour à Lydwick, Morag avait pourtant changé d'attitude et repoussait les sages conseils de Susannah, non qu'elle eût modifié son point de vue sur le comportement d'Oriel, mais parce qu'elle invoquait les difficultés de son père pour ne pas lui en imposer de nouvelles. Entre-temps, avec une habileté diabolique – mais qu'attendre d'autre de la fille d'Evangeline ? – la pécheresse s'était attiré l'affection de la pauvre innocente désormais prête à tout lui pardonner. Bien entendu, Susannah refusait de lui rendre la lettre que Morag lui réclamait avec une insistance croissante et, à la fin, en termes si injurieux que Susannah n'avait pu faire moins que de déclarer, en présence de son frère, son intention de ne plus remettre les pieds dans une maison où elle était indignement traitée. N'écoutant alors que son devoir, elle avait écrit à Garron en lui envoyant à l'appui de ses dires une copie de la lettre de sa fille.

– Et en lui proposant sans doute son épaule pour pleurer, dit Kate avec un ricanement méprisant.

Quentin était ensuite allé à Dessborough avertir Francis de l'accusation portée contre lui et le dissuader de se précipiter chez le mari outragé, tant pour protester de son innocence que pour défendre la vertu d'Oriel.

– Je n'en aurais pas attendu moins de lui, dit Kate.

– C'est pourquoi j'ai pensé qu'il valait mieux prévenir que guérir, répondit Quentin en souriant.

Arrivant enfin à Hepplefield, il avait attendu une heure dans le hall de l'hôtel que Garron veuille bien le recevoir, attente qu'il avait mise à profit pour échanger quelques mots avec Morag.

– Comment va-t-elle ? s'enquit Oriel avec angoisse.

– Assez mal, vous vous en doutez. Heureusement, elle comprend que je suis à la fois votre homme de loi et votre ami, et elle a surtout voulu que je la rassure à votre sujet. Sa sœur et elle n'ont pas dormi de la nuit tant elles s'inquiétaient de votre sort. Je dois cependant vous informer que si Morag a tout tenté auprès de Susannah pour lui faire rendre cette malheureuse lettre, au point de se quereller avec elle et de rompre définitivement de la manière que nous savons, elle reste convaincue de ne pas s'être trompée sur votre conduite, mais elle vous a pardonné parce qu'elle estime que vous le méritez. Et quand son père est arrivé hier soir en brandissant ces lettres, elle s'est efforcée, en vain hélas, de le lui faire admettre.

– Il faut que je la voie !...

– Plus tard, Oriel. Pour le moment, son père a besoin d'elle. Pas vous. Et si elle avait besoin de vous, elle ne se permettrait pas de vous le faire savoir.

– Vous semblez l'estimer, Quentin, intervint Kate.

– Oui. Ce sera une femme remarquable et j'ai toujours eu de l'intérêt pour les femmes remarquables.

– Si je lui écrivais, dit Oriel, vous chargeriez-vous de lui remettre ma lettre ?

– Bien sûr. D'après l'humeur de son père, il vaudrait d'ailleurs mieux ne pas faire confiance à la poste.

Le moment qu'elle redoutait était donc arrivé.

– Venons-en à votre mari, dit Quentin en réponse à sa question muette. Il ne va pas très bien lui non plus et l'on peut supposer que, si ses filles ont passé leur nuit à pleurer, il a passé la sienne à boire, réaction normale chez un homme avec un tel poids sur la conscience. Il le supporte fort bien d'ailleurs, le whisky et l'infidélité conjugale – de son côté, du moins – lui étant aussi familiers l'un que l'autre. Je serai d'autant plus bref, Oriel, qu'il n'était pas d'humeur à discuter ni à entrer dans les détails. Il m'a d'abord déclaré n'avoir nulle intention de vous reprendre.

– Oriel a-t-elle dit qu'elle voulait revenir ? demanda Kate d'un ton sarcastique.

Quentin écarta sa réflexion d'un geste agacé.

– À mon grand regret, poursuivit-il, je n'ai même pas pu aborder avec lui le sujet de votre innocence ou de votre culpabilité. Il vous condamne sans appel, non seulement sur les affirmations de sa fille mais sur les conclusions de sa propre enquête – entreprise menée, je crois, dans le but de prouver votre innocence mais qui, malheureusement, n'a fait que lui apporter des éléments confirmant votre culpabilité.

– Ne crois surtout pas que je te reprocherais d'avoir fait l'amour avec mon mari, dit Kate en pouffant de rire. Même si j'y croyais, je ne pourrais que t'en féliciter.

– L'heure n'est pas aux félicitations, dit Quentin sèchement. Puisque nous parlons de votre mari, ma chère Kate, il m'a affirmé avoir passé dix jours à se promener à pied le long de l'ancienne muraille romaine, ce que je crois très volontiers. Quant au vôtre, Oriel, qui ne connaît pas Francis, il s'est contenté de balayer l'argument d'un revers de main. Francis ayant couché à la belle étoile, nous ne disposons donc d'aucune preuve.

– Non, cela ne m'étonne pas, dit Oriel, Garron a si souvent couché par terre faute de pouvoir se payer un toit qu'il ne conçoit pas qu'on le fasse par plaisir. En restera-t-il là, au moins ?

– Vis-à-vis de Francis ? Sans aucun doute. Il a lui-même, par le passé, trop souvent pris des… libertés avec les femmes des autres pour reprocher quoi que ce soit à celui qui s'est conduit à ses yeux comme un homme normal. C'est vous seule qu'il veut punir, Oriel – et je crois qu'il n'est parti si vite hier soir que de peur de trop vous punir. Il n'a donc accepté de me parler que de finances. Il a déjà décidé combien il vous accorderait, c'est-à-dire peu de chose. Mon rôle devra se borner à celui d'intermédiaire et il m'a clairement signifié qu'il n'admettrait pas que je l'outrepasse. Il m'a chargé de vous trouver une maison en dehors de la région, à un prix qu'il a lui-même spécifié. Il ne vous rendra pas non plus les bijoux de votre mère, sans doute afin de vous empêcher de procéder sans sa permission à des achats importants. Je crains, malheureusement, de ne pas pouvoir le fléchir car la loi est de son côté et il le sait. Vous aussi, je pense ?

– Oui, Quentin.

– Et vous ne pouvez pas faire mieux? s'indigna Kate. Grand Dieu, Quentin, ce n'est pas la peine d'avoir obtenu autant de diplômes à Cambridge pour se borner à constater de quel côté est la loi ! On ne vous a pas appris à la tourner ?

– Ma chère Kate, on ne tourne pas la loi, seulement la détermination d'un homme à la faire appliquer. Votre mari, Kate, tenait à vous donner de l'argent en sachant pertinemment que vous le gaspilleriez. Celui d'Oriel est résolu à la maintenir dans un état voisin de la gêne et je ne peux rien faire pour l'en empêcher.

– Cela prouve au moins que Francis a bon cœur, dit Kate pensivement. Mais ce que vous ignorez, cher Quentin qui savez tout, c'est que j'aurais peut-être préféré à l'époque que Francis me poursuive un couteau à la main, comme le ferait un homme tel que Garron Keith... Passons. Quel conseil donnez-vous à Oriel ?

– Elle peut rester ici quelque temps, je suppose ?

– Tant qu'il lui plaira, nous le savons tous !

Oriel n'écoutait déjà plus. La tête appuyée au dossier de son fauteuil, les yeux clos, elle s'efforçait d'assimiler ce qu'elle venait d'apprendre, de puiser en elle la force de surmonter sa lassitude, de porter seule un fardeau dont elle ne pouvait encore prévoir jusqu'où il s'aggraverait. Elle les entendait parler d'elle comme si elle n'était pas là, examiner les problèmes insurmontables et ruineux de la procédure de divorce, les droits exorbitants des maris...

– Merci, mais c'est inutile, dit-elle en se levant.

– Comment ? Plaît-il ? dirent-ils ensemble, stupéfaits.

– Vous m'avez très bien comprise. Vous reprenez à mon profit une conversation que vous avez déjà soutenue des dizaines de fois pour m'informer discrètement de tout ce à quoi je devrais réfléchir, mais je n'en suis pas capable. Je ne me suis jamais sentie si fatiguée, je vais me coucher.

Elle les embrassa tous deux et, du pas de la porte, leur fit un sourire rassurant.

– C'est vrai, dit Kate, elle a l'air morte de fatigue.

– Moi aussi, répondit Quentin. C'est pourquoi j'aimerais vous expliquer rapidement mon projet.

– Ah ! Je n'en attendais pas moins de vous ! Il est bon, j'espère ?

– Il le sera si vous coopérez.

– Naturellement ! Alors, dites-moi.

– Voilà. Son mari m'a signifié son intention de vendre le plus rapidement possible le cottage d'Ullswater. Et comme il ne s'en chargera pas lui-même et passera par l'intermédiaire d'un de ses agents, j'ai pensé pouvoir le racheter en faisant intervenir d'autres agents...

– Le racheter pour elle ? Bravo, Quentin ! C'est une merveilleuse idée !

– Non, Kate, pas pour elle. Si son mari avait voulu qu'elle s'y installe, il l'aurait dit. La vente du cottage fait partie du châtiment qu'il veut lui infliger.

– Quelle brute !

– Si, en revanche, vous en deveniez propriétaire, nul ne pourrait s'opposer à ce que vous accordiez à Oriel le droit d'y séjourner aussi longtemps qu'il lui plairait ou, du moins, jusqu'à ce qu'elle décide de ce qu'elle veut faire.

– Ce qui veut dire ?...

– Oui, Kate, ce qui veut dire que Francis pourrait utiliser une petite partie de votre héritage pour acheter le cottage en votre nom. Il ne refuserait certainement pas – étant entendu que vous devrez lui en parler le plus tôt possible, avant qu'un acheteur ne se présente.

Il y eut un long silence.

– Quentin, vous êtes diabolique !

– Merci, je le prends comme un compliment. Alors, acceptez-vous ?

– Bien entendu, dit-elle avec un soupir.

Puis, se levant d'un bond, elle lui décocha un sourire éclatant :

– Mais vous, mon pauvre Quentin, qu'allez-vous faire ?

– À quel sujet ?

– Au sujet d'une femme dont vous êtes éperdument amoureux depuis des années. Au sujet d'Oriel, mon très cher cousin, Oriel qui est délivrée de son mari et qu'un rien, je crois, persuaderait de vous aimer en retour. Elle pourrait même vivre avec vous un jour et vous rendre le plus heureux des hommes

– sauf que cela risquerait de ruiner votre brillante carrière. Le feriez-vous, Quentin ? Seriez-vous capable de sacrifier l'ambition à l'amour ?

Il hésita avant de répondre.

– Je ne sais pas.

– Pourtant, vous l'aimez.

Il se leva à son tour, jeta un bref regard vers la porte par où Oriel s'était retirée quelques minutes auparavant.

– Oui, je l'aime. Je l'aime de tout mon cœur – ce qui est grand dommage puisque mon cœur, comme vous le savez mieux que quiconque, ma chère Kate, est loin d'être le plus tendre et le plus chaleureux que je connaisse.

– Ne lui faites pas mal, Quentin, dit-elle à mi-voix avec une sincère affection.

Il sourit, lui effleura le front des lèvres.

– Et si nous commencions par lui acheter son cottage au bord du lac ?

15

La disgrâce de Mme Oriel Keith ne souleva pas, dans la vallée de la Gore, de scandale comparable à ceux de sa mère. Oriel était certes assez belle pour éveiller le doute mais elle ne possédait pas le génie d'Evangeline pour susciter l'envie et la malveillance ; de son côté, le richissime et vulgaire M. Garron Keith méritait moins de compassion que Matthew Stangway qui, en dépit de sa hauteur méprisante, était resté un homme qu'il fallait craindre et respecter. Et si Francis Ashington avait été surpris à folâtrer avec Mme Keith, nul ne songeait à reprocher à un homme séduisant, affligé de surcroît d'une épouse notoirement volage, d'avoir cherché des consolations ailleurs.

Il ne s'agissait donc pas d'un beau scandale de première grandeur comme celui de Lord Merton déterminé, semblait-il, à finir ses jours sous le soleil de Monte-Carlo tandis que

Lady Merton cultivait son chagrin dans les brumes écossaises, que sa fille aînée Adela envisageait, murmurait-on, d'entrer dans les ordres et que la pauvre Dora, que tout le monde plaignait en public et dont chacun se gaussait en privé, languissait dans la solitude de Merton Abbey. L'opinion se souciait fort peu, tout compte fait, que M. Garron Keith ait confié à sa fille aînée Morag le soin de tenir sa maison, solution hautement louable, ni qu'il ait repoussé, avec des mots d'une grossièreté qui ne pouvaient surprendre de la part d'un tel homme, l'offre de Susannah Saint-Charles de le décharger de ses soucis domestiques.

Ainsi bannie de Lydwick, Susannah avait d'abord donné des signes de dérangement évoquant fâcheusement sa mère quand la Providence, par un de ses rares bienfaits, avait amené à High Grange un veuf de naturel soumis, pourvu d'une coquette fortune et d'une fillette de quinze ans. Vite conquis par les vertus de Susannah, le père et la fille se disaient depuis lors fort satisfaits de profiter de sa compagnie et des conseils qu'elle leur prodiguait avec une abnégation digne des plus grands éloges.

Quant au noble châtelain de Dessborough, qui allait devenir un homme très riche – ce n'était plus qu'une question de semaines – au vingt-cinquième anniversaire de sa toujours légitime épouse, il avait offert à celle-ci un cottage au bord du lac d'Ullswater qu'elle avait aussitôt mis à la disposition d'Oriel Keith. Nul ne s'étonnait de cette marque d'entraide entre femmes perdues, les bonnes âmes se bornant à hocher la tête en évoquant la générosité mal placée de M. Ashington et à plaindre l'infortunée fille cadette de M. Garron Keith, Elspeth, tout juste fiancée à un jeune homme d'une excellente famille de Watermillock, qui n'apprécierait sans doute pas la présence de sa scandaleuse marâtre sur l'autre rive du lac. Son retour dans les parages semblait d'ailleurs déplaire tout autant à la mère du promis, Mme Landon, qui, s'étant un jour trouvée nez à nez avec Oriel à la porte de la pharmacie de Penrith, avait feint de ne pas la reconnaître. Sa future belle-fille, qui marchait derrière elle, osa au contraire saluer Oriel et s'enquérir avec émotion de sa santé.

– Je vais bien, Elspeth, Dieu te bénisse. Embrasse Morag pour moi.

Mais ce jour-là, tandis que sous le ciel pur d'un été finissant elle regagnait son cottage dans le tonneau emprunté à l'auberge de Howtown, Oriel laissa librement couler ses larmes dans la solitude des collines, sourdes à ses gémissements et indifférentes à la détresse d'une femme devant le sort d'enfants qui n'étaient même pas les siens, de sorte qu'elle avait les yeux secs quand elle retrouva l'univers familier de son cottage, de ses fleurs et de ses chats.

Elle s'y était réinstallée au début du printemps, après avoir exprimé sa gratitude à ceux – Kate sa sœur, Francis son ami, Quentin devenu bien plus qu'un ami – qui avaient opéré ce miracle en sa faveur et rivalisaient de générosité pour la soutenir. Elle avait autant besoin de leur aide et de leur amitié que de leur donner en retour tout ce dont elle était capable. Grâce à eux, elle sentait ses forces renaître au fil des jours. Kate avait passé avec elle les trois premières semaines, Quentin les rejoignait tous les vendredis et restait jusqu'au lundi à savourer ses salades, à bavarder et à rire au jardin jusque tard dans la nuit, à jouer avec le labrador du chenil de Dessborough, cadeau de Francis pour assurer sa protection de femme seule mais objet d'opprobre pour ses chats.

En dehors des visites hebdomadaires de Quentin ou lorsque Kate n'emplissait pas la maison et le jardin de sa présence, ses journées s'écoulaient selon un rythme quasi immuable. Elle consacrait ses matinées à ses plantes, ses après-midi de beau temps à la promenade, ceux de pluie à la correspondance de Lady Penelope Peel, dont Kate lui avait transmis le flambeau pour la plus grande joie du rédacteur en chef de *La Gazette*, qui lui manifestait sa satisfaction par de courts billets enthousiastes accompagnant, de temps à autre, une caisse de vin de Bordeaux.

– Vous ne pourrez quand même pas vivre éternellement seule ici, lui disait parfois Quentin.

– Je sais. Nous verrons.

Elle se surprenait souvent à espérer qu'il compléterait un jour sa phrase d'une proposition concrète mais, en attendant ce jour-là, elle s'accommodait de cette vie qui, par son aspect végétatif, lui apportait la quiétude dont elle avait besoin et le recul nécessaire aux décisions qu'il lui faudrait prendre. Le maigre salaire que lui versait *La Gazette* suffisait aux achats indispensables – le charbon pour l'hiver, les chandelles, le gibier ou le saumon qu'un garde-chasse du voisinage lui apportait parfois avec discrétion, les gages d'une femme de journée qui venait une ou deux fois la semaine la décharger des gros travaux – sans devoir entamer le contenu du sac de velours bleu, soigneusement dissimulé entre les fourrures, les robes de bal et les châles de cachemire, vestiges de son opulence passée et témoignages importuns de la générosité de Garron.

Cette routine qui anesthésiait sa douleur ne suffisait pas, certains jours, à effacer son obsession de Watermillock dont elle voyait le soir les lumières se refléter sur l'eau, Watermillock d'où Elspeth et Morag cherchaient peut-être à apercevoir dans le lointain la fumée de sa cheminée. Par l'intermédiaire de Quentin, elle avait écrit à Morag non pour la convaincre de son innocence, mais pour l'adjurer de ne pas se sentir coupable et de s'efforcer, au contraire, de cultiver l'affection qui avait commencé trop tard à les rapprocher l'une de l'autre. Pour la mettre en garde, aussi, contre la facilité de reporter tout le blâme sur Susannah car c'est elle qui aurait dû, dès le début, avoir le courage de se débarrasser de Susannah – comme Garron l'avait fait en termes vigoureux qui l'avaient bien fait rire. La pitié que lui avait inspirée Susannah n'excusait ni sa propre faiblesse, ni le mal que Susannah avait fait à Morag et qu'elle infligeait désormais, lui avait-on dit, à une autre famille dont elle régentait la vie sans en endosser les responsabilités.

Et Garron ? se demandait-elle. Était-il, lui aussi, chez les Landon sur l'autre rive du lac, en train d'apprendre que Mme Landon l'avait snobée alors qu'Elspeth lui parlait ? Surgirait-il un jour pour lui reprocher d'oser polluer l'air que respiraient ses filles et la chasser de ce qu'il considérait dorénavant comme son territoire ? C'est alors qu'elle reprenait la plume pour dispenser à ses lectrices admiratives les sages conseils de Lady Penelope Peel et retrouvait peu à peu sa sérénité.

Kate vint célébrer au cottage son vingt-cinquième anniversaire, occasion capitale entre toutes. En cette belle journée de septembre, elle était une femme riche, Oriel une femme apaisée et, peut-être, presque libre. Quentin, d'une élégance toujours irréprochable, arriva chargé de bouteilles prestigieuses et de friandises rares. Quant à Francis, porteur d'épices orientales pour Oriel et de bijoux pour Kate, l'atmosphère de cette oasis où le temps semblait suspendu le frappa d'un tel sentiment d'irréalité que, lorsque chacun leva son verre pour les toasts traditionnels, il se retint de demander à haute voix : « Où serons-nous dans un an, à la même époque ? » Pas ici, pensait-il. Pas même Oriel.

Francis n'avait rencontré Kate qu'une seule fois, chez Quentin, pour s'entendre promettre qu'elle lui parlerait bientôt – sans préciser quand – au sujet de leur fille et d'eux-mêmes, et il était venu ce jour-là dans cet espoir. Elle ne lui avait toutefois manifesté aucun signe de vouloir tenir parole quand, à la fin du repas, elle dut monter changer de robe après avoir trempé sa manche dans la sauce. C'est alors que Quentin se leva et tendit la main à Oriel, qui lui donna la sienne avec empressement, en disant :

– Si nous sortions prendre l'air afin de les laisser un peu seuls ?

Amusé par leur stratagème, Francis les suivit des yeux tandis qu'ils s'éloignaient le long du lac. Ils formaient si visiblement un couple qu'il ne put s'empêcher d'éprouver de la tristesse en pensant qu'ils étaient condamnés à rester séparés, Oriel parce qu'elle ne serait jamais tout à fait libre du vivant de son mari, Quentin parce que sa réputation professionnelle lui interdisait la moindre aventure avec une femme de son milieu. Il se détourna de la fenêtre quand il vit Kate derrière lui qui l'observait depuis il ne savait combien de temps.

– Ah ! Kate… Quentin a emmené Oriel prendre l'air pour nous ménager le temps de nous parler, dit-il plus nerveusement qu'il ne l'aurait souhaité.

– Vraiment ? répondit-elle en souriant. À moi, il m'avait demandé de trouver un prétexte pour m'absenter afin de lui permettre de sortir seul avec Oriel.

– En tout cas, nous sommes seuls.

– En effet. Quentin est toujours très habile pour faire d'une pierre deux coups.

– Et Oriel ? Voulait-elle se trouver seule avec lui ? demanda-t-il, agacé sans savoir pourquoi.

– Malheureusement, oui.

– Pourquoi malheureusement ?

– Parce que, à mon avis, il est beaucoup trop tard. Il y a dix ans, ils auraient pu se marier, lutter ensemble et être heureux. Maintenant qu'il a réussi, il ne peut plus se permettre de faire un faux pas. Quant à elle, son mari et sa fille ont de quoi la tracasser pour longtemps. Et même s'ils passaient outre, ils le regretteraient peut-être l'un et l'autre dans dix ans.

– Vous devenez bien sensée, Kate.

– Seulement avec les affaires des autres… Êtes-vous malheureux, Francis ? ajouta-t-elle sans transition.

– Non, lâcha-t-il, pris à l'improviste.

– Alors, êtes-vous heureux ?

Cette fois, il se donna le temps de se ressaisir :

– Et vous, ma chère Kate ?

– Oui, très souvent – ce qui est bien agréable quand on se souvient de ce que j'étais. Il ne me reste à vaincre que mes remords…

– Grand Dieu, Kate, pas à cause de moi, j'espère !

– Grand Dieu, Francis, mais si ! dit-elle en riant. Songez à tout ce que je vous ai infligé. Je suis tombée amoureuse de vous bien au-delà du raisonnable et, une fois passé ce moment de folie, je me suis montrée trop instable ou trop puérile pour vous en parler et m'efforcer d'arranger les choses, comme l'aurait fait Oriel. Je me suis enfermée dans mon enfer personnel sans pouvoir m'empêcher de blesser ceux qui m'entouraient, sans même pouvoir leur dire pourquoi ils me faisaient mal eux aussi. Je ne me croyais même pas humaine – non, Francis, laissez-moi finir. Quand l'enfant est né, je ne supportais personne, je me répétais que Maud avait fini par se venger de moi, j'étais terrifiée à l'idée qu'elle se vengerait aussi sur ce pauvre petit être. Heureusement pour elle, vous étiez là – mais vous ne pouviez rien pour moi. J'ai sérieusement envisagé de me tuer. Et puis, je me suis dit que le mieux serait de m'éloigner et de vous laisser enfin la paix – c'était la moindre des choses.

Il l'observait avec un étonnement, un intérêt croissants, comme s'il rencontrait une inconnue.

– Et maintenant ? dit-il au bout d'un long silence.

– Maintenant, Francis, je vous dois des excuses.

– Mais non…

– Mais si, parce que je sais maintenant ce qui s'était passé. Je n'en ai jamais parlé à Oriel, mais j'ai appris par Quentin que c'était elle que vous vouliez épouser, moins pour vous-même que pour Dessborough, afin de poursuivre vos aventures la conscience tranquille. Pauvre Oriel ! Je n'ai jamais osé lui demander si elle aurait accepté cette vie.

– Je crois que oui – à l'époque.

– Vous voyez pourquoi je vous dois des excuses ! Vous vous êtes retrouvé avec moi et nos rôles ont été renversés. C'est moi qui ai couru l'aventure et vous qui êtes resté enfermé dans le seul endroit où vous ne vouliez pas être.

– Les regrets ne servent à rien, Kate.

– Si, parce que nous avons un enfant. Vous lui avez fait don de bientôt sept années de votre vie, moi d'à peine neuf mois de la mienne. Alors, sachant que nous ne pourrons pas recommencer nos vies mais que la sienne durera plus que les nôtres… Écoutez, Francis, le monde est toujours vaste. Un autre vous a précédé à La Mecque mais il reste beaucoup d'endroits où vous pouvez espérer arriver le premier. Il serait juste de vous en redonner la chance et que ce soit mon tour de veiller sur Dessborough – voyons, combien de temps ? Elle a bientôt sept ans. Disons dix ou quinze ans, jusqu'à ce qu'elle se marie et n'ait plus besoin de nous ?

– Kate !…

– Rassurez-vous, Francis, je m'entendrai très bien avec elle. Les petites filles se laissent volontiers charmer et j'en ai charmé de pleines classes, à Paris ou à Vienne, quand je gagnais ma vie en enseignant ce que je ne savais pas. Votre fille, cher Francis, sera peut-être enchantée de ne plus voir ces gouvernantes revêches qui vous réservent leurs yeux doux. Elle sera très fière des lettres que vous lui enverrez des quatre coins de la terre. Et quand la reine vous fera chevalier pour vous récompenser d'avoir découvert un désert ou une montagne…

– Elle pourra toujours recevoir mes médailles si je me suis tué entre-temps, dit-il avec un rire amer.

Le silence retomba.

– Dois-je comprendre, Francis, que vous ne pouvez désormais pas plus vous séparer de votre fille que quitter Dessborough ? Auriez-vous enfin trouvé l'endroit où vous voulez vivre ?

– Et vous, Kate ?

– Non, Francis. Moi, je ne cherche qu'à expier mes fautes en essayant de vous convaincre que je vous ai rendu un immense service au lieu de vous gâcher la vie quand je vous ai délaissé. Vos ossements seraient peut-être en train de blanchir sous le soleil du Sahara ou du désert de Gobi. À moins que vous ne soyez desséché ou estropié en ayant perdu toute la séduction qui fait rêver tant de femmes.

Désarçonné, il découvrait pour la première fois une femme du monde séduisante et pleine d'esprit dont il n'y aurait pas de honte à tenter la conquête.

– Seriez-vous, demanda-t-il en s'abstenant d'ajouter *encore*, de celles qui ont une si bonne opinion de moi ?

– Pourquoi pas ? dit-elle après avoir fait attendre sa réponse. Apportez-moi donc un autre verre de champagne pendant que j'y réfléchis.

Il lui tendit le verre d'une main qui, pas plus que celle de Kate quand elle le prit, n'était tout à fait assurée. Elle but une gorgée en silence, se leva avec une désinvolture affectée et alla regarder par la fenêtre.

– Oh ! regardez ! Oriel et Quentin sont allés tellement loin qu'on les voit à peine. Je me demande s'il s'est enfin décidé à lui dire qu'il l'aime ?

Ils avaient marché dans un silence qui leur était familier et semblait souder leur intimité, ne parlant de temps à autre que de Kate et de Francis, d'Evangeline ou des Merton plutôt que d'eux-mêmes. Ils étaient seuls sur le sentier au flanc de la colline, le lac étendu au-dessous d'eux miroitait dans les rayons du soleil déjà bas, le vent chantait dans les touffes d'herbes folles.

– Kate croit que vous épouserez Dora Merton, dit Oriel avec un sourire qu'elle ne réservait qu'à lui. Se trompe-t-elle ?

Sa main, qui n'avait pas lâché celle d'Oriel depuis le début de leur promenade, n'eut pas un tressaillement.

– Peut-être pas, ce qui est attristant tout compte fait. Son père serait même soulagé que je le lui demande. Le mari d'Adela a beau être séparé d'elle, c'est lui qui héritera du titre et de l'Abbaye, mais Merton a beaucoup d'autres propriétés et une fortune considérable à léguer à ses filles. Comme il faut quelqu'un pour la gérer et que les soupirants ne se pressent plus autour de Dora comme par le passé, il est assez découragé pour abaisser son regard sur moi. Au moins serais-je capable de maintenir les lieux en bon état… Il n'oublie pas non plus que mon père est le cousin d'un noble comte qui siège à la Chambre des lords.

– Et Dora ?

– Elle me fait une confiance aveugle qui, par moments, m'inspire la compassion.

– Alors, Quentin, l'épouserez-vous ?

– Vous savez, Oriel, répondit-il après avoir marqué une pause, que j'ai six frères et sœurs plus jeunes que moi. Ma mère est incapable de s'occuper de leur avenir, mon père s'en désintéresse – il semble estimer que l'avenir est entre les mains de Dieu et qu'Il ne m'a fait naître que dans ce dessein. Ai-je le droit de négliger certaines occasions ?

– Je vous ai demandé si vous vouliez l'épouser, Quentin.

Ils marchèrent de nouveau en silence avant qu'il ne réponde sans la regarder, les yeux fixés sur l'horizon.

– Vous êtes la seule femme que j'aie jamais *voulu* épouser, Oriel. Le saviez-vous ?

Non, elle ne le savait pas, bien qu'elle eût toujours senti à quel point ils étaient destinés l'un à l'autre, à quel point ils auraient pu bâtir une vie ensemble dans un climat d'estime et d'affection mutuelle infiniment plus fort que l'amour – si les Stangway, Evangeline, la tribu Saint-Charles et les préjugés ne le leur avaient interdit.

– À l'époque, Quentin, je n'en étais pas sûre, se borna-t-elle à répondre.

– À quoi bon vous l'avoir dit, en effet ? Nous étions aussi

pauvres l'un que l'autre. Aurions-nous contredit nos mères qui nous disaient que l'argent est indispensable ?

– Non, Quentin. Nous étions trop bien élevés...

– Vous l'étiez, ma chérie. Moi, j'étais ambitieux. J'étais presque heureux que vous soyez tombée amoureuse de Francis, cela me poussait à vous oublier. Et puis, quand je vous ai vue si brave, si digne le soir des fiançailles de Kate, j'ai perdu mes bonnes résolutions. J'aurais bravé la fureur de nos familles pour demander votre main si vous n'étiez partie chez votre amie Mlle Woodley, dont vous êtes revenue fiancée à votre millionnaire. Il s'en est fallu de peu que je vous demande de rompre – et je vous supplie de ne pas me dire si vous auriez accepté ou refusé.

Ils reprirent leur marche silencieuse jusqu'à une petite chapelle rustique qui se dressait seule au bout d'un sentier et s'arrêtèrent un instant sous le porche.

– Rêvons, voulez-vous ? dit-il. Si j'étais entré dans l'Église, si votre mère avait été moins ambitieuse, aurions-nous été heureux dans un lieu tel que celui-ci ?

– Peut-être, Quentin – jusqu'à ce que l'ambition vous pousse à vouloir devenir évêque.

– M'accuseriez-vous de toujours vouloir entrer au gouvernement ? dit-il en souriant.

Elle s'écarta de quelques pas avant de répondre.

– Je veux simplement vous dire, Quentin, que nous aurions pu être heureux n'importe où si nous avions été assez sensés pour nous marier quand il était encore temps. Nous étions faits l'un pour l'autre, je crois. Maintenant, voyez-vous, il est trop tard. J'ai un mari. Et vous, Quentin, vous désirez plus que jamais devenir ministre.

Il se rapprocha d'une enjambée, la prit aux épaules.

– Savez-vous, Oriel, à quel point je regrette aujourd'hui de ne pouvoir me défaire de cette maudite ambition ?

Ils se dévisagèrent longuement en silence avant de se séparer à nouveau de quelques pas.

– Retournez-vous à votre géant blessé ? demanda-t-il enfin. Il n'a jamais cessé, je crois, de souhaiter vous reprendre, il attend simplement de se l'avouer à lui-même.

– Je ne sais pas, Quentin. Si vous m'enleviez...

– Au lieu de réfléchir, comme vous-même en ce moment, à toutes les bonnes raisons de ne pas le faire ?

– Peut-être.

– Il y a des gens capables de grandes émotions, dit-il en la regardant dans les yeux. Votre géant blessé, par exemple, qui soulève des ouragans. Kate, qui se contrôle mieux mais qu'on voit encore s'enflammer sans raison apparente. Ou même Francis... Pour eux, la vie est facile parce qu'ils se posent moins de questions que les gens comme nous, plus calmes, plus réfléchis. Et pourtant, de quelque manière qu'il se manifeste, le principe essentiel de la vie, la leur ou la nôtre, reste quand même l'amour. N'est-ce pas ?

– Oui, Quentin. L'amour.

Et si l'idée ne l'avait encore effleurée que de façon fugitive, elle savait désormais avec une certitude absolue que son amour pour lui n'était pas la folle passion que peut susciter un étranger, mais l'engagement total qui vous lie à un être qui n'est autre que la moitié de soi-même.

Cette nuit-là, Oriel eut beaucoup de mal à trouver le sommeil tandis que les chuchotements et les rires étouffés de Kate et de Francis montaient du jardin jusque bien après minuit. Elle entendait aussi le chien aller et venir dans l'escalier et devant sa porte pour la garder fidèlement, avec sa jalouse affection, contre l'homme qui restait mais ne se souciait pas d'elle, ou l'autre qui était parti mais reviendrait peut-être.

Ils étaient longtemps restés sous le porche de la chapelle dans une communion silencieuse allant au-delà de la simple sensualité, couronnée par un baiser presque chaste, avant de redescendre lentement, serrés l'un contre l'autre, jusqu'à la grille du jardin où Quentin avait pris congé en disant qu'il reviendrait le lendemain. Se bornant à saluer Kate et Francis d'un sourire, elle était aussitôt ressortie promener le chien dans l'obscurité qui tombait, troublée d'éprouver un désir si profond pour cet homme qu'elle connaissait plus intimement que s'ils avaient fait l'amour.

Jamais encore elle n'avait éprouvé de désir pour un homme en dehors de sa présence immédiate. Son amour pour Francis n'avait pas dépassé le niveau de l'émotion mentale ; elle s'était pliée de bonne grâce aux caresses de Garron jusqu'à ce qu'il lui fasse découvrir un plaisir physique auquel elle avait pris goût mais dont elle ne souffrait pas d'être privée car ses propres désirs avaient toujours été éveillés et conditionnés par ceux de son mari. Pourquoi, alors, tandis qu'elle marchait dans la fraîcheur du soir, sentait-elle avec une telle intensité les appels de son corps pour celui de Quentin ? Pourquoi retrouvait-elle le contact de ses lèvres sur les siennes ? Pourquoi ces ardeurs d'une sensualité dont elle n'avait jamais encore décelé en elle l'existence ?

De retour au cottage, elle sombra enfin dans un sommeil malaisé, peuplé de rêves d'un érotisme tempéré par le miracle d'une union parfaite des cœurs, des âmes et des corps, dont elle émergea à l'aube d'une journée grise chargée de pluie. Pour la première fois indifférente à ses tâches quotidiennes – le chien qui grattait à sa porte, les chats qui voulaient sortir, le déjeuner à préparer –, elle s'accorda un répit pour penser chastement à Quentin. À chaque moment difficile de sa vie, c'était toujours vers lui qu'elle s'était tournée d'instinct, comme si elle avait toujours su qu'il ne la décevrait pas, qu'il la protégerait sans rien exiger en échange.

L'irruption soudaine de Kate, une tasse de chocolat fumant à la main, l'arracha à ses pensées.

– À quoi dois-je de telles bontés ? dit-elle en souriant.

– Au désespoir ! dit Kate en s'asseyant sur le lit. Entre les grognements du chien et les chats qui miaulent en grattant à la porte, je n'en pouvais plus ! As-tu bien dormi, Oriel ? J'ai l'impression de n'avoir pas fermé l'œil.

– Tu t'es couchée très tard. J'espère que tu ne le regrettes pas.

– Pas le moins du monde. Et si en descendant tu comptes trouver Francis aussi digne que s'il venait d'arriver, je crains que tu ne sois déçue.

– Pourquoi le serais-je ? Après tout, il est légalement ton mari et cette maison lui appartient tout aussi légalement.

– Pas de légalité, je t'en prie ! Parlons plutôt de la réalité. Cette maison est à toi, et Francis et moi ne sommes pas mariés le moins du monde. Si nous avions partagé le même lit cette nuit, je me serais plutôt sentie comme une de ses nombreuses maîtresses.

– Parce que ?…

– Oui, je lui ai demandé de partir. Et il ne lui est pas venu un instant à l'esprit d'exiger de moi que je remplisse mes « devoirs conjugaux », le pauvre ! Ce n'est pourtant pas faute de l'avoir aguiché. Je me suis conduite comme la plus méprisable des allumeuses et lui en parfait gentleman.

– Et maintenant, où en êtes-vous ?

– J'étais venue le rencontrer contrainte et forcée, pour régler nos problèmes et calmer mes scrupules de conscience. Je ne savais vraiment pas quel genre d'homme j'aurais devant moi, je m'attendais à ce qu'il soit devenu pompeux et ennuyeux. Je ne prévoyais pas du tout, je te l'avoue, qu'il soit aussi séduisant. Nous nous sommes amusés comme des fous ! Il m'a même suggéré de changer de nom et de venir m'installer chez lui en me faisant passer pour une folle maîtresse… Mais parlons plutôt de Quentin.

– Est-ce vraiment indispensable ?

– Oui. Je ne suis même venue te voir que pour cela. S'est-il enfin décidé à te dire qu'il t'aimait ?

– Oui.

– Et toi, l'aimes-tu ?

– Oui. Mais rassure-toi, je sais aussi qu'il désire toujours autant siéger au Parlement et devenir ministre, gagner beaucoup d'argent, avoir du prestige, de l'influence afin de faire le nécessaire pour sa famille et de garder pour lui le superflu – de loin la partie la plus importante. Et j'estime qu'il le mérite.

– Je le crois moi aussi, Oriel, comme je sais depuis longtemps qu'il te désire tout autant. Il m'en parlait chaque fois qu'il venait me voir en France. Mais ce n'est pas à cause de toi qu'il ne s'est pas encore marié. S'il avait rencontré une femme capable de financer ses ambitions politiques, il l'aurait déjà épousée.

– Bien sûr, je le connais assez pour ne pas en être choquée. Ce qui ne change rien à ce qui existe entre nous et à ce que nous en ferons.

– En tout cas, Oriel, ne faites pas de folie, l'un et l'autre, je tiens trop à vous deux… Tu sais, j'espère, que vous seriez obligés de vous exiler si vous décidiez de vivre ensemble ?

Ou que si vous restiez en Angleterre, tu serais condamnée à rester dans l'ombre ? À quarante ou cinquante ans, il serait encore tout à fait capable d'épouser une jeune héritière et de te laisser seule à te morfondre dans ce cottage avec tes chats – ou même avec moi.

Elles rirent ensemble, d'un rire au bord des larmes.

– Je sais, ma chérie, dit Oriel. Ne t'inquiète pas.

– Ne pas m'inquiéter ? Je suis angoissée de naissance, tu devrais le savoir… Allons, il vaut mieux que je te dise tout de suite ce qu'on m'a chargé de te dire.

– Qui ? Quentin ?

– Naturellement. Il m'a donc demandé hier, juste avant le déjeuner, de te dire que dans le train de Penrith, il a rencontré ton mari qui a engagé la conversation le premier et lui a dit qu'il voulait te voir. Il sera ce matin à dix heures à l'auberge de Howtown et t'attendra une demi-heure. Si tu décides de ne pas y aller, il s'en ira. Quentin n'a pas précisé s'il pensait que tu devais accepter, mais je le connais assez pour croire que oui. Il m'a aussi demandé, je ne sais pas pourquoi, d'attendre qu'il soit parti avant de te parler.

Les yeux clos, le front posé sur ses genoux relevés, Oriel se souvenait trop bien de l'autre fois, celle où Quentin avait attendu trop longtemps pour lui déclarer son amour, ces quelques jours après le mariage de Kate où il avait laissé passer sa chance, où elle était partie chez Mlle Woodley pour en revenir fiancée à Garron. Cette fois, il avait au moins voulu lui parler – avant.

– Oriel… Tu souffres ?

– Oui. Mais c'est normal, nous sommes des femmes. S'il t'a chargée du message de Garron, ma chérie, c'est parce qu'il ne se fiait pas assez à lui-même pour me le transmettre. Il s'y est donc obligé en te le confiant.

– Tu le connais vraiment bien.

– Oui.

– Et Garron ?

– Aussi, je crois.

– Tu iras donc le voir ?

Oriel repoussa les draps et se leva en s'étirant.

– Voyons, quelle heure est-il? Huit heures. J'ai donc deux heures devant moi… Oui, je crois que j'irai.

Kate se leva à son tour, les larmes aux yeux.

– Tu sais, je souhaiterais presque que tu n'y ailles pas, comme je souhaiterais presque n'avoir pas promis à Francis de le revoir aujourd'hui… Oh ! Ce chien, quelle brute ! Il serait digne d'être un homme !

Le labrador venait de faire irruption par la porte entrebâillée et se jetait affectueusement sur Kate en la renversant sur le lit.

Jamais Quentin ne se conduirait ainsi, se dit Oriel qui apercevait par la fenêtre la silhouette pleine de grâce et de dignité du chat gris qui levait vers elle ses yeux topaze. *« Chère humaine*, semblait-il lui dire, *je veille sur vous à ma manière aussi jalousement que le chien, ce sauvage excité, et je vous aime tout autant. Le savez-vous ? »*

Elle le savait.

16

Il ne fallait qu'à peine dix minutes pour se rendre à l'auberge, vers laquelle elle se dirigea sans hâte, vêtue de la robe et du châle qu'elle portait tous les jours. Elle n'éprouvait pas plus de crainte que d'espoir ni de remords, pas plus le besoin de se défendre que celui de récriminer ou d'inquiétude sur ce qu'il lui faudrait ou non céder, subir ou expier. Cette rencontre avec Garron étant inévitable, elle jugeait vain d'user ses forces et de saper son courage dans de vaines spéculations. Et quand elle aperçut enfin son imposante silhouette engoncée dans son carrick à la porte de la vieille auberge, ses émotions restèrent docilement assoupies et lui permirent de traverser calmement la cour à sa rencontre et de lui demander :

– Auriez-vous froid ?

– Oui, j'ai froid, bougonna-t-il. J'ai toujours froid dans cette maudite région. Vous n'allez pas, j'espère, me faire marcher dans vos sentiers boueux ? Il va pleuvoir d'une minute à l'autre et j'ai réservé une pièce où nous serons seuls une heure ou deux.

La pièce en question était une sorte de petit bar intime aux sombres boiseries de chêne, aux fenêtres encadrées de rideaux de velours rouge comme la tapisserie du fauteuil où elle prit place pendant qu'il se versait du whisky.

– Vous êtes mise comme une fille de ferme, dit-il avec un regard de reproche à ses bottines et à sa robe de futaine grise que ne rehaussait aucun bijou.

Sa remarque n'appelant pas de réponse, elle se croisa posément les mains et attendit qu'il engage la conversation, en observant la crispation de sa mâchoire, son visage amaigri, les rides apparues au coin des yeux ; s'il n'avait été quotidiennement exposé au soleil et aux intempéries, sa peau aurait été d'un gris maladif. Comment avait-il pu autant changer en à peine six mois ? Devait-il ce soudain vieillissement à la faillite de Milne & Morrissey, au surmenage – ou à elle seule ?

– Vous avez terminé la ligne à temps ? demanda-t-elle pour meubler le silence qui s'éternisait.

– Bien entendu, et trois autres depuis. Je suis remis en selle et l'argent coule à flots. Mais ne tournons pas autour du pot : je vous ai fait venir aujourd'hui pour vous dire qu'il est temps que vous rentriez. J'ai besoin d'une femme, je ne peux pas en prendre une autre tant que vous serez de ce monde. Quant à installer une maîtresse chez moi, je n'ai pas besoin de ce genre de problèmes. De toute façon, les filles me tarabustent pour que vous reveniez. Même Jamie…

– Cela me fait grand plaisir de l'apprendre.

– Oui. Bon… Bref, voilà ce que j'ai décidé. Je pars demain pour l'Écosse et j'y resterai une dizaine de jours, ce qui vous laisse le temps de faire vos bagages et de prendre vos dispositions. Je passerai vous chercher à mon retour.

Dans son esprit, tout était réglé.

– Merci, Garron – de votre proposition, du moins. Car je ne peux bien entendu pas l'accepter.

Et tandis qu'elle entendait sa voix résonner avec l'écho légèrement teinté d'ironie de celle d'Evangeline, elle éprouvait moins de crainte que de compassion pour cet homme qui avait souffert et souffrait encore, autant à cause d'elle que de la rage impuissante de tous les hommes forts qui s'estiment déshonorés de souffrir. Il l'aimait avec la maladresse brutale de son chien qui se jetait sur elle et la faisait tomber. Eût-elle été plus forte ou plus fragile, elle se serait peut-être inclinée. Mais elle avait trop longtemps réfléchi pour ne pas savoir que la décision ne dépendait que d'elle et qu'elle n'était pas prête.

– Je n'aurais qu'à solliciter une décision de justice pour vous forcer à regagner le domicile conjugal. Vous le savez, je pense ?

– Oui, mais je ne vous crois pas capable d'une telle erreur, Garron.

– Dois-je le prendre comme un compliment ?

– Bien entendu, dit-elle avec un large sourire.

Au bout d'un assez long silence, elle crut discerner sur ses lèvres l'esquisse d'un sourire en réponse au sien.

– Ne vous faites quand même pas trop d'illusions, bien des femmes préfèrent subir l'esclavage conjugal plutôt que la faim parce qu'elles n'ont aucun recours. Vous, vous aurez toujours vos amis qui prendront soin de vous, je le savais dès le premier jour, avant même que votre habile M. Saint-Charles soit venu me rassurer sur votre sort. Je ne sais pas pourquoi je vous raconte cela après coup, mais je voulais vendre ce maudit cottage parce que c'était le pire châtiment que je puisse vous infliger. J'avais même eu l'envie de venir moi-même y mettre le feu en vous y traînant pour vous forcer à regarder – et il m'arrive encore de regretter de ne pas l'avoir fait. Bref, quand votre M. Saint-Charles a mis ses hommes en rapport avec les miens, j'ai su parfaitement de quoi il retournait et j'ai laissé faire. Me croyez-vous ?

– Sans hésitation, Garron. Mais pourquoi ?

– Si je le savais… Sans doute pour la même raison qui m'a retenu de vous étrangler, ce soir-là…

Elle se leva lentement, traversa la pièce avec précaution,

évitant tout geste brusque susceptible de l'effrayer – ou de provoquer un éclat de colère – et le rejoignit près du bar contre lequel il restait accoudé.

– Bon, d'accord, maugréa-t-il, j'admets que je ne comptais pas vous impressionner avec ma menace de jugement. Mais tout cela est votre faute, Oriel ! La peine que vous avez faite à Morag, à Elspeth – et à moi aussi...

– Ma faute ?

– Mais oui, bon sang ! Si vous aviez été la femme que je croyais au début, je vous aurais chassée de mon lit et je n'y aurais plus pensé ! Enfin, rappelez-vous, je vous avais même proposé de partir avec tout l'argent que j'aurais pu trouver et je vous aurais même souhaité bon vent !

– Oui, Garron, sauf que moi je me demandais si vous étiez généreux et courageux dans l'adversité, si vous vouliez sincèrement prendre soin de moi ou, plutôt, si vous vous débarrassiez aux moindres frais d'une bouche inutile, comme on vend un cheval pour payer les réparations de l'écurie.

Il remplit son verre et le vida d'un geste rageur en entendant trop clairement sa voix, le soir de la faillite de la banque, lui offrir sa liberté qu'elle avait refusée en lui offrant son soutien et sa personne. *Je tuerais de mes mains quiconque se mettrait entre nous*... Combien s'y étaient essayés, depuis cette nuit-là, leur nuit de noces ? Susannah, cette demi-folle frigide qui aurait crié au viol s'il avait seulement fait mine de lever la main sur elle. Morag, sa propre fille, qui l'aimait de tout son cœur mais qui dépérissait sans la présence d'Oriel. Comme lui, même s'il lui coûtait de se l'avouer, prêt à l'étrangler un jour et à se jeter à ses pieds le lendemain pour la retrouver blottie contre lui au clair de lune par amour pour lui. Car c'était bien par amour qu'elle avait lutté pied à pied à ses côtés, qu'elle avait fidèlement gardé et défendu les clefs de son coffre, qu'elle lui avait donné l'étincelle dont il avait besoin pour préserver ses raisons de vivre, ses raisons de se battre et de remonter du plus profond de l'abîme. C'était elle, qu'il avait cru acheter pour son seul plaisir comme un bibelot de luxe, qui s'était tenue près de lui sans faiblir quand il en avait le plus besoin. C'était elle *sa* femme. La seule digne de ce nom, à laquelle il fallait maintenant pardonner, quoi qu'il lui en coûte, pour un seul faux pas. Une seule nuit de péché.

– Bon, écoutez... J'ai eu des femmes dans ma vie, je ne m'en cache pas. Certaines étaient même mariées...

– On dit que c'est normal pour un homme, n'est-ce pas ? Les femmes s'en plaignent-elles ?

– Ne me poussez pas à bout, je ne plaisante pas ! J'admets simplement que je n'aimerais pas me faire reprocher toute ma vie une erreur commise en une heure...

– C'est fort sensé de votre part, Garron.

– Et que si cette maudite vieille fille ne m'avait pas écrit, nous serions heureux aujourd'hui, poursuivit-il sans relever l'interruption. Est-ce vrai, oui ou non ?

– C'est vrai, Garron. Pour Morag aussi. Et même pour Elspeth, que voilà fiancée à ce niais de Tom Landon qui la rendra malheureuse. Je m'y serais opposée.

– Vous avez tort de ne pas me prendre au sérieux, Oriel.

– Mais je vous ai toujours pris au sérieux, Garron ! répondit-elle sans cesser de sourire, comme j'ai toujours eu du respect pour vous. Au début, vous ne me plaisiez guère, je l'avoue, parce qu'on m'avait élevée dans le culte des « bonnes manières », mais j'ai très tôt eu envie de vous connaître mieux, même si j'avais la désagréable impression d'avoir été achetée comme on engage une gouvernante.

– Peut-être parce que je regardais passer les « belles dames » avec envie quand je trimais sur les routes et que je me demandais ce qu'elles avaient dans la tête.

– Elles sont exactement comme les femmes d'ouvriers, Garron. Pour moitié, ce sont des sottes à la tête vide, les autres des femmes solides et intelligentes.

– Je le sais, Oriel, comme je sais de quelle moitié vous faites partie. Je le savais même quand je croyais encore vous avoir achetée grâce à mon argent. Vous avez toujours fait plus que je n'en attendais, vous m'avez fait découvrir des choses dont je ne croyais même pas avoir envie. Vous étiez une femme et une épouse parfaite au point que j'aurais juré que vous n'aviez pas le moindre défaut. Chez n'importe qui, je peux vous le dire maintenant, autant de perfections m'auraient fait mourir d'ennui ou m'auraient rendu soupçonneux. J'ai pour principe de ne faire confiance à personne et, pourtant, je me fiais aveuglément à vous.

– Je puis donc vous dire…

– Quoi ? Que ce n'est arrivé qu'une fois avec votre ami Francis ?

Elle allait plaider, prouver qu'il ne s'était rien passé, mais il ne l'écoutait visiblement pas et elle se tut.

– Non, ne dites rien, je sais que ce n'était qu'une seule fois. J'ai engagé un enquêteur qui a reconstitué les allées et venues d'Ashington pendant ces dix jours – sauf un, celui où Morag vous a vue avec lui. Et la nuit précédente.

– Non, Garron…

Il l'interrompit d'un geste.

– Laissez-moi finir, Oriel, j'ai assez de mal à parler de cette affaire. Je sais que Kate devait le rencontrer chez vous et qu'elle est partie à la dernière minute, ce qui veut dire que ce qui s'est passé entre vous n'était pas prémédité. Je sais qu'il s'est promené le long du rempart romain, qu'il en est parti une nuit avant d'arriver à Lowther et qu'il n'a pas passé cette nuit-là dans une auberge des environs. Je sais qu'il y avait quelque chose entre vous avant son mariage avec Kate. Je sais enfin ce qu'a vu Morag. Il ne s'agit donc que d'une seule nuit. Une nuit, rien de plus. Il *faut* que je le croie. Il *faut* que je l'entende de votre bouche, Oriel. S'il y a eu autre chose, je vous jure que je ne perdrai pas la tête. Je ne vous toucherai pas. Je me contenterai de sortir d'ici comme je suis venu et nous n'en parlerons plus. Mais il faut que je le sache.

Elle était incapable d'articuler un son.

– Alors, Oriel ?

Avec une sorte de résignation, elle comprit qu'il serait d'autant plus inutile de tenter de lui prouver son innocence qu'il avait longuement et durement lutté avec lui-même pour surmonter le choc de la croire coupable et de lui pardonner malgré tout.

– Une nuit, Oriel. Dites-le-moi, je ne vous demanderai jamais plus rien.

– Oui, Garron, murmura-t-elle en baissant les yeux pour éviter son regard. Une seule fois.

Alors elle lui prit les mains et lui dit ce qu'il avait vraiment envie d'entendre :

– Que signifiait notre mariage jusque-là, Garron ? Quels sentiments profonds avions-nous l'un pour l'autre jusqu'à ce que nous ayons dû affronter un désastre et découvrir que nous étions capables de le surmonter ? La faillite de la banque a brisé d'autres couples, elle nous a rapprochés. N'est-ce pas trop précieux pour le gâcher sans raison ? J'ai été votre femme, votre épouse dans tous les sens du terme, et vous le savez, Garron. Je savais que vous teniez à moi comme je tenais à vous. Et croyez-moi, Garron, si vous aviez échoué nous aurions échoué ensemble, j'aurais trouvé en moi un courage égal au vôtre, j'aurais travaillé avec vous, j'aurais *choisi* de rester avec vous.

– Je sais, Oriel, dit-il avec une grimace de douleur qui reflétait l'intensité de sa lutte intérieure. Je sais et je comprends, je me suis déjà dit tout cela. Vous étiez une femme parfaite, irréprochable et, tout à coup, j'ai découvert que vous étiez *ma* femme – ce qui n'est pas du tout la même chose. Les six premières années étaient conformes à ce que j'attendais, les trois derniers mois m'ont apporté davantage – cent fois, mille fois plus que ce que je croyais pouvoir demander. Je n'accordais pas beaucoup d'importance à l'amour, Oriel. Aux responsabilités, oui. C'est tout ce que m'inspirait ma première femme. Sa mort m'a causé du chagrin mais je n'avais jamais eu *besoin* d'elle alors que j'ai besoin de vous, Oriel, et je n'ai jamais rien eu dans ma vie de plus dur à admettre. Que faut-il que je fasse pour vous avoir ?

Elle repoussa délicatement la bouteille de whisky qui se tenait entre eux et lui toucha la main qu'il referma avec avidité sur la sienne avant de l'attirer contre lui et de la serrer dans ses bras avec une force qui lui coupa le souffle.

– Reviens, Oriel, murmura-t-il d'une voix enrouée par l'émotion. Quand je pense à toutes les bêtises que j'ai commises dans ma vie, de quel droit pourrais-je te reprocher quoi que ce soit ? Il n'y a plus de raison de parler de tout cela. Reviens, je ne te demande rien d'autre. Et soyons désormais fidèles l'un à l'autre…

Puis, dans un souffle, il ajouta :

– Écoute, ma toute belle… Je crois bien que je suis en train de te demander en mariage.

Quand elle regagna le cottage, elle retrouva les trois autres au jardin. La pluie du matin avait dissipé les nuages, le soleil brillait. Kate obéit sans discuter à la « suggestion » d'Oriel d'emmener Francis à Penrith pour profiter du beau temps et affirma en riant qu'il y avait tant à faire et à voir en chemin qu'ils ne rentreraient sûrement pas avant six heures du soir. Quentin l'attendait au salon, un verre de vin déjà versé à son intention.

– Vous avez donc vu votre géant blessé, dit-il.

– Oui. Il est en route pour l'Écosse. Morag me rejoindra ici demain. Il passera la chercher à son retour, dans une dizaine de jours.

– Et vous aussi ?

– Je crois.

– Vous retournez donc avec lui ?

Parce qu'elle le connaissait aussi intimement qu'elle-même, elle discerna le chagrin dissimulé derrière le sourire.

– Oui. Ai-je tort, Quentin ?

– Non, Oriel. L'aurais-je pensé que je ne vous l'aurais pas laissée faire. Je vous aurais enlevée – si j'avais pu.

– Vous l'auriez pu, Quentin. Et nous aurions sans doute été très heureux – au début, du moins.

– J'accepte votre jugement, que je regrette de ne pouvoir contredire. Je vous aime, Oriel, je n'ai jamais aimé personne d'autre de ma vie. Je me croyais à jamais guéri de l'amour par le spectacle affligeant de ma mère et de ma tante. Et puis je vous ai rencontrée et je vous ai aimée si naturellement que je n'en étais pas même étonné. Rien en vous ne m'a jamais surpris ni déconcerté. Vous avez toujours été une moitié de moi-même, la meilleure, et nous aurions sûrement été très heureux si tant de choses, tant de gens, tant de circonstances ne nous avaient tenus à l'écart l'un de l'autre… Ne vaudrait-il pas mieux que je me retire maintenant, Oriel ?

– Restez, Quentin, répondit-elle en souriant.

Elle lui prit le visage entre les mains, posa avec délicatesse ses lèvres sur les siennes en lui offrant son esprit, son cœur jusqu'à ce que le baiser éveille en eux le désir de leurs corps.

– Non, Oriel, je ne veux pas être cause de…

Elle le fit taire en posant un doigt sur ses lèvres.

– Ne me parlez pas de remords ni de honte, Quentin, j'en ai trop longtemps souffert. Dites-moi seulement ceci : j'ai été jugée et j'ai été punie pour un crime que je n'ai pas commis et que j'ai même avoué – oui, pour d'excellentes raisons que j'ai volontiers acceptées. Alors, n'avons-nous pas droit à quelques heures de bonheur dans notre vie ? J'ai dit à mon mari lui avoir été infidèle une fois et que je ne le serai jamais plus. Je dispose donc d'une fois…

Dans leur oasis à l'écart du temps et des bouillonnements de la vie, ils recréèrent en quelques heures toutes les émotions d'un amour qui naît, s'épanouit et se consomme dans la plénitude d'un plaisir plus intense pour n'avoir pas de lendemain. Et lorsque Kate revint seule à l'heure dite, elle trouva Oriel qui parlait à ses chats, aussi immaculée qu'à son habitude, n'étaient un léger cerne autour des yeux et un soupçon de désordre dans sa coiffure.

– Quentin est parti ?

– Oui, s'il n'a pas manqué le train.

– Tu retournes donc avec ton mari ?

– Oui. Et toi ?

– Aussi.

– Et qu'en penses-tu ?

– Grand Dieu, je ne sais plus… Un moment, je me considère la plus heureuse des femmes, le suivant je suis au désespoir. Tu me connais. J'espère que le bonheur l'emportera.

– Si nous dînions ?

Assise à la table de la cuisine, elles se partagèrent les restes du délicat repas d'anniversaire avant de sortir respirer l'air pur du soir au bord du lac.

– Que c'est beau ! s'écria Kate. Quelles sont ces lumières sur l'autre rive ?

– Watermillock. Morag et Elspeth y sont ce soir. Morag viendra me rejoindre demain mais Mme Landon refuse bien entendu de laisser Elspeth se contaminer à mon contact. Je la verrai quand même bientôt.

– Voilà donc ce que la maternité fait de nous ? En viendrai-je moi aussi un jour à juger un garçon indigne de ma Celestine ?

– C'est la première fois que je t'entends prononcer son nom, observa Oriel en souriant.

– Je sais, Francis m'en a aussi fait la remarque. Mais je ne pouvais pas continuer à l'appeler « sa fille », elle est aussi la mienne – enfin, pas vraiment. Je parviendrai peut-être un jour à assumer mes responsabilités.

– Je puis te dire, Kate, que les responsabilités ne suffisent pas. J'en ai fait la cruelle expérience.

Les yeux fixés sur les lumières de Watermillock, ce n'était cependant pas l'image de Morag ou d'Elspeth qui se détachait de la nuit mais celle de Garron. Sa présence, sa voix lui emplissaient l'esprit. *« Je te demande en mariage, ma toute belle...* » Dans dix jours, il serait là et c'est alors seulement, avec joie et le cœur léger, qu'elle serait vraiment prête à devenir sa femme.

Elles reprirent lentement le chemin de la maison.

– Nous allons donc rentrer au bercail, toi et moi, dit Kate avec regret. Que feras-tu du cottage ?

– Il vaudrait mieux le vendre, je crois. Garron n'a jamais voulu y venir et je n'y retournerai pas sans lui.

Debout au bord de l'eau, elles se tenaient par l'épaule, leur tête l'une contre l'autre.

– Non, dit Kate, le cottage ne peut pas être vendu, je viens de l'entendre me le dire à l'oreille. Francis ne voudra pas y venir lui non plus. Mais rien ne nous empêche de garder les services de cette bonne dame qui s'occupe si bien des chats et arrache les mauvaises herbes. Qui sait ? Nous aurons peut-être envie, un jour, de retrouver un endroit bien à nous, à nous seules. Et je crois me souvenir que la solitude est le plus grand luxe d'une vie conjugale, même la plus heureuse.

– Sois donc très heureuse, ma chère petite sœur.

Son bonheur à elle n'était distant que de dix courtes journées. Elle l'attendait avec une joie si vraie et une conscience si tranquille qu'elle n'aurait sans doute plus jamais besoin de chercher refuge dans la fuite. Car son sentiment de liberté lui venait, elle le savait, d'avoir fait son choix et pris sa décision seule. De son plein gré.

Le Livre de Poche Biblio

Extrait du catalogue

Sherwood ANDERSON
Pauvre Blanc
Guillaume APOLLINAIRE
L'Hérésiarque et Cie
Miguel Angel ASTURIAS
Le Pape vert
Djuna BARNES
La Passion
Andrei BIELY
La Colombe d'argent
Adolfo BIOY CASARES
Journal de la guerre au cochon
Karen BLIXEN
Sept contes gothiques
Mikhail BOULGAKOV
La Garde blanche
Le Maître et Marguerite
J'ai tué
Les Œufs fatidiques
Ivan BOUNINE
Les Allées sombres
André BRETON
Anthologie de l'humour noir
Arcane 17
Erskine CALDWELL
Les Braves Gens du Tennessee
Italo CALVINO
Le Vicomte pourfendu
Elias CANETTI
Histoire d'une jeunesse (1905-1921) - *La langue sauvée*
Histoire d'une vie (1921-1931) - *Le flambeau dans l'oreille*
Histoire d'une vie (1931-1937) - *Jeux de regard*
Les Voix de Marrakech
Raymond CARVER
Les Vitamines du bonheur
Parlez-moi d'amour
Tais-toi, je t'en prie
Camillo José CELA
Le Joli Crime du carabinier
Blaise CENDRARS
Rhum
Varlam CHALAMOV
La Nuit
Quai de l'enfer
Jacques CHARDONNE
Les Destinées sentimentales
L'Amour c'est beaucoup plus que l'amour
Jerome CHARYN
Frog
Bruce CHATWIN
Le Chant des pistes
Hugo CLAUS
Honte
Carlo COCCIOLI
Le Ciel et la Terre
Le Caillou blanc
Jean COCTEAU
La Difficulté d'être
Clair-obscur
Cyril CONNOLLY
Le Tombeau de Palinure
Ce qu'il faut faire pour ne plus être écrivain
Joseph CONRAD
Sextuor
Joseph CONRAD
et Ford MADOX FORD
L'Aventure
René CREVEL
La Mort difficile
Mon corps et moi
Alfred DÖBLIN
Le Tigre bleu
L'Empoisonnement
Lawrence DURRELL
Cefalù
Vénus et la mer
L'Ile de Prospero
Citrons acides
La Papesse Jeanne
Friedrich DÜRRENMATT
La Panne
La Visite de la vieille dame
La Mission
J.G. FARRELL
Le Siège de Krishnapur
Paula FOX
Pauvre Georges !
Personnages désespérés
Jean GIONO
Mort d'un personnage
Le Serpent d'étoiles
Triomphe de la vie
Les Vraies Richesses
Jean GIRAUDOUX
Combat avec l'ange
Choix des élues
Les Aventures de Jérôme Bardini

Vassili GROSSMAN
Tout passe
Knut HAMSUN
La Faim
Esclaves de l'amour
Mystères
Victoria
Hermann HESSE
Rosshalde
L'Enfance d'un magicien
Le Dernier Été de Klingsor
Peter Camenzind
Le Poète chinois
Souvenirs d'un Européen
Le Voyage d'Orient
La Conversion de Casanova
Les Frères du soleil
Bohumil HRABAL
Moi qui ai servi le roi d'Angleterre
Les Palabreurs
Tendre Barbare
Yasushi INOUÉ
Le Fusil de chasse
Le Faussaire
Henry JAMES
Roderick Hudson
La Coupe d'or
Le Tour d'écrou
Ernst JÜNGER
Orages d'acier
Jardins et routes
(Journal I, 1939-1940)
Premier journal parisien
(Journal II, 1941-1943)
Second journal parisien
(Journal III, 1943-1945)
La Cabane dans la vigne
(Journal IV, 1945-1948)
Héliopolis
Abeilles de verre
Ismail KADARÉ
Avril brisé
Qui a ramené Doruntine ?
Le Général de l'armée morte
Invitation à un concert officiel
La Niche de la honte
L'Année noire
Le Palais des rêves
Franz KAFKA
Journal
Yasunari KAWABATA
Les Belles Endormies
Pays de neige
La Danseuse d'Izu
Le Lac
Kyôto
Le Grondement de la montagne
Le Maître ou le tournoi de go
Chronique d'Asakusa
Les Servantes d'auberge
Abé KÔBÔ
La Femme des sables
Le Plan déchiqueté
Andrzeij KUSNIEWICZ
L'État d'apesanteur
Pär LAGERKVIST
Barabbas
LAO SHE
Le Pousse-pousse
Un fils tombé du ciel
D.H. LAWRENCE
Le Serpent à plumes
Primo LEVI
Lilith
Le Fabricant de miroirs
Sinclair LEWIS
Babbitt
LUXUN
Histoire d'AQ : Véridique biographie
Carson McCULLERS
Le cœur est un chasseur solitaire
Reflets dans un œil d'or
La Balade du café triste
L'Horloge sans aiguilles
Frankie Addams
Le Cœur hypothéqué
Naguib MAHFOUZ
Impasse des deux palais
Le Palais du désir
Le Jardin du passé
Thomas MANN
Le Docteur Faustus
Les Buddenbrook
Katherine MANSFIELD
La Journée de Mr. Reginald Peacock
Somerset MAUGHAM
Mrs Craddock
Henry MILLER
Un diable au paradis
Le Colosse de Maroussi
Max et les phagocytes
Paul MORAND
La Route des Indes
Bains de mer
East India and Company
Vladimir NABOKOV
Ada ou l'ardeur
Anaïs NIN
Journal 1 - *1931-1934*
Journal 2 - *1934-1939*
Journal 3 - *1939-1944*
Journal 4 - *1944-1947*

Joyce Carol OATES
Le Pays des merveilles
Edna O'BRIEN
Un cœur fanatique
Une rose dans le cœur
Les Victimes de la paix
PA KIN
Famille
Mervyn PEAKE
Titus d'Enfer
Leo PERUTZ
La Neige de saint Pierre
La Troisième Balle
La Nuit sous le pont de pierre
Turlupin
Le Maître du jugement dernier
Où roules-tu, petite pomme ?
Luigi PIRANDELLO
La Dernière Séquence
Feu Mathias Pascal
Ezra POUND
Les Cantos
Augusto ROA BASTOS
Moi, le Suprême
Joseph ROTH
Le Poids de la grâce
Raymond ROUSSEL
Impressions d'Afrique
Salman RUSHDIE
Les Enfants de minuit
Arthur SCHNITZLER
Vienne au crépuscule
Une jeunesse viennoise
Le Lieutenant Gustel
Thérèse
Les Dernières Cartes
Mademoiselle Else
Leonardo SCIASCIA
Œil de chèvre
La Sorcière et le Capitaine
Monsieur le Député
Petites Chroniques
Le Chevalier et la Mort
Portes ouvertes
Isaac Bashevis SINGER
Shosha
Le Domaine
André SINIAVSKI
Bonne nuit !
Muriel SPARK
Le Banquet
George STEINER
Le Transport de A. H.
Andrzej SZCZYPIORSKI
La Jolie Madame Seidenman
Milos TSERNIANSKI
Migrations
Tarjei VESAAS
Le Germe
Alexandre VIALATTE
La Dame du Job
La Maison du joueur de flûte
Ernst WEISS
L'Aristocrate
Franz WERFEL
Le Passé ressuscité
Une écriture bleu pâle
Thornton WILDER
Le Pont du roi Saint-Louis
Mr. North
Virginia WOOLF
Orlando
Les Vagues
Mrs. Dalloway
La Promenade au phare
La Chambre de Jacob
Entre les actes
Flush
Instants de vie

Composition réalisée par
INFOPRINT à l'île Maurice

IMPRIMÉ EN FRANCE PAR BRODARD ET TAUPIN
Usine de La Flèche (Sarthe).
LIBRAIRIE GÉNÉRALE FRANÇAISE - 6, rue Pierre-Sarrazin - 75006 Paris.

ISBN : 2 - 253 - 13689 - 1 31/3689/2